Falsches Quartett

Der Autor dankt dem Fachausschuss Literatur BS/BL
für seine Unterstützung.

Druck: CPI Moravia Books, Pohorelice
ISBN 978-3-99027-052-3

MARTIN R. DEAN

Falsches Quartett

Roman

JUNG
UND
JUNG

Sie sprachen kaum. Sie aßen schweigend wie Reisende. Als sie zum Haus zurückkamen, stand es erleuchtet und leer da wie ein Hotel am Stadtrand, offen, aber verloren.

James Salter, Lichtjahre

TEIL I

Lucas Brenners Gymnasium, so sagten einige, lag dem Himmel näher als der Hölle. Außerhalb der Stadt thronte der Bau verborgen hinter Linden, Eichen und Buchen auf einem Hügel. Im Winter leuchtete der knochenbleiche Sandstein zwischen den Stämmen hindurch, das Licht aus den Bibliotheksfenstern fiel auf den beschneiten Kiesplatz, an dessen Peripherie eine Gruppe alter Bäume in einen Wald überleiteten, der sich wie eine dunkle Zunge ins Tal erstreckte. An Sommertagen sah man in der Ferne die Solitude, die Ruine des klassizistischen Gebäudes inmitten des dichten, von einem Fluss geteilten Waldes. Die Solitude war eine Brache Land, ein Stück gefallener Himmel, wo die Schüler an den Wochenenden ihren Trieben freien Lauf ließen.

Der Eingang des Gymnasiums bestand aus einer massiven, noch aus dem vorletzten Jahrhundert stammenden Holztür, deren zwei schwere Flügel abends vom freundlichen Zerberus Koni Wyss geschlossen wurden. Wer drin war, hatte es geschafft, ebenso, wer heil wieder herauskam.

Das Gymnasium zählte ungefähr tausendeinhundert strebende, irrende oder verlorene Seelen. Es galt als Hort der Besten in der Region und hielt mit seinem Elitebewusstsein nicht hinter dem Berg. Seit sich die Rahmenbedingungen im Bildungswesen verschlechterten, propagierte Rektor Lorenz Lichtsteiger eine antizyklische Haltung und bläute jeder Schülerin und jedem Schüler ein, sich als Teil einer gesellschaftlichen Elite zu begreifen: Das Gymnasium sei der beste Ort für den Erwerb einer soliden Bildung, die als Investition in die Zukunft zu verstehen sei. Rudi, der Witzigste im Lehrerkollegium, veränderte Lichtsteigers Satz vor der Kaffeemaschine dahingehend, dass das Gymnasium der beste Umschlagplatz für neueste und teuerste Designerdrogen sei. Ebenso gefragt sei es als Sammelplatz nächtlicher Besäufnisse, im Sommer ein Idyll für klebrige Stelldicheins, was die im Wäldchen herumliegenden und bis auf den Kiesplatz verstreuten Präservative beweisen würden.

Im Innern des Sandsteingebäudes verbanden lange, lichtlose Korridore die muffigen Schulzimmer, die seit einer Ewigkeit mit einem Bestand an unnützen Dingen wie verjährten Landkarten, vergilbten Filmpostern, deprimierenden Schülercollagen und ausgeblichenen Schaubildern aufwarteten. In den Klos waren die Pissoirschüsseln braun wie Zahnstein. Nichts davon ließ der Rektor, ein Anhänger alter englischer Eliteschulen, renovieren. Die Patina verstärke, so Lichtsteiger, die Aura alteingesessener Bildungstradition, und mit der Bildung sei es wie mit dem Wein, je älter desto besser.

***

Eine Klasse ist wie ein Raubtier. Die Zähmung der Bestie muss gleich in der ersten Stunde beginnen. – Lucas erinnerte sich an diesen drastischen Satz eines Kollegen, als er am ersten Montag nach den Sommerferien das Klassenzimmer betrat und in neunzehn neue Gesichter blickte. Du hast Heimvorteil, dachte er, sie sitzen zum ersten Mal auf diesen alten, knarrenden Stühlen und starren zum ersten Mal auf diese verwitterte Landschaft der Wandtafel. Sie sind neugierig und gleichzeitig eingeschüchtert, weil sich das warme »Du« der Unterstufe in ein kälteres »Sie« verwandelt hat.

Er stellte seine Mappe neben den Tisch, schob den Hellraumprojektor behutsam in eine Ecke, nestelte eine neue Kreide aus der weißen Kartonverpackung und ließ sich von den Blicken, die wie Stiche in seinem Rücken juckten, nicht beirren. In den letzten Ferientagen hatte er sich die Gesichter und Namen der neuen Klasse eingeprägt, aber erfahrungsgemäß würde es Wochen dauern, bis die Namen unverwechselbar mit den Gesichtern verschmolzen. Die eine Hand in der Hosentasche, begrüßte er die Klasse locker und freundlich, und ein Ausatmen ging durch die Reihen, blinzelnde Blicke, verhärmtes Getuschel, Scharren der Füße. Noch schaute jeder in eine andere Richtung, von Konzentration keine Spur.

Lucas verteilte eine Kopie des Grimmschen Märchens »Die kluge Else«.

Lesen Sie das Märchen und schreiben Sie sich den wichtigsten Satz heraus, sagte er ruhig.

Ein Mädchen senkte sofort seinen Kopf und biss heftig in seinen Stift. Ein Junge zückte das Smartphone, um schnell das Wichtigste über das Märchen zu googeln. Man würde ihm solche Dinge ausreden müssen. Ein Mädchen im Trainingsanzug namens Barbara – später würde sie auf »Babs« bestehen – stärkte sich vor der Aufgabe mit einem Schokoriegel. Nach einigen Minuten hatten alle ihre Köpfe über das Blatt gebeugt. Folgsamkeit war nicht das, worauf es Lucas ankam. Begabung ist Nonkonformität, so lautete sein Lieblingssatz eines großen Schriftstellers aus dem letzten Jahrhundert. Fiel ein Schüler durch Originalität auf, hatte er seine Sympathien. Doch nahm der Typus des Schülers, der wie ein Korken an der Oberfläche schwamm und jeder Versuchung zu mehr Eigenständigkeit widerstand, immer mehr zu.

Ein Junge, dessen pickeliges Gesicht eher in die Grundschule gepasst hätte, wollte seinen Satz vorlesen: »Wenn ich den Hans kriege, und wir kriegen ein Kind, und das ist groß, und wir schicken das Kind in den Keller, dass es hier soll Bier zapfen, so fällt ihm die Kreuzhacke auf den Kopf und schlägt's tot.«

Was finden Sie an diesem Satz interessant?

Lucas schaute dem Jungen beim Nachdenken zu. Ein guter Literatursatz, und schon schien der Mensch verwandelt. Darin lag das unergründliche Geheimnis der Literatur.

Fabian sagte: Finds echt krass, dass dem Kind die Kreuzhacke auf den Kopf fällt. Kann ja nichts dafür. Ist ungerecht.

Das war schon alles. Mehr als dieser Zipfel Erkenntnis war von Fabian im Moment nicht zu haben. Heute.

»Was tu ich? Schneid ich eh'r oder schlaf ich eh'r?«, meldete sich das dicke Mädchen zu Wort, das Barbara hieß. Sie begründete ihre Satzauswahl damit, dass ihr Elses Arbeitsverweigerung gefalle. Else habe einfach die Nase voll von dem ewigen Stress. Barbara spielte mit dem Schokoladenpapier. Dann schaute sie auf und sagte, auch die Schule sei das reinste Arbeitslager.

Was man denn der Else, falls man ihr begegnen würde, raten könne.

Uff, sagte Barbara und geriet ins Schwitzen.

Also, ich würde der einfach mal raten, nix zu tun. Dem Manne mal ins Gesicht zu lachen und sich von der Sonne bescheinen lassen.

Lucas lachte: Und was für Sätze haben die anderen gewählt?

Ein Mädchen, dessen Blick nur zögerlich hinter dem Vorhang langer schwarzer Haare durchdrang, meldete sich. Sie hob den Kopf wie aus tiefem Schlaf, schaute ihn an und gleichzeitig durch ihn hindurch. Etwas in ihrem Gesicht lächelte, er hätte nicht sagen können, was es war: die Augen, die Lippen, der Mund, die Stirn? Sie senkte den Kopf aufs Paper und las: »Endlich, als es schon ganz dunkel war, erwachte die kluge Else, und als sie aufstand, rappelte es um sie herum, und die Schellen klingelten bei jedem Schritt, den sie tat. Da erschrak sie, ward irre, ob sie auch wirklich die kluge Else wäre, und sprach: Bin ich's, oder bin ich's nicht?«

Das Mädchen, Nadia Breitenmoser, hatte die Sätze so vorgelesen, als wäre sie seit langem mit ihnen vertraut. Am besten, fügte sie an, gefällt mir der Satz »Bin ich's oder bin ich's nicht?«

Und warum?, fragte Lucas.

Die braucht nur zwei Sätze, um durchzudrehen.

Lucas merkte sich diese Schülerin. Genau deswegen unterrichtete er, damit aus dem toten Buchstaben eines Textes ein lebendiges Gebilde wurde! Diese Schülerin führte vor, welche Macht Geschichten über den Geist hatten; eine Folge von Wörtern konnte diese introvertierten und gelangweilten Wesen in wache Individuen verwandeln, die sich selber Fragen zu stellen imstande waren. Besonders Märchen, sagte er abends zu seiner Frau Lisa, sind wirkungsmächtige Texte.

Lucas bewegte sich nun entspannter im Klassenzimmer; aus der Bestie war ein vielköpfiges Wesen geworden, mit dem man sich anfreunden und das man zum Denken verführen konnte.

***

Als er in der nächsten Doppellektion eine Woche später den »Froschkönig« lesen wollte, stockte das Klassengespräch. Dabei hatte er recht konventionell den Anfang vorgetragen:

»In den alten Zeiten, wo das Wünschen noch geholfen hat, lebte ein König, dessen Töchter waren alle schön, aber die jüngste war so schön, dass die Sonne selber, die doch so vieles gesehen hat, sich verwunderte, sooft sie ihr ins Gesicht schien.«

Die Mienen blieben eingefroren, teilweise dumpf vor Ablehnung, wohl darüber, dass er noch einmal mit einem Märchen kam. Man wollte nicht nochmals mit diesem Kinderkram belästigt werden! Natürlich hatte Lucas mit diesem Widerstand gerechnet.

Er verwies auf die außergewöhnliche Schönheit der Prinzessin, ein Thema, mit dem sich die Mädchen, die an nichts mehr interessiert waren als an ihrem Spiegelbild, einfangen ließen. Aber diesmal gelang es nicht, die Aufmerksamkeit so zu fesseln, dass alle dabei blieben. Einer namens Frédéric zog sich einen massiven schwarzen Kopfhörer über die Ohren und klopfte mit flinken Fingern eine SMS ins Handy. Ihn jetzt mit einem Ordnungsruf zurückzuholen, war Lucas' Sache nicht. Da hätte er die Verführungskraft des Denkens allzu billig preisgegeben! Diese Verführungskraft wollte er auch an den zerredeten, verstaubten und tausendmal totgesagten Märchen wieder freilegen. Also konfrontierte er die Klasse mit der Frage, welches das eigentliche Problem der Prinzessin sei. Stundenlang spiele sie allein mit einem goldenen Ball, ein siebzehn- bis achtzehnjähriges Mädchen, das, für damalige Zeiten, durchaus in einem heiratsfähigen Alter sei.

Stille.

Stille, Stille, Stille.

Stille hatte er aushalten gelernt. Zumindest in der Schule. Zuhause, wenn Lisa schwieg, drohte er daran zu ersticken.

Frédéric wackelte mit dem Kopf, und die anderen dachten nach. Oder dösten in sich hinein.

Was könnte der Ball bedeuten, mit dem sich die Prinzessin ihre einsamen Stunden versüßt?

Auch das Mädchen mit den langen Haaren, Nadia, war im Standbymodus. Ihre dunklen Augen blickten ihn reglos an. Mit einem leisen Flackern der Angst. Aber das bildete er sich wohl ein.

Der Ball ist golden, das heißt, er ist äußerst wertvoll. Erst der Frosch kann sie davon erlösen. Diesen Frosch muss sie am Ende des Märchens küssen. Wie nennt man denn jemanden, der in sich selber gefangen ist?

Zu schwierig die Frage?

Falco, der Junge mit dem Irokesenschnitt, hob zwar nicht die Hand, aber er schaute ihn fast flehend an.

Autist!, sagte er.

Narzissmus oder gar Autismus, so könnte die Diagnose lauten, sagte Lucas, aber das verstand niemand. Die Lektion stockte, die Minuten vergingen nur zäh, er verwünschte das Märchen, konnte aber jetzt nichts mehr ändern. Natürlich ging es in der Geschichte um die Überwindung einer Deflorationsphobie. Die Prinzessin war, wie die meisten Schülerinnen, gefangen in ihrem Narzissmus und fand nicht zum anderen Geschlecht. Ihre Not teilte sie wohl mit dem einen oder anderen Mädchen, das noch keinen festen Freund gehabt hatte. Einige von ihnen holten sich ihre Erfahrung in der Solitude.

Wie wunderbar das Märchen die Not des Mädchens

zur Aufgabe für die anderen Figuren machte. Der Frosch, ein roher, ungebildeter Mann aus dem Volk, musste ihr den Zugang zur Sexualität öffnen. Das Grimm-Märchen zeigte, wie Ekel, das ursprünglichste Gefühl gegenüber dem Tier, in Attraktion verwandelt wurde. Im »Froschkönig« lagerte ein uraltes Wissen um die Nöte eines jeden. Er würde längst nicht alle Aspekte entfalten können. Aber er wollte jetzt nicht kneifen, sondern die Dinge beim Namen nennen.

Das Schweigen der Klasse ließ den Raum kälter werden. In wenigen Minuten würde die Pausenglocke seine Stunde beenden. Dann wäre er gescheitert. Er wartete noch einige Sekunden, dann schrieb er »Ballus« an die Tafel. Zeichnete noch einen Ball daneben, um seine Frage zu verdeutlichen. Wartete erneut, bis die Geduld verbraucht war. Dann durchstrich er das »B« und ersetzte es durch ein »Ph«.

Nun rissen alle die Augen auf. Er hatte ins Schwarze getroffen, natürlich, sie begriffen.

Was war das Begreifen?

Er stand neben der Tafel, draußen fuhr Rektor Lichtsteiger energisch im laubgrünen Deux Chevaux bergab, hatte den Arm lässig aus dem Fenster gehängt, die Pfeife in der Hand. Und neben Lucas prangte das Wort »Phallus« wie ein Sündenfleck an der Tafel. Wenn jetzt jemand hereinplatzte und dieses Wort an der Tafel sähe, stünde er in einem schiefen Licht da.

Nicht mehr allen Schülern dürfte das Wort Phallus bekannt sein, er würde es mit »Penis« übersetzen müssen. Und Penis lag nahe bei »penibel«. Übel. Er vervollständigte die Zeichnung, um vielleicht so einer Erklärung zu entgehen, er schaute auch gar nicht mehr richtig hin.

Die Spiele der Prinzessin seien autoerotischer Natur, holte er weit aus, etwas Selbstverständliches in der Entwicklungsphase jedes Menschen, die durch erste sexuelle Erlebnisse abgelöst würden. Der Frosch sei als Junge aus dem Volk zu deuten, auf jeden Fall als einer, der von unten käme. Wie viele Märchen zeichne auch dieses den oft schwierigen Weg ins Erwachsenenleben nach.

Fragen?

Doch, hinten in der letzten Bank, wollte Nadia wissen, warum der Vater die arme Prinzessin zwinge, den Frosch zu küssen. Das sei doch eklig.

Weil der Vater, eigentlich jeder gute Vater, sich für seine Tochter eine gesunde und freie Sexualität wünsche. Ein Mädchen, das in der autoerotischen Phase gefangen bleibe, habe im Leben größte Probleme.

Flurina sagte, so ein Vater sei pervers.

Sein Widerspruch wurde durch die Pausenglocke verhindert, die Lektion blieb stümperhaftes Fragment.

***

Lisa wartete zuhause auf ihn. Sie hörte Radio und räumte den Geschirrspüler aus. Die Bewegungen ihrer Hände, mit der sie die Teller und Tassen aus dem Gitter hob und in den Schrank räumte, waren wie von ihrem Körper abgelöst. Sie zog Teller und Tassen mit melancholischer Feierlichkeit aus dem Dampf. Vor dem Spiegel überprüfte sie die Frau, die Luc erwarten würde, wenn er nach Hause kam. Ihr schmales, energisches Gesicht mit den hervorstehenden Wangenknochen. Er mochte es, wenn sie die Haare hochsteckte, sie wusste eigentlich bis heute nicht warum, denn sie sah nichts als ihre leicht abstehenden Ohren. Sie hatte zu viel Wangenrouge aufgetragen, aber es entsprach ihrer aufgewühlten Stimmung. Er würde es nicht bemerken, wie er anderes an ihr nicht bemerkte.

Er hängte sein Jackett an die Garderobe, wollte sie auf die Wange küssen, und sie drehte ihm das Ohr zu. Er setzte sich an den Küchentisch, wie er es die letzten sechs Jahre getan hatte, ohne seine Mappe im Arbeitszimmer zu deponieren. Meistens kam sie später als er nach Hause, da es bei der Zeitung, wo sie als Bildredakteurin arbeitete, immer noch etwas zu erledigen gab. Dann stand er am Herd und kochte. Er kochte gern, wenn auch nicht ganz so versessen wie seine Freunde, die sich noch so gerne die Schürze umbanden, um dann den halben Abend über die neuesten Kochbücher von Prominenten zu reden.

Er bemerkte ihr festlich dunkelblaues Kleid, in dem sie, das musste sie ja zugeben, besser tanzen als kochen konnte. Seine Blicke bissen sich misstrauisch an dem Blau fest. Sie wusste nicht mehr, warum sie dieses Kleid angezogen hatte. Sie zählte das Besteck, Messer, Gabel und Löffel, und musste mit einem Anfall von Schwermut kämpfen. Seit der letzten Einladung war ein Messer weggekommen.

Spaghetti, sagte er freudig und brach ihr Schweigen, er liebe nichts so sehr wie gute Spaghetti. Er erzählte von seiner Märchenlektüre mit einer ersten Klasse, während die Spaghettihalme im kochenden Wasser untergingen. Schulklatsch lag ihr im Augenblick noch ferner als sonst. Er redete und redete, er wollte, wie immer, dass sie ihm half, die Dinge besser einzuordnen; sie sollte sein Echo sein.

Interessante Schüler?, hörte sie sich fragen.

Kann ich noch nicht sagen. Man muss abwarten, wie sie sich entwickeln.

Um ein Haar hätte sie das über den Topfrand schäumende Wasser übersehen.

Soll ich dir einige der Hintergrundprofile vorlesen?

Ja, sagte Lisa, ließ ihn mit diesem Ja sitzen und suchte im Schrank nach einem Gewürz. Sie würzte den Sugo, der hochschwappte. Sie wischte einen Sugofleck mit einer solchen Wut vom Parkett, dass ihre Frisur zerzauste.

Mira, sagte er, Vater arbeitslos, aus dem Kosovo, mehrmals vorbestraft. Schwierige häusliche Verhältnisse. Das Mädchen hat eine porzellanbleiche Haut, Audrey-Hepburn-Typ. Liebt Pferde, wie viele andere auch. Einer namens Falco schreibt unter »persönliche Bemerkung«: möchte nicht erwachsen werden.

Originell, sagte Lisa.

Eine hat Schlafstörungen, eine andere wurde vom Vater krankenhausreif geschlagen, eine zieht alle zwei Wochen von einem Mann zum anderen und hat immer nur wenig Schulzeug dabei.

Klingt ja nicht sehr nach Elite, sagte Lisa.

Er blätterte weiter.

Magersucht, WWF-Mitglied, Volleyball die Mädchen, Mountainbike die Jungs.

Da, endlich ein guter Satz: Ich hasse Parties. Ein Mädchen mit langen schwarzen Haaren. Else-Lasker-Schüler-Augen. Fiel mir auch in der Stunde auf, sagte er, sie las eine bemerkenswerte Stelle aus dem Märchen vor.

Er legte die Blätter weg und starrte auf den vollen Teller, den ihm Lisa hingestellt hatte. Beide hoben die Gläser, prosteten einander zu, tranken und aßen.

Das Gespräch versandete. Als sie gar nicht mehr aus dem Schweigen herausfanden, stand er auf und kehrte mit einem Buch zurück. Er las ihr ein Gedicht von

Heine vor. Heine konnte man auch beim Spaghettiessen zitieren. Gott sei Dank, sagte er, gibt's in schwierigen Situationen Heine – oder auch ein Kästnergedicht, um dich zum Lächeln zu bringen. Heine besitzt die nötige Eleganz, bei der man auch noch andere Tätigkeiten verrichten kann. Nun lächelte er selber.

Und eine Bitterkeit zwischen den Zeilen, dachte sie, die einem manchmal über die eigene Bitterkeit hinweghilft.

Luc hatte also wieder einmal seinen Redetag. Und sie ihre große Schweigeminute. So redete er unablässig fort, während sie wortlos kaute. Gerne hätte sie die Szene fotografiert, Mann und Frau beim Spaghettiessen. Aber noch lieber wäre sie seinen Reden entkommen.

Was ist mit dir los, Lisa?, fragte er endlich aufgebracht.

***

Von den sechs Jahren ihrer Ehe war sie fünf Jahre Bildredakteurin bei der Lokalzeitung gewesen. Sie suchte aus, was man in der Zeitung zu sehen bekam: Gesichter, Situationen, Aussichten und viel zu selten Einsichten. Mit der Zeit waren die Bilder immer größer geworden; damit sie nicht auch noch beliebiger wurden, dafür hatte sie gesorgt. Es war ihre erste Stelle mit Verantwortung gewesen. Gleichzeitig hatte sie sich aus dem Chaos ihres damaligen Lebens mit wechselnden Partnern mit einem Sprung in die Ehe gerettet. Erstaunlich, wie schnell es ihr besser ging. Außer dass Luc zu viel redete und nie zuhörte, waren sie von Anfang an ein gut aufeinander abgestimmtes Paar gewesen. Ihr Liebesglück bestand darin, dass sie sich auch ohne Worte verständigen konnten. Deswegen hatte ihre Leidenschaft nie nachgelassen.

Und sie hatte einen Kreis von netten Kollegen und Freunden um sich. Und dann war plötzlich alles anders geworden.

Willst du Erdbeeren?, fragte sie.

Erdbeeren am Werktag?, fragte er.

Sie nahm eine Packung tiefgefrorener Erdbeeren aus dem Gefrierschrank. Tränen liefen ihr über die Wangen. Das schöne Kleid war die falsche Wahl gewesen.

Er schlang seine Arme um sie, und gleichzeitig legte er die kalten Erdbeeren zurück ins Tiefkühlfach.

Sie flüsterte: Ich bin freigestellt.

Er starrte sie wortlos an. Dann glitt sein Blick über die Tischplatte, das Glas, das Besteck.

Freigestellt? Was meinst du damit?

Man hat mir gekündigt.

Sie hatte ihm nichts von den Schwierigkeiten der letzten Wochen, ja Monate erzählt. Die Kündigung hatte sich in tausend kleinen Nadelstichen angekündigt, sie wollte gar nicht mehr daran denken. Sie hatte alles verschwiegen, denn was von seinem Script im Kopf abwich, darauf ging sie nicht mehr ein. Sie war die erfolgreiche Frau an seiner Seite, so stellte er sie Bekannten vor. Er zelebrierte seinen Neid auf sie.

Sie sah, dass er mit unterschiedlichen Gefühlen rang. Er fragte sie nicht weiter, sondern ging in sein Arbeitszimmer und kehrte mit einem Buch zurück. Am Küchentisch sitzend, las er ihr die Kutschenstelle aus Madame Bovary vor. Sie rauchte und trank Whisky. Er las ihr ja gern vor. Er las gegen ihre Wut, konnte aber auch gegen andere Gefühle wie Trauer, Verlust, Verzweiflung lesen. Er konnte mit ausgesuchten Textstellen Gefühle verstärken oder lindern. Er hatte Texte zur Hebung der Stimmung parat und humorvolle Passagen, die sie gelassen machten, die einen fernen Horizont auftaten und sie beide von der eigenen Geschichte ablenkten. Er glaubte, dass sie Benn-Gedichte mochte, um ihr Selbstbewusstsein zu stärken, auch wenn sie das nie behauptet hatte. Der Rauch ihrer Zigarette stieg ruhig bis zur Decke.

Hörst du mir überhaupt zu?

Statt einer Antwort erhob sie sich vom Stuhl, machte zwei, drei Tanzschritte. Ohne Musik. Dabei schluchzte sie, jonglierte im Tanzen mit der Zigarette, und sagte, dass die Online-Redaktion ausgebaut werde, Sparmaßnahmen, Inseratenausfall, die meisten lasen nur noch online; sie kam aus Takt und Tritt, schrammte an der offenen Besteckschublade vorbei, drehte sich aber in dieser geisterhaften Stimmung weiter. Sie machte eine Pause, in der ihr blaues Kleid sich wie ein Himmelsstreifen gegen die Küchenwand abhob; dann redete sie weiter wie ein Wirtschaftsexperte in einer Talkrunde über Arbeitslosigkeit.

Mit dem Kleid habe ich mich in ein Abenteuer gestürzt, findest du nicht?

Er sagte, es werde schon nicht so schlimm werden.

Ich werde mich auf meine Anfänge besinnen und mich als Freelancer anbieten müssen, entgegnete sie.

Er küsste sie heftig auf den Hals. Er wollte mit ihr schlafen. So, wie es Versöhnungssex gab, musste es auch Tröstungssex geben.

***

Daran dachte er noch, als er am nächsten Tag die breite Steintreppe hinunterging, auf der zweiten Etage nach links abbog und zu Zimmer 217 kam, in dem eine junge

Kollegin vor einer Klasse berühmte deutsche Gedichte zu Papierfetzen zerschnipselte, um sie in Gruppenarbeiten wieder zusammensetzen zu lassen. Gesine war eine unverdorbene Lehramtabgängerin aus dem Bodenseeraum, die keine Ahnung hatte, wie einschneidend literarische Texte sein konnten. Sie hatte, so kam es ihm vor, zu den Gedichten des Expressionismus das gleiche Verhältnis wie zu Bauanweisungen von Ikea. Hatte sie je im Lehrerzimmer eine Sekunde des Nachdenkens über die Schülerpsychen verschwendet? Benötigte die Pflege ihres Kompostes nicht mehr Energie? Gesine war eine Lehrerin der jüngsten Generation, pragmatisch, internetaffin und markenbewusst. Was passieren konnte, wenn ein Buch auf einen Kopf traf, interessierte sie wenig.

Er ging an Gesines Zimmer vorbei und stieg die Treppe zur Bibliothek hinab. Das Zimmer der Mathematiklehrerin Monique Bürgisser war leer; er warf einen kurzen Blick auf die ungereinigte Tafel, auf der sich ein grauenerregend kompliziertes Gewirr von Zeichen und Zahlen versammelt hatte, das ihm klarmachte, wie wenig die heutige Mathematik noch mit der seiner eigenen Schulzeit gemein hatte.

Es war Mittag, das Schulhaus mehr oder weniger leer, und die Schüler wie die Lehrer befanden sich in der Kantine beim Essen. Lucas sog den Staubgeruch der in der Bibliothek versammelten Bücher ein. Er versicherte sich, dass auch die Bibliothekarin Sperling beim Mittagessen war, und machte sich dann am Regal mit Deutscher Literatur zu schaffen. Er blätterte in den Büchern, wich einem die Bücherwand entlang wetzenden Viertklässler aus, der seine Maturalektüre zusammensuchte, blieb irgendwo im Gesamtwerk von Gottfried Keller hängen und kam ins Lesen. Jetzt war Mitte August und seine

Klasse musste nach den Märchen auf eine neue Lektüre eingestimmt werden. Welche Anschlussmöglichkeiten gab es? Jede dieser Kreaturen war mit einem Rucksack voll eigener Wünsche und Ängste eingetroffen, und er musste die passende Projektionsfläche finden. Die Lektion mit dem »Froschkönig« hatte gezeigt, dass die Themen der sexuellen Reifung und der Liebe heikel waren. Gerade deshalb aber, fand er, durften sie nicht vernachlässigt werden.

Auf dem Weg die Treppe hoch kamen ihm Gruppen von Erstklässlern entgegen. Meistens waren ihnen die Zimmer zu eng. Es hätte ein Zimmer so groß wie ein Fußballfeld sein müssen, damit alle ihre Utensilien, ihre bunten Etuis, ihre iPhone-Hüllen, ihre Schminktäschchen, Kopfhörer und PET-Flaschen Platz gefunden hätten. Sie kämpften um ihren Raum, als gäbe es, vielleicht in Erinnerung an das grausame Kinderspiel, immer einen Stuhl zu wenig. Jungen setzten sich neben Jungen, Mädchen neben Mädchen. Auch wenn er eine Ansammlung von Buben immer durch Mädchen aufzulockern suchte, in der nächsten Stunde klebten sie doch wieder zusammen, die Mädchen wie Küken, die Jungs wie blinde Welpen.

Er stand kurz am Fenster, um einen Blick hinaus auf den Wald zu werfen. Die Aussicht auf das weite, sommerlich summende Land mit seinen Wiesen, Hügeln und den Bergen im Hintergrund ließ ihn wieder an Gottfried Keller denken. Im Schatten der Bäume versammelten sich die Mückenschwärme. In der Ferne läutete eine Kirchenglocke, und er sah eine Schülerin über den Pausenplatz schlendern. Sie setzte sich in den Schatten und wühlte in ihrer Schultasche. Er schaute genauer hin, sie kam ihm bekannt vor, es war Nadia Breitenmoser aus seiner Klasse. Neugierig beobachtete er ihre Verrichtungen und war irritiert von der Dissonanz zwischen ihrem sinnlichen, reifen Körper und dem kindlichen Gesicht. Sie steckte sich die Ohren zu, streckte sich auf der Sitzbank aus und rauchte. Sie schaute lange und bewegungslos in den Himmel; er hätte viel darum gegeben zu wissen, woran sie dachte.

Dann marschierte die Englischlehrerin Ruth Gimmel die Straße herauf. Ihr Gesichtsausdruck spiegelte jene Mischung aus Selbstbewusstsein – leicht vorgerecktes Kinn – und Intelligenz wider, die Ruth eigen war. Gleich würde sie im Lehrerzimmer zum Lob eines raffinierten, verdorbenen Werks der englischen Literatur anheben, eines der Bücher, die sie in ihrem Unterricht zum Vergnügen der Schüler las. Ruth Gimmel war auch im Sommer elegant gekleidet. Trotz der Hitze waren ihre Haare zu einem wild-gepflegten Durcheinander frisiert und vermittelten so das Bild einer unabhängigen und unbeugsamen Frau. Zuhause besaß sie eine beeindruckende Sammlung von Schallplatten, Music from the Fifties, Rock'n'Roll von den Hollies, The Cherokees und Adam Faith, zu der sie und ihr Mann in der Happy Hour tanzten.

Er traf sie Minuten später im Lehrerzimmer, wo er wie jedes Jahr nach den Sommerferien den Klagen seiner Kollegen über zu kurze Röcke, freche Dekolletés, über entblößte Arschgeweihe und Schülerhosen, die zu tief im Gesäß hingen, zuhörte. Man sprach von der sexualisierten Generation, und Rudi Freyermuth, um keine Provokation verlegen, verlangte am Kaffeeautomat die Einführung der guten alten Schuluniform.

***

Lucas leerte sein Postfach und folgte danach einer Vorladung von Rektor Lichtsteiger. Lorenz sog gierig an der Pfeife, die er sich trotz des schulinternen Rauchverbots genehmigte. Draußen stand sein alter Deux Chevaux, ein antiquiertes Gefährt aus der Jugendzeit, mit dem er jeden Morgen seiner komplizierten Ehe entkam und im Endzeitgefühl letzter Freiheiten in die Schule raste. Lorenz lebte seit langem in Scheidung. Eigentlich war Edith, wie er sagte, ein »fabelhafter Kerl«, mit dem er jedes freie Wochenende übers Land radelte, im Herbst in die Pilze ging und im Frühjahr zu Berge. Aber die Ehe dauerte nun schon fast vierzig Jahre, und das war beiden, die im Jugendfeuer der späten Achtundsechziger gestartet waren, um Einiges zu lang. Niemand rechnete aber ernsthaft mit einer Scheidung.

Lorenz beklagte sich kurz über die angespannte Situation im Haus. Die Abschlussklassen waren gestresst, eine Schülerin hatte am Morgen aus Prüfungsangst ihren Mageninhalt im Treppenhaus erbrochen. Auf dem Weg in die Aula stieß Lorenz auf die breiige Lache. Da Koni Wyss um diese Zeit noch im Wald joggte, wischte Lorenz das Erbrochene selber auf. Nun rauchte er, um sich den Gestank aus der Nase zu vertreiben.

Dann schwieg er und starrte ausdruckslos auf den Druck, der seit dem Beginn seiner Rektorenkarriere dort hing. Das »Floß der Medusa« enthielt eine versteckte Botschaft für jeden, der länger als eine Minute im Büro verweilte. Lucas schielte an Lorenz vorbei auf das Bild und suchte eine Gestalt, die Lorenz ähnlich war. Er wusste, dass sich Lorenz gerne als Retter des Gymnasiums sah. Zyniker im Kollegium – und die Hälfte jeder Lehrerschaft bestand immer aus Berufszynikern, während die andere Hälfte einen unauffälligen Masochismus pflegte – sahen in Lorenz nichts anderes als einen selbsternannten Retter, der die staatlich verordneten Qualitätsüberprüfungen vorwegnahm, verunfallte Schülerinnen persönlich bis zum Krankenwagen begleitete, den Lehrerkollegen eine Mansarde anbot, wenn sie von Zuhause auszogen, und zur Not auch Erbrochenes wegwischte.

Man hat sich über dich beschwert, sagte Lorenz und entkräftete den Satz sogleich mit einem wohlwollenden Lachen. Die Eltern von Stephanie, Flurina und Cecilia haben mir gestern eine Mail geschrieben. Sie werfen dir vor, dich während der Lektion einer obszönen Sprache bedient zu haben. Mit anderen Worten, du sollst ihre Kinder in ihren privaten und religiösen Gefühlen verletzt haben.

Lucas befiel leichter Kopfschmerz.

Du hast in deinem Unterricht mehrmals die Bezeichnung für das männliche Zeugungsorgan benutzt und hast dieses, las Lorenz von seinem Notizblock ab, sogar noch an die Wandtafel gezeichnet.

Das ist doch lächerlich, sagte Lucas. Ich habe kein Zeugungsorgan an die Tafel gezeichnet, sondern das Wort »Phallus«. Das ist ein Unterschied. Weil das Wort »Ballus«, also der Ball, ein zentrales Motiv zur Entschlüsselung dieses Märchens darstellt.

Die Sprache eines Lehrers sollte frei von Anspielungen sein, sagte Lorenz.

Wie kann ich den »Froschkönig« interpretieren, ohne von der prekären Situation eines narzisstischen Mädchens zu reden, das nicht zu seiner Sexualität findet? Literatur ist dazu da –

Literatur schon. Aber das, was du sagst, sollte immer eindeutig sein.

Sind wir schon so weit, dass das Wort »Phallus« verboten ist? Lorenz, was für Menschen ziehen wir hier heran, wenn alles Sexuelle tabuisiert wird? Dabei sind Zeitungen, Fernsehen und das Internet geradezu zugepflastert mit Sexuellem. Wen lockt man mit dem Wort »Schwanz« noch hinter dem Ofen hervor?

Zum Beispiel freikirchliche Kreise, sagte Lorenz. Letztes Jahr wurde ein Lehrer entlassen, weil er einer Schülerin versehentlich an die Brust gegriffen hatte.

Wieder lachte Lorenz, der einen nicht geringen Spass an dieser Geschichte zu haben schien. Lachte er aus Schadenfreude?

Aber es wimmelt doch gerade in Märchen von sexuellen Anspielungen, sonst hätten die guten Grimms die Geschichten ja nicht zensurieren müssen.

Mir egal, schnitt ihm Lorenz das Wort ab, wie sich das bei den Grimms verhält. Hast du das Wort »Phallus« an die Tafel geschrieben?

Lucas nickte.

Hast du das männliche Zeugungsorgan in seinem erregten Zustand an die Tafel gezeichnet?

Nein, sagte Lucas entsetzt.

Die drei Schülerinnen behaupten, du hättest einen Schwanz an die Tafel gezeichnet. Hast du das?

Ich habe neben das Wort »Ballus« noch einen Kreis gesetzt, möglicherweise noch da und dort einen Strich gemacht, wie ich das im Zuge meiner Ausführungen oft tue. Unbewusst, völlig unbewusst.

Du hast dir also, wenn auch nur als Skizze, eine Obszönität geleistet. Was ich sagen will: Die drei Schülerinnen kommen aus einem freikirchlichen Milieu, hinter der Beschwerde stecken die Eltern. Ich kann sie nicht einfach übergehen.

Lorenz betrachtete das wasserumtoste Floß über ihnen.

Sollen wir die Sexualität denn verteufeln, wie im Mittelalter?, fragte Lucas.

Die Auseinandersetzung mit der sexuellen Identität und die Geschlechtsreife sind für unsere Schüler wichtige Themen. Umso dringender, dass der Unterrichtende dabei absolut neutral bleibt. Ein Lehrer darf kein Geschlecht haben.

Es kann doch nicht sein, dass Pornos das einzige Anschauungsmaterial für die Kids sein sollen. Gib der Literatur eine Chance, »Tod in Venedig« ist doch keine Päderastenbibel!

Für einige Leute schon. Die Stimmung in der Gesellschaft ist komplex, um nicht zu sagen vertrackt. In deinem Fach stehen schon einige Lektüren unter Pornografieverdacht.

Lucas wurde seiner Empörung kaum noch Herr.

Warum tust du das, Lucas? Du bist zweiundvierzig, also im besten Alter, mit einer erfolgreichen und klugen Frau verheiratet und hast, wie ich mich erinnere, ausgezeichnete Zeugnisse vom Lehrerseminar mitgebracht. Dein Leumund ist tadellos.

Leumund? Was interessierte ihn sein Leumund. Schon das Wort klang wie finsteres Mittelalter. Während Lorenz weiterredete, schaute Lucas aus dem Fenster hinaus zum Teich auf der Ostseite, wo sich in der Zehnuhrpause eine Gruppe Schüler zusammenrottete, um einen Joint zu rauchen. Weil das Gelände unübersichtlich war, konnten sie die Raucherware vor dem Eintreffen eines Lehrers gut im Boden verscharren.

Die Frage, ob er wirklich die privaten Gefühle der Schülerinnen verletzt hatte, beschäftige ihn mehr als sein

Leumund. Aber war, wer sich schämte, immer im Recht? War Scham letztlich mehr als eine gesellschaftlich bedingte Verklemmtheit?

Nicht auszudenken, wenn die Eltern damit zur Presse rennen.

Lucas schien, als koste Lorenz auch diese Vorstellung genüsslich aus. Lorenz zeigte auf einen Stapel Sichtmappen.

Ein Schüler hat gegen die Zeugnisnote seiner Englischlehrerin Rekurs eingelegt. Einer mehr, ich könnte eine ganze Rechtsabteilung beschäftigen. Weißt du, wie viele Schüler heute einfach dadurch gekränkt sind, dass der Notenspiegel nicht ihrer Selbsteinschätzung entspricht?

Lorenz sank in sich zusammen. Er suchte hinter seinem Schreibtisch Schutz und versuchte es mit einem ratlosen Blick. Rekursbearbeitungen bedeuteten Mehrarbeit, Überstunden am Wochenende, Zeit, die er lieber auf Radtouren über Land verbrachte.

Beide schwiegen und die intensiven Sauggeräusche an der Pfeife erfüllten den Raum wie das Gequietsche kleiner Mäuse. Lorenz wartete. Aber Lucas verharrte in seinem Schweigen, sein Kiefer klappte nach unten. Ja, so wie er hatte noch keiner geschwiegen. Wenn sein Schweigen eine Lautstärke gehabt hätte, dann hätte es bis nach Australien zu den Antipoden gedröhnt. Es war kein Schweigen der Verlegenheit, sondern des Protestes, auch wenn das nicht gerade einfach festzustellen war. So schwieg einer, der die Welt zum Schweigen bringen will. Am besten schweigen konnte aber seine Frau Lisa.

Nach einiger Zeit sagte Lorenz, die gesellschaftliche Aufregung über Missbrauchsfälle und sexuelle Verfehlungen im Erziehungsmilieu hätten ein Klima heraufbeschworen, in dem auch Bagatellen zur Untersuchung gelangten. Innerhalb einer Schullektion sollte das Denken frei und unbeschwert sein. Aber die Zeichnung –

Lucas wehrte sich nicht mehr gegen dieses Missverständnis.

Die ist unnötig gewesen.

Lorenz trippelte vor seinem Bild auf und ab. Das machte er, wenn er nachdachte.

Übel, sagte er.

Nicht so schlimm, sagte Lucas, ich werde mich zu verteidigen wissen. Dann gnade Gott denen von Gottes Gnaden, zitierte er Lichtenberg, worauf ihm Lorenz einen verständnislosen Blick zuwarf.

Wir haben ein Problem, sagte Lorenz, aber Lucas glaubte keine Sekunde an dieses »Wir«. In Wirklichkeit würde er allein dastehen, wenn die drei Beschwerde gegen ihn einreichten oder wenn sie zur Presse gingen.

Wir müssen Boden gutmachen.

Wie denn?, fragte Lucas misstrauisch, dem die ganze Sache langsam auf die Nerven ging.

Lorenz sog weiter an seiner Pfeife, er dachte nach, er suchte fieberhaft nach einem Ausweg.

Du müsstest die Schülerinnen irgendwie auszeichnen, ihnen auf der emotionalen Ebene begegnen. Wie wär's, wenn du einen Schreibwettbewerb zu einem weltanschaulichen Thema ausrichten würdest? Das würde das Klima in der Klasse beruhigen. Du bist doch ein Literaturnarr, es wird dir nicht schwerfallen. Die Schülerinnen werden mitmachen, da bin ich mir sicher.

Von mir aus, überlegte Lucas. Von den Dutzenden von unbezahlten Überstunden wären diese zumindest sinnvoll investiert.

Aber wenn die drei dann nicht mitmachen?

Wo ist das Problem? Sie werden mitmachen, wenn du das richtige Thema stellst, sagte Lorenz amüsiert und klopfte seine Pfeife im Aschenbecher aus.

***

Lucas stand vor dem Schulhaustor und schaute in den grauen Himmel; einzelne Wolken waren zart zerfranst, ein Röntgenbild. Es war Freitag, sein letzter Unterrichtstag für diese Woche, und noch schien sein phallischer Patzer im Lehrerzimmer nicht die Runde gemacht zu haben. Lorenz verhielt sich diskret, aber was war mit den drei Schülerinnen? Würden sie ihn nicht ans Messer liefern wollen?

Lucas ärgerte sich. Das Wagnis der Dichtung und Deutung hatte an der Schule immer weniger Platz. Bürokraten, Kleingeister und Spießer beherrschten das Feld, leider waren sie in der Schülerschaft ebenso verbreitet wie unter den Lehrern. Literaturkunde wollten sie am liebsten mit Multiple-Choice-Tests prüfen.

Er nahm den Heimweg durch den Wald, die schulfreie Zone. Der Wald war ein Relikt aus einer anderen Zeit. Früher Heimstatt von Hexen und Kobolden, bevölkert mit all den abstrusen Wesen, die das menschliche Unbewusste sich im Lauf der Jahrhunderte ersonnen hatte. Aus dem Wald tauchte er stets erfrischt und mit neuen Ideen für den Unterricht zuhause auf. Mit Genugtuung durfte er feststellen, dass es den Wald seiner Kindheit doch noch gab; damals war es der beste Ort gewesen, um sich zu verstecken. Als Kind hatte er oft mit seiner Mutter im Wald Verstecken gespielt. Es war immer schön, gefunden zu werden.

Er verließ den ausgetretenen Weg und drang, wie damals als Bub, durch das Dickicht. Nur gut, dass ihn keiner sah, wie er die Äste wegknickte, wie er über das Rinnsaal des Bächleins sprang. Er kam zu einer Stelle, wo ihm Sibille einfiel. An dieser oder einer ähnlichen Stelle mit dichtem weichem Moos hatte er als Fünfzehnjähriger Sibille geküsst. Fünfzehn Jahre, heute wäre ein solcher Kuss, der das höchste Wagnis war, lächerlich. Der Kuss war so ausführlich gewesen, dass sie sich hinterher die nassen Münder abwischen mussten. Das nächste Mal hatten sie sich wieder geküsst, angespornt durch den Wald, dessen Zwielicht und feuchtmodriger Geruch wie ein Ansporn gewirkt hatte. In den Sommernächten hatten sie sich hier getroffen, er hatte ihre Brüste in den Mund genommen, sie sein Glied, und das weiche, dichte Moos war die Matratze, auf der sie sich wälzten, ziellos erregt, nach dieser und jener Körperstelle grabschend, neugierig und zugleich ohne Bewusstsein. Irgendwann war es dann zum Samenerguss gekommen, und Sibille hatte, so musste er aus heutiger Sicht sagen, einen Orgasmus vorgetäuscht. Dann hatten die Vögel zu zwitschern begonnen, und es war heller geworden. Er erinnerte sich an Sibilles strohblonde Haare, die nach Laub gerochen hatten, an ihre Beine mit dem leicht öligen, mit Rosenseife durchmischten Geruch, und plötzlich hatte er die Beine von Nadia vor Augen, ihren Rücken, der im Sommerkleid sichtbar gewesen war.

Ein Knacken im Unterholz warf ihn aus seinen Gedanken, und ein Gesicht, das ihn immer an die Totenkopftrophäen der Pygmäen erinnerte, tauchte vor ihm auf: Meyer-Abegglen.

Was suchst du hier, Brenner?, rief er überrascht.

Rotkäppchen, entgegnete Lucas geistesgegenwärtig.

Eine Horde Mountainbiker brach zwischen den Stämmen durch. Schüler, die nach Schulschluss ihre Wut abarbeiteten.

Wir sollten im nächsten Semester wieder mal was zusammen machen, sagte Meyer-Abegglen und verschwand über die nächste Lichtung im verwunschenen Dickicht.

Sollte er wirklich mit Meyer-Abegglen einen fächerübergreifenden Kurs anbieten? Mit einem, der vor einem Jahr noch von den Tischen im Lehrerzimmer verbannt worden war, nachdem er mit der Musiklehrerin Wencke, Gitarre und Trompete, ein Verhältnis begonnen hatte? Die Liaison zwischen dem breithüftigen und kieferstarken Meyer-Abegglen und der zu einer sympathischen Schmuddeligkeit neigenden, immerhin fünfzehn Jahre jüngeren Wencke war schnell aufgeflogen und zum Pausenfüller an der Kaffeemaschine geworden. Daraufhin hatte sich Wencke an eine andere Schule versetzen lassen, während sich Meyer-Abegglen verstimmt zurückzog. Fächerübergreifenden Initiativen, mehrtägigen Ausflügen seiner Fachschaft in Vogelschutzgebiete und selbst den sogenannten Gesamtkonventen blieb er fern. Er kam nur noch trotzig mit dem Fahrrad zur Schule, trug, trotzig den Hügel hinaufkeuchend, sein Martyrium zur Schau. Meyer-Abegglens Frau, die keiner kannte, wurde gern und wortreich bedauert.

Meyer-Abegglen war in allem so sehr das Gegenteil von ihm selber, dass Lucas gar nicht wusste, warum er immer seine Nähe suchte.

***

Lisa saß am Küchentisch und musste feststellen, dass sich ihre Wahrnehmung allmählich verschob. Seit Tagen, seit Wochen kam sie mit ihren Bewerbungen nicht vom Fleck, und im Haus wurde alles zum Alptraum. Sie irrte vom oberen Stockwerk, in dem sich das Schlafzimmer und zwei Büroräume befanden, in den Keller, wo sich neben Obstvorräten und Werkzeug auch die Waschküche befand, wieder zurück ins Erdgeschoss. Dutzende Male an einem Morgen absolvierte sie diese Gänge. Sie konnte ein Fensterkreuz so lange anstarren, bis daraus ein Gemälde von de Chirico wurde. Oder die Mauer im Garten, das Ineinander von Moos, Flechten, Schneckenspuren und Gestein, ach, das musste sie einmal fotografieren.

Wächst aus der Langeweile irgendetwas Gescheites?

Lebensplanung mit sechsunddreißig ist etwas anderes als mit siebzehn. Mit siebzehn hatte sie sich treiben lassen, hatte sich Anteile von Freunden und Freundinnen angeeignet und war munter im alternativen Mainstream mitgeschwommen. Als attraktive Frau war sie viel zu wenig allein gewesen. Ein Selbst war sie erst später geworden.

Sie, die von Luc immer als zu eigensinnig, zu autonom, zu dominant bezeichnet wurde, war jetzt, nach diesem Entlassungsschock, aus der Bahn geraten. Sie stand mit dem Kaffee in der Hand am Fenster und schaute auf die Straße hinaus. Es war kein guter Morgen. Sie saß um halb zehn Uhr noch immer am Küchentisch und las im lokalen Käseblatt. Lauter Hiobsbotschaften von der Weltwirtschaft, die übliche Nervosität an den europäischen Börsen, Felsabstürze und andere Untergangsmeldungen: steigende Arbeitslosenziffern, steigende Zahl von Asylsuchenden, sinkende Ausgaben für Bildung,

Bankencrashs. Luc war wie immer um sieben Uhr zur Arbeit gefahren. Prächtiger Spätsommertag, hatte er ihr unter der Tür zugerufen. Geh ein bisschen spazieren.

Nichts wäre schlimmer gewesen!

Ihre Arbeitslosigkeit war gerade mal zwei Wochen alt und fühlte sich an wie eine Entzündung. Wer war sie? Während er vor die neue Klasse trat, nahm sie am Wirtschaftsleben Europas teil. Sie musste wissen, ob ihre Chancen auf dem Arbeitsmarkt stiegen oder fielen. Sie machte bei Quizsendungen im Radio mit und freute sich, wenn sie die gleiche Punktzahl erreichte wie der Sieger. Übrigens: Welcher Philosoph hat Arbeit als Selbstverwirklichung definiert?

Vor der Entlassung hatte sie sich stets auf den Feierabend gefreut; jetzt wusste sie, das ist die Zeit, wo sie von den Zeitungs- und Radionachrichten auf die Fernsehnachrichten umstellen konnte. Essenszeit war immer und nie. Sie musste, was sonst nie vorgekommen war, strenger auf ihr Gewicht achten, weil sie die Hände, die früher am Computer beschäftigt waren, dauernd im Kühlschrank hatte. Bildredakteurin, was war das eigentlich gewesen? Man wusste doch immer, was der Leser sehen wollte: den schnellen Schuss. Die Pointe, die saß wie ein Hieb.

Um elf Uhr war die fünfte Tasse Kaffee getrunken. Wenn sie jetzt weiter Kaffee trank, kriegte sie das Nervenflattern. Sie öffnete den Kühlschrank, und alles, was zum Leben für die nächsten Tage nötig war, starrte ihr entgegen: kein neuer Einkauf vonnöten. Mit Meret war sie am Vortag Squashen gewesen, mit Plinius hatte sie einen Spaziergang über Land gemacht, der sie zuletzt nur noch mehr deprimiert hatte. Sie schaute auf die Straße, beobachtete eine Frau beim Einparken und wunderte sich, wie viele Redewendungen ihre Situation bereithielt: parken, aussteuern, stilllegen, freistellen. Sie redete mit dem Staubsauger. Überlegte sich, ein Haustier anzuschaffen. Laut Stundenplan sollte Luc gegen sechzehn Uhr nach Hause kommen, aber im Anschluss gab es noch eine Sitzung, die ihn länger in der Schule hielt. Und das schöne Wetter draußen nahm kein Ende. Das Licht neben der Ledercouch ließ den Staub hervortreten. Sie rutschte immer mehr in sich hinein, die Haut fühlte sich an wie eine Verpackung. Sie war lustlos, leer und ihrer selbst überdrüssig.

Am späten Nachmittag setzte sie sich an den PC und suchte das Netz nach offenen Stellen durch. Dabei stellte sie sich vor, wie sie in wenigen Wochen wieder in einer Redaktion sitzen würde. Sollte sie die freie Zeit jetzt nicht etwas mehr genießen? Was würden sie heute Abend kochen? Wo hatte Luc das Kochbuch eingeräumt?

Kurz vor Feierabend ging sie mit der Kamera außer Haus. Sie entdeckte eine junge Frau mit einem müden, mutlosen Gesicht. Sie trug eine Gitarre auf dem gekrümmten Rücken. Bestimmt war sie gerade in der Liebe enttäuscht worden. Sie folgte dem Mädchen, stieg mit ihr in einen Bus und stieg mit ihr wieder aus. Als die junge Frau stehenblieb, ins Handy redete und zu weinen begann, schoss sie einige Bilder von ihr.

Als sie heimkehrte, saß Luc in der Küche beim Feierabendbier. Ihre Blicke kreuzten sich, als kämen sie aus verschiedenen Galaxien. Er stand auf, er kochte, dass die Pfannen schepperten, und das Schweigen beim Essen war immerhin so geräumig, dass sie nicht aneinandergerieten.

***

Luc wollte nicht, dass sie aufgab. Er fuhr sie ins Spital, in der Tasche den Auftrag von einer Zeitschrift, die einen Bericht über das Gesundheitswesen bringen wollte. Eine Krankenschwester, die als Pressefrau fungierte, zerrte sie in einen Raum, in dem Patienten vor dem Fernseher saßen. Die Presseschwester bat die Patienten zu lächeln. Posieren hätte ihre Kräfte überstiegen. Ein Assistenzarzt musste mit aufs Bild. Lisa fotografierte und fühlte sich gut. Es war wie zur Zeit ihrer Ausbildung an der Kunsthochschule. Schauen, nachfassen, dann den richtigen Moment finden. Die Patienten taten ihr nicht einmal leid; sie sah es sachlich, jeder konnte hier landen. Aber zuhause auf ihren Bildern hingen alle leblos im Fleisch; Patientinnen streckten ihre geschienten Beine in die Luft oder schleppten sich im Gefolge der Infusionsflaschen durch die Gänge.

Das alles sah nicht gerade munter aus, nicht munter genug jedenfalls für die Zeitschrift, die die Bilder zurückwies. Hatte sie die Patienten so fotografiert, wie sie sich selber fühlte?

Was war denn früher an ihrem Berufsleben so aufregend gewesen, dass sie ihm immer noch nachtrauerte? Da hatte sich alles unter Menschen abgespielt. Und da, wo es um Menschen geht, herrschte immer Aufregung, Aufruhr, das große Durcheinander von Anziehung und Abstoßung. Jetzt aber gab es nur noch das Bett, das frisch zu beziehen war, die Wäsche, die aus dem Trockner gezupft werden wollte. Die Badewanne mit den widerlichen Schmutzrändern. Der verstopfte Ablauf in der Waschküche.

Dann klingelte das Telefon, aber beim Abnehmen sagte sie nicht Lisa, sondern Hallo. Hallo, wen wollen Sie sprechen? Lisa ist nicht da. Sie kauert in einem Kleiderschrank. Sie liegt tot unter dem Bett. Sie steckt mit ihrem Kopf im Klo. Hallo, sagte sie und legte auf.

***

Aufgefallen war ihm Prinz das erste Mal, als er in selbstsicherem Gang aus dem Mädchenklo spazierte, rechts Flurina und links die bleiche Mira am Arm. Mira war am Wochenende zusammengebrochen, nachdem ihr Vater nach einer Zechtour die Mutter aus dem Bett geprügelt hatte. Wie viel Prinz davon wusste, konnte Luc nicht sagen. Mit Sicherheit fühlte sich Prinz zu Mira hingezogen, weil sie sich wie er mit Trends und Moden auskannte. Prinz liebte es, in der Pause Löcher in den trüben Teich beim Wäldchen zu starren, den Kragen seines Parka hochgeschlagen, die Hände lässig in den Taschen vergraben, die qualmende Zigarette im Mund. Prinz hatte keine Freunde, aber viel Prestige. Frédéric Bilger, wie er in Wahrheit hieß, war über die Montessori-Schule ans Gymnasium gekommen, was seine Abneigung für Früchtetee, Wollsachen und hybridbetriebene Autos erklärte. Bilger sprach zuhause französisch, sein Vater war Artist bei einem Kleinzirkus in der Provence, seine Mutter Verkäuferin in einem Warenhaus. Bilger hatte zwei Halbgeschwister, die er, wie er einmal bemerkt hatte, beide nicht ausstehen konnte.

Nun tänzelte Prinz mit seinen beiden Mädchen artig ins Klassenzimmer, brachte die blutarme Mira bis zu ihrer Bank, setzte sich und schob den Kopfhörer in den Nacken. Lucas hatte ihn einmal nach der Bedeutung einer Gedichtzeile gefragt. Es handle sich, hatte er geantwortet, um einen doppelt kodierten Dissoziierungsvorgang psychischer Natur, der Dichter sei wohl etwas infamös veranlagt. Das Gelächter der Klasse war Honig. Prinz war verrückt nach Fremdwörtern und griff notorisch daneben. Besonders gern benutzte er das Wort »etwas«. Die Stimmung ist etwas geheimnisvoll, sagte er oft, wenn es um Gedichte ging. – Hinter diesem »etwas« und hinter seinen Antworten stand aber nicht ein fleißiger, sondern ein innerlich abwesender Schüler, wie Lucas feststellen musste.

Nehmen Sie bitte Ihre Argumentationsübung zur Hand, sagte Lucas, schaute verstohlen zu Nadia und versuchte an ihrem Gesichtsausdruck abzulesen, ob sie die Hausaufgabe gemacht hatte.

Ich hoffe, Sie haben Ihr Denken geschärft, sagte er, Frédéric, dürften wir Ihren Text hören?

Prinz stellte sich vor die Klasse, die Hosen tief im Schritt, und sprach über die Problematik von Kriegsspielen im Kinderzimmer. Seine Gedanken erwiesen sich als beeindruckend schlicht. Lucas merkte, dass Prinz das, was er vortrug, kaum verstand und schon gar nicht selber gedacht hatte. Weder war er für ein Verbot noch war er dagegen, er reihte die Argumente wie Holzfigürchen aneinander. Dann und wann warf er seinen Arm in die Höhe, pausierte wie ein verirrter Autofahrer im Stadtverkehr und gab seinem Vortrag Bedeutung an den falschen Stellen. Dann wieder imitierte er eine Tanzpose aus einem aktuellen YouTube-Videoclip, was die Klasse mit wohlwollendem Grunzen quittierte.

Prinz war ein Schülerdarsteller, ein Anwesenheitsvortäuscher. Wo er »Ich« sagte, war niemand. Nach einer kleinen Umfrage im Lehrerzimmer fand Lucas heraus, dass er bei Piet in Musik brillierte. Bei Krähenbühl in Mathematik hatte er große Mühe, lobte aber immer wieder die metaphysisch saubere Logik der Prüfungsaufgaben und die philosophische Aura des Fachs. Krähenbühl war deswegen von seiner Persönlichkeit angetan und fand, das Notensystem tue einem wie Prinz unrecht. In Biologie profilierte er sich als Anhänger einer biologistischen Weltsicht und Meyer-Abegglen hielt ihn für außerordentlich begabt. Rudi, selbst Rudi fiel auf ihn herein. Überall und bei jeder Gelegenheit zitierte Prinz eine pseudophilosophische Weisheit, ein Schuhlöffel, der es ihm ermöglichte, mit vielerlei Schuhen unterwegs zu sein.

Nach Prinz sprach Cecilia über das Thema: »Soll man christliche Feiertage abschaffen?« Sie hatte die blonden Haare zu einem Zopf zusammengebunden, trug eine karierte Bluse, ein Gilet und knirschte mit den Zähnen. Sie rückte das Familienleben ins Zentrum ihrer Ausführungen, beschwor das traute Beisammensein, Wanderausflüge und Beten bei Kerzenschein. Lucas staunte, dass die Eiferin nicht wie eine verkleidete Vogelscheuche erschien, sondern wie die Botschafterin eines neuen Zeitalters, umgeben von einer Aura der Postsexualität und einer neuen, Kniesocken tragenden Spiritualität.

Dann bat Lucas Nadia nach vorne. Alle Augen richteten sich auf sie, als sie über die am Boden liegenden Taschen und Rucksäcke stakste und mit unsicherem Blick vor die Klasse trat. Er hatte das Gefühl, dass sie zerbrechlich und gleichzeitig unantastbar war. Es wurde mucksmäuschenstill, als sie anhob. Sie zögerte, weil sie offenbar nicht wusste, ob sie den Text überhaupt vorlesen wollte. Ihr Thema lautete »Kinderreiche Familien – ja oder nein«. Sie begann mit dem Geständnis, dass sie dem Thema eigentlich nichts abgewinnen könne, sie habe es schließlich doch gewählt, weil sie sich ziemlich sicher sei, keine Kinder haben zu wollen. Denn Kinder seien nichts als die Opfer einer egoistischen, rücksichtslosen Politik, sagte sie, einer Gesellschaft, die die Ressourcen schröpfe und den Planeten ruiniere. In welcher Welt sollten Kinder leben? Die Zukunft sei vom Kapitalismus eskamotiert worden. Lucas horchte auf, da sie das schwierige Fremdwort korrekt gebraucht hatte. Und wie sollten Kinder in dieser Welt noch Kinder sein können? An dieser Stelle packte sie ein kleines Holzpferd, eine Eisenbahn und eine altmodische Stoffpuppe aus einer Plastiktüte und reichte sie in der Klasse herum. Man solle die Spielzeuge in die Hand nehmen.

Wie kann man Kind sein in einer Plastikwelt?, fragte sie. Wie kann man Kind sein in einer Welt voller gefälschter Bilder? Wie kann man Kind sein, wenn die Sterne und der Mond nicht mehr wahr sind? Wie kann man Jugendlicher sein, wenn einem die Liebe gestohlen und durch Porno ersetzt wird? – So fuhr sie fort mit Sätzen, die alle einen leuchtenden Kern und einen dunklen Saum hatten. Zum Schluss zeichnete sie die Vision einer verlorenen Kindheit. Wir sind alle verloren, ohne es zu wissen, sagte sie, und wohl alle hatten das Gefühl, dass sie über sich selber sprach.

Als die Pausenglocke läutete, blieben alle auf den Stühlen kleben. Lucas ging zu Nadia, und als er vor ihr stand, versagten ihm die Worte. Er neigte sich ein wenig vor, ironisch und zugleich ihre Nähe suchend, und dankte ihr, dankte ihr leise, aber nachdrücklich. Nadias Augen leuchteten, sie schüttelte eine Sekunde lang verlegen den Kopf und sagte dann: Toll, wenn's Ihnen gefallen hat, Herr Brenner.

***

Lisa hatte sich dreimal umgezogen, bis er eingegriffen und sie beruhigt hatte. Sie öffnete die Wagentür und ließ sich auf den Beifahrersitz plumpsen.

Wohin fahren wir?, fragte er.

Zu meinem zwölften Auftrag.

Biobauer oder Verwaltungsratsvorsitzender?

Sie verzog das Gesicht und presste die Lippen zusammen. Sie musste jetzt jeden Morgen woanders hin, musste sich organisieren, um das ganze Material mitschleppen zu können.

Er hatte sie in abgelegene Industrieanlagen gefahren, in Schlachthäuser, in Tierheime, in Hallenbäder. Überall gab es etwas zu fotografieren. Die Menschen wollten Fotos von allem.

Sie beugte sich vor und stellte die Musik lauter. Dann presste sie den Kopf in die Nackenstütze, sodass er aus den Augenwinkeln nur noch ihre Nasenspitze sah. Er dachte an Nadia, ihren Körper, der in den Bewegungen viel unsicherer war, anders als Lisa. Wie würde sich Nadia in zwanzig Jahren bewegen?

Laurie Anderson, sagte sie und streckte ihre Beine aus.

Du musst Laurie Anderson fotografieren?

Sie lachte. Ich wollte wissen, wo du die CD hingetan hast.

Er reichte sie ihr aus der Seitenablage der Türe. Eine Sekunde lang war es wie eine Fahrt in den Urlaub.

Heute wird Frau Rütimann abgelichtet, eine Landrätin zu Besuch in einer Problemschule.

Sie wird mit dir ein Dutzend Mal durch die Schulhausgänge rennen, sich neben den Rektor und eine hilflose Lehrkraft stellen und sich auf eine Gruppe von Schülern stürzen, um sich in deren Mitte fotografieren zu lassen.

Lisa nickte müde, und er bereute seine Sätze.

Ich habe jetzt schon Kopfschmerzen, sagte sie.

Er wechselte auf die Innenspur und bog in eine Tankstelle ab.

Eigentlich dürfte man das Gesicht der Leute nicht fotografieren. Es ist voller Runzeln, in der Mitte klafft ein Loch, und die zwei Wassertümpel müssen erst noch mit dem Rotfilter gereinigt werden. Gesichter sind obszön, sagte sie und massierte ihren Nacken.

Er reihte sich in die Warteschlange ein, die vor der Autowaschanlage stand.

Ich würde die Leute viel lieber von der Seite aufnehmen. Menschen im Profil haben Poesie, sie schauen irgendwohin, wo sich etwas Wunderbares ereignet. – Wieso stehen wir eigentlich hier in der Schlange?

Ich fahre dich nur mit einem sauberen Autor zur Arbeit, sagte er.

Sagtest du Autor?, fragte sie.

Er hatte tatsächlich Autor gesagt und musste lachen.

Dann erzählte er ihr in leichtem Ton von seinem Lapsus mit dem Phallus und den drei Schülerinnen, die sich bei Lorenz beschwert hatten. In Wahrheit lag ihm die Sache schwer im Magen, weil er nicht wusste, was sich noch alles daraus entwickeln konnte.

Man kann gar nicht unterrichten, wenn man das Thema aussparen muss. Nenn mir ein Buch, in dem es nicht mehr oder weniger um Sexualität geht!

Er legte den Leerlauf ein, und der Wagen ruckelte in kleinen Hustenanfällen vorwärts. Während eine bunte Farbtolle auf sie zuschwebte und sich wie ein nasser Hund auf der Windschutzscheibe hin und her warf, schob er seine Hand unter ihre Bluse. Zielstrebig drang er bis zu ihren Brüsten vor. Lisa tat, als wäre sie überrumpelt.

Auch ein kleines Glück ist gegenüber einem größeren Unglück nicht machtlos, sagte er.

Ist der Satz von dir?

Sie fasste seine Hand und legte sie aufs Lenkrad.

Ich will dein Gesicht glatt und undurchdringlich, sagte er verstimmt.

Wollen wir das nicht etwas aufschieben?, fragte sie.

Was hast du?

Ich sah plötzlich einen toten Vogel auf der Windschutzscheibe liegen. Im Übrigen muss ich mich konzentrieren, verstehst du? Wie macht sich denn deine neue Klasse?, fragte sie, als der bunte Hund von der Windschutzscheibe abließ und das Heißluftgebläse einsetzte. Sie öffnete ihre Handtasche und entnahm ihr einen roten Lippenstift. Drückte ihm einen Kuss auf die beleidigte Schnute.

Deine neue Klasse?

Eine Ladung Schiffbrüchiger, entgegnete er.

Lisa fuhr mit dem Finger nachdenklich über die Windschutzscheibe und hinterließ einen Strich.

Du wirst sie mit deiner Originalität zähmen, sagte Lisa und zwickte ihn ins Ohr. Aber treib's nicht zu toll. Du weißt, dass du die Kids mit zu viel Originalität nur erschreckst.

Nun ärgerte sie ihn wieder. Es lag ihm etwas an seinen gut aufbereiteten Lektionen.

Die meisten werden für meinen Unterricht offen sein, sagte er. Bei einigen ist bereits spürbar, dass die Literatur in ihrem Leben eine Rolle spielen wird. Zum Beispiel diese Nadia.

Sieht sie gut aus?

Nicht so gut wie du, lachte er. Lange schwarze Haare, aber ihre Augen …

Was ist mit ihren Augen?

Augen, die einen durchdringen und zugleich traurig machen. Wie bei der jungen Else Lasker-Schüler.

Er ließ sie vor den Toren der Grundschule aussteigen, deren Probleme der Presse seit Jahren Futter gaben. Drei Viertel der Schüler waren Ausländer oder kamen, wie es hieß, aus »bildungsfernen« Milieus. Seine »Bildungsfernen« erwiesen sich jedoch größtenteils als scharfzüngig und ehrgeizig. War »ehrgeizig« das richtige Wort? Nein, sie waren hungrig, und das machte sie zu guten Schülern. Selbst wenn sie wenig wussten und miserabel schrieben.

Lisa fischte sich ihre Fotoausrüstung vom Rücksitz und machte sich schwer bepackt auf den Weg.

Viel Glück!, rief er ihr hinterher.

Mit einer energischen Handbewegung wiegelte sie ab. Er war überzeugt, dass Lisa dabei war, ein neues Leben zu finden. Es brauchte nicht mehr viel, um sie zu ermuntern. Was, wenn Lisa damals, als sie sich kennengelernt hatten, das Kind nicht verloren hätte? Wieso kam eine junge Frau wie Nadia dazu, den Kinderwunsch mit einer solchen Vehemenz zu verneinen? Mit siebzehn oder achtzehn Jahren? Was hatte sie erlebt? Konnte er, der Deutschlehrer, etwas daran ändern?

***

Sie rief am Abend an, um zu sagen, dass sie mit Katrin essen gehen würde. Er wartete auf sie. Die Lektionen waren vorbereitet, schließlich öffnete er eine Flasche Wein, nahm ein Buch, aber er konnte sich nicht konzentrieren. Er trank die halbe Flasche leer, zappte sich dann durch irgendwelche mitternächtlichen Talkshows.

Als sie endlich gegen ein Uhr nachts eintrudelte, hatte sie deutlich zu viel getrunken. Sie torkelte übers Parkett, ließ sich aufs Sofa fallen und versuchte ihre Stöckelschuhe auszuziehen, während ihr eine Haarsträhne ins Gesicht fiel.

Na, hat's geklappt mit der Politikerin?

Sie bemühte sich, aufrecht zu sitzen.

Ich glaube, ich habe heute wirklich gute Fotos gemacht. Die Landrätin war jedenfalls außer sich vor Begeisterung. Sie hat mir gesagt, dass sie mich für weitere Termine engagieren wird.

Lisa erhob sich und gewährte ihm eine kurze Pause. Sie trippelte in ihren Strümpfen zum Küchenschrank, holte sich ein Weinglas und schenkte sich ein.

Trink nicht so viel, sagte er samtig, um sie zu beruhigen. Er kannte diese Zustände, da kroch etwas in ihr hervor, das sich kaum zähmen ließ.

Das war ein Volltreffer. Und wenn ich weitere Aufträge kriege, dann kann ich vielleicht auch andere Politiker ablichten. Stell dir vor, ich könnte eine Ausstellung mit Porträts berühmter Persönlichkeiten machen.

Dann wärst du dauernd unterwegs.

Sie verschüttete den Wein auf dem Glastischchen.

Pass doch auf, sagte er. Und trink nicht so schnell.

Ja, Herr Lehrer.

Ihre Stimme war jetzt noch etwas höher und noch etwas schriller, wie Glas, das über Glas gezogen wurde.

Ich trinke, und ich trinke, wenn ich trinke, weil ich trinken will. War das literarisch genug ausgedrückt, Herr Professor?, lallte sie. Im Keller liegt eine tote Ratte neben dem Weingestell. Könntest du die morgen entfernen?

Ich glaube nicht, dass es gut gegangen ist, sagte er. Sonst wärst du nicht so verzweifelt.

Bin ich verzweifelt?

Sie stand auf, drehte sich um die eigene Achse, als wollte sie ihn zum Tanz auffordern.

Du bist doch verzweifelt, Lisa. In dir wächst seit Wochen nur Groll.

Was redest du da?, schrie sie. Du kennst doch sowieso nur deine Zuchtanstalt. Deine Schule ist nicht das Leben, das ist ein staatlich möblierter Wartesaal.

Er stand auf und nahm ihr das Glas aus der Hand.

Hey, sagte sie und begann sein Hemd aufzuknöpfen.

Ich will jetzt keinen Sex, sagte er knapp.

Wenn ich Sex will, willst du keinen, wenn du Sex willst, will ich keinen. Ist das so?

Sie sank erschöpft auf den Boden.

Er hasste es, wenn sie Dinge tat, die die Ordnung des Alltags außer Kraft setzten. Warum musste sie auf dem Boden sitzen, gab es nicht Stühle und Sessel genug?

Lisa, holte er aus. Du hast ein schönes Leben, trotz allem. Du kannst aus dem Fenster schauen und draußen die kleinsten Veränderungen an der Wetterfront mitverfolgen. Du kannst am Nachmittag hinaus in die Natur, durch die Wälder streifen, in Ruhe deinen Besorgungen nachgehen.

Mit voller Wucht warf sie ihre Handtasche nach ihm. Während er sie an den Handgelenken fasste, um sie zu beruhigen, überlegte er, welcher seiner Sätze der Sprengsatz gewesen war.

Lisa, hast du nicht auch einige interessante Aufträge abgelehnt?

Er wusste, wie hochmütig sie sein konnte, wenn sie nicht ganz in Form war.

Ich bin gelernte Fotografin, hast du das vergessen? Ich mache keine Portraits von fedäkierenden Dackeln!

Hat jemand von dir verlangt, einen defäkierenden Dackel zu fotografieren?

Ich hasse Hundegesichter!

Er schaute ihr in die hasserfüllten Augen. Früher hatten sie zum Abendessen eine Flasche Rotwein getrunken, um danach im Bett leidenschaftlich übereinander herzufallen.

Lass uns schlafen gehen, sagte er. Aber sie war schon weg und knallte die Schlafzimmertür hinter sich zu.

***

Einen Neudeutschen, so hatte ihn Meyer-Abegglen genannt und gelacht. Der Kiefer des Lehrers hatte sich in der ganzen Breite von links nach rechts bewegt. Deniz hatte es mit der Angst gekriegt, aber dann hatte der Biolehrer gerufen: Ich hoffe, Sie verstehen etwas von Biologie! Hatte es laut gerufen.

Nun saß er in der ersten Deutschstunde, und alle starrten ihn noch immer an wie ein Weltwunder, bloß weil er seinen Schädel kahl rasiert hatte. Mein Name ist Deniz Karman, hatte er zu Lucas Brenner gesagt, ich komme aus den neuen Bundesländern, Nordhausen.

Brenner kam extra zu ihm in die hinterste Bankreihe, um ihm die Hand zu geben.

Willkommen, Deniz, sagte er.

Der, dessen Kopfhörer wie ein Reptil um seinen langen Hals hingen, starrte wieder zu ihm herüber. Deniz wusste, dass er seinen Kopf bewunderte. Sein Kopf, die schiere Größe seines Kopfes.

Brenner fragte ihn, ob er den Stoff der letzten zwei Monate nachholen könne. Isjaklar, antwortete er.

Sie lasen eine Novelle von Gottfried Keller, und der

Lehrer ließ die ersten Seiten vortragen, eine Idylle. Dabei machte Brenner immerzu ein unglückliches Gesicht: Das Wetter spiele ihm einen argen Streich, klagte er, denn statt der »stillen goldenen Septembergegend«, wie es bei Keller heiße, sei es leider schon später im Jahr. Draußen fegte ein kalter Wind durch die Bäume.

Die Liebesgeschichte der beiden Bauernkinder Vrenchen und Sali wurde gut aufgenommen, besser als damals in Nordhausen, erinnerte sich Deniz. Auch wenn eine so ehrlich war zuzugeben, dass sie unter der Sprache gelitten hatte. Zu lange Sätze, nörgelte der mit den Saurierkopfhörern. Krass biedere Welt, kommentierte eine, die besonders nobel aussah.

Mir hat's gefallen, meldete er sich zu Wort.

Sie kennen die Novelle?, fragte Brenner überrascht und stellte den Kopf schräg.

Hab sie mal in einem Snowboardlager gelesen, mit viel Wodka ging's rein wie nix. Sein Satz segelte über die Köpfe mit lauter aufgeklappten Kiefern.

Und wie ist das Buch bei Flurina angekommen?, fragte Brenner in einschmeichelndem Ton.

Ich lehne dieses Buch ab, sagte Flurina schnöde.

Sie haben es also gelesen?

Hundert Seiten über zwei Selbstmörder, die reinste Qual.

Ich kann Sie nicht von der Lektüre entbinden, sagte Brenner milde, auch wenn Sie Mühe damit haben. Wir werden wohl auch eine Prüfung darüber schreiben müssen.

Flurinas Einwand rief Cecilia auf den Plan. Sie las den Schluss der Novelle vor, den sie mit einem gelben Marker hervorgehoben hatte: »… abermals ein Zeichen von der um sich greifenden Entsittlichung und Verwilderung der Leidenschaften.«

Brenner schien einen Moment irritiert. Mit einer komischen Handbewegung nahm er ein Blatt aus seiner Sichtmappe und fasste den Vorwurf eines gewissen Conrad Wilhelm Kambli zusammen, der Keller 1891vorgeworfen hatte, die freie Liebe verherrlicht zu haben. Brenner dozierte, und seine Stimme tönte laut und schrill. Warum denn, fragte Kambli, könne Keller die beiden nicht einfach auf dem Heuschiff zugrundegehen lassen. Warum mutet er dem Leser zu, sich diese Selbsttötung auf dem Heuschiff vorzustellen? Was denn die Klasse dazu denke?

Die Klasse schwieg. Deniz wusste warum: Dieser Kambli interessierte niemanden. Aber keiner liess es sich anmerken. Auch wenn zwei Drittel innerlich weggetreten waren, darunter einer, der dauernd SMS versandte. Brenner entging Vieles, dachte Deniz, er war wirklich naiv. Vielleicht tat er auch nur so, als würde er nichts bemerken. Letztlich war seine Aufmerksamkeit immer mehr bei der Literatur und weniger bei den Schülern. Außer bei der Langhaarigen neben ihm, die die ganze Zeit von Brenner aufgerufen wurde. Und zwar so in der Art: Nadia, das letzte Wort gehört Ihnen. Oder: Jetzt kann uns nur noch Nadia helfen. Die Langhaarige gab ab und zu Antwort, wirkte aber irgendwie abwesend. Sie wirkte nicht hochnäsig, obwohl sie eine Art Madonnengesicht hatte. Im Übrigen war sie ganz gut gebaut.

Es herrschte eisiges Schweigen in der Klasse. Brenner drehte seine einsamen Runden und redete und redete, von der Verwilderung, von der Utopie des freien Lebens und von der Unterdrückung der Sexualität. Ihm, Deniz, war das Schweigen peinlich, denn man konnte auch so sehen, dass sich alle wegen ihm unwohl fühlten. So fühlte er sich veranlasst, etwas zu sagen, und streckte die Hand aus und sagte, dass eigentlich die beiden Väter die Kinder auf dem Gewissen hätten.

Für diese Spitzfindigkeit erntete er böse Blicke, vor allem von Flurina und Cecilia. Er hatte sich den Einstieg in die Klasse vermiest. Er sollte es noch oft zu spüren bekommen, dass man sich in diesem Land als Neuling nicht zu oft zu Wort meldete. Schnell galt man als arrogant.

Nach der Stunde stand er allein auf dem Pausenplatz und dachte an seine Schule in Nordhausen. Es gab hier fast keine Türken im Gymnasium. Die waren »ausgemendelt« worden, ein Wort von Meyer-Abegglen, das er sich gemerkt hatte.

In der zweiten Lektion kam Brenner auf die Stelle zurück, in der Sali seinen Schwiegervater mit einem Stein traktiert, und gab der Klasse den Auftrag, dem Steinmotiv nachzugehen. Dann setzte er sich neben Nadia und erläuterte ihr die Fragestellung. Die Langhaarige blinzelte, denn es war ihr peinlich, von Brenner verwöhnt zu werden. Sie hatte es auch so begriffen. Man sah, dass er auf Distanz achtete, aber man sah auch, dass er ihr gerne nähergekommen wäre. Auch Deniz war das peinlich, und da überfiel ihn der Schlaf. Er schlief einfach weg. Und es war ihm erst recht peinlich, dass die Klasse und der Lehrer ihn schon in den ersten Lektionen in seinem Schlafloch versinken sahen.

***

Hast du den Gottfried Keller gelesen?, fragte ihn Nadia nach dem Unterricht.

Er nickte vorsichtig und fragte sich, was sie von ihm

wollte. Sollte er wieder erzählen, dass er erst seit kurzem und wegen seines Onkels Alper, der in der Industrie ein hohes Tier war, in dieser Gegend gelandet war? Oder sollte er ihr gestehen, dass er sich bereits Gedanken über sie gemacht hatte? Dass ihm ihre langen Haare gefielen und dass er es nett gefunden hatte, dass sie sich gleich neben ihn gesetzt hatte?

Sie hatte den gleichen Schulweg wie er.

Natürlich habe ich den Keller gelesen, antwortete er. Würde ich nicht gern lesen, wäre ich doch nicht an diese Schule gekommen.

Nadia schaute ihn verblüfft an.

Klar, sagte sie, du bist ein Streber aus dem Osten. Sie zündete sich eine Zigarette an, wollte sie ihm reichen, aber er rauchte nicht. Wie alt bist du? Du siehst uralt aus!

Den Streber kannst du dir schenken, sagte er und legte seinen Kopf in den Nacken. Ich bin fast zwanzig. Und du?

Achtzehn, habe ein Jahr ausgesetzt.

Dann wussten sie nichts mehr zu sagen und schauten eine Zeitlang aneinander vorbei. Natürlich hatte er erwartet, dass sie ihn über seine Herkunft ausfragen würde, über das Kaff, Nordhausen, in dem er sein bisheriges Leben verplempert hatte. Aber sie fragte nichts, machte stattdessen ein düsteres Gesicht und sog wie eine Süchtige an der Zigarette.

Brenner erstickt doch, wenn man seine Bücher nicht mag, sagte sie.

Er nimmt seinen Unterricht sehr ernst, sagte er.

Er hält sich für ein Genie und reitet auf den Büchern rum, als hätte er sie selber geschrieben.

Ich finde, er bringt's auf den Punkt.

Meine Güte, sagte sie enttäuscht, wie du redest. Ihre Zigarette erlosch mit einem wütenden Zischen in einer

Pfütze. Brenner ist doch der Totalneurotiker. Es gibt Typen, die können sich einfach nicht von ihrer Jugend lösen, und deshalb werden sie Lehrer, um ein Leben lang weiter zur Schule gehen zu können.

Falsch. Ich find ihn extrem, sagte Deniz.

Karman, woher kommt das eigentlich?, fragte sie nachdenklich. Du redest wie einer aus einer bildungsfernen Schicht, der die Statistik der Verlierer aufpolieren will. Bist du hier, um dir den Nobelpreis für Fleiß abzuholen? Gab's nicht früher mal ein Auto, das Karmann hieß?

Sie eilte ihm einige Schritte voraus.

Karman kommt von Karemann, ich bin aus der Türkei, sagte er mit leisem Stolz.

Irritiert blieb sie stehen. Dacht ich mir doch, ein Türke, sagte sie und machte dazu ein Gesicht, als fände sie den Satz völlig in Ordnung.

Er verstellte ihr den Weg, schaute ihr in die Augen und flüsterte: Hast du was gegen Türken?

Sie schaute grinsend zurück.

Warum hast du so einen Riesenkopf?

Am liebsten hätte er ihr eine geknallt. Stattdessen sah er, wie sich ihr Blick auf einmal nach innen kehrte und eine Traurigkeit in ihrem Gesicht erschien, für die er sie am liebsten umarmt hätte. Ja, am liebsten hätte er sie fest an sich gedrückt.

In der nächsten Woche stand er mit Nadia auf dem Parkplatz neben dem alten Mercedes seines Vaters und fragte sie, ob sie nach Schulschluss mitfahren wolle, sie hätten ja ein Stück weit denselben Schulweg.

Sie schaute ihn an wie einen Verräter, aber trotzdem ging sie nicht.

Das ist dein Wagen? Das ist doch ein Taxi, so nennt

man das hierzulande, wenn auf dem Dach ein Licht ist. Steht ja drauf.

Ja, sagte er.

Sie hielt eine Sekunde lang den Mund.

Ich könnte dir mit Hintergrundwissen zur Novelle helfen, sagte er übertrieben charmant.

Sie lehnte dankend ab und sagte, wenn es um Literatur gehe, brauche sie keine Nachhilfe. Dann ging sie, einige widerspenstige Haarbüschel zähmend, entschlossen zurück.

In der nächsten Brenner-Lektion setzte sie sich nicht mehr neben ihn, sondern ans andere Ende des Klassenzimmers, ihm gegenüber, und schaute die ganze Zeit durch ihn hindurch. Später deponierte er ein Zettelchen auf ihrem Tisch, auf dem in zittriger Schrift geschrieben stand: »Tausche Mercedes gegen einen Blick von dir. DK«

Während Brenner über das Besondere von Kellers Realismus palaverte und dabei immerzu zu ihr hinschielte, faltete sie den Zettel auf. Ein Ruck ging durch ihren Körper, sie schaute ohne Umschweife zu ihm herüber und schickte ihm einen eiskalten und wütenden Blick. Er fuhr vor Schrecken zusammen. Sand rieselte in sein Hirn. Schon wieder sank sein Kopf auf die Bank. Noch im Schlaf spürte er ihren Blick weiter in sich glühen.

Nachdem er wieder zu sich gekommen war, tat Brenner so, als wäre nichts passiert. Oder er hatte, weil er von seiner eigenen Lektion so begeistert war, wirklich nichts vom schlafenden Karman mitbekommen. Deniz sammelte bewundernde Blicke ein.

Am Nachmittag wartete Nadia vor seinem Auto auf ihn.

Stark und klar, dein Protest, sagte sie und setzte sich wortlos in den Wagen. Glaubst du wirklich, dass du das Ding noch zum Fahren kriegst?

Er klopfte mit dem Fingerknöchel aufs Armaturenbrett und startete den Mercedes.

Deutsches Auto, sagte er.

Türkischer Fahrer, sagte sie.

Er lachte.

Sie lehnte sich zurück. Man müsste, sagte sie, statt Demos Sleep-Ins machen. Schlafen sei subversiver als kämpfen. Die Welt lahmlegen, indem man schlief statt arbeitete, folterte, kämpfte.

Er staunte, dass sie die Welt lahmlegen wollte.

Warum pennst du im richtigen Moment immer so prompt ein?

Er hustete, als hätte er sie nicht verstanden.

Ich schlafe überall und immer ein, leider.

Hu, rief sie, wenn das nicht gefährlich ist! Besorgt schaute sie auf die Straße, die sich vor ihnen zu einer scharfen Kurve krümmte.

Deswegen darf ich eigentlich nicht lange Autofahren. Nur kurze Strecken. Ich leide nämlich an Narkolepsie. Eine seltene Krankheit. Ich schlafe ein, sobald ich mich aufrege. Oder zu stark freue. Egal.

Sie nickte, ließ das Thema fallen und kam auf die Keller-Novelle zurück.

Er registrierte, dass sie scharf denken konnte, auf jeden Fall verstand sie ihn besser, als er gehofft hatte, und ritt nicht auf seiner Schwachstelle herum.

Beim Aussteigen überrumpelte sie ihn mit der Frage, ob er Lust habe, mit ihr am Samstag ins Kino zu gehen. Er zögerte, obwohl er innerlich vor Freude hüpfte. Ins Kino hatte sie ihn eingeladen! Wie gerne wäre er mitgegangen. Aber es war zu riskant. Er war seit dem Ausbruch der Krankheit nicht mehr im Kino gewesen.

Nein, sagte er, er habe schon mit jemand anderem abgemacht.

Sie schaute ihn misstrauisch an, den Kopf leicht in der Schräge, als meinte er es ironisch. Das war der Blick, den sie letzte Stunde Brenner zugeworfen hatte. Sie war im Unterricht abwesend gewesen. Als Brenner dies bemerkt hatte, hatte er sie gefragt, woran sie denke. Er hatte nicht gefragt, wo sie war oder warum sie nicht am Unterricht teilnahm. Seine Frage, das war ihm wohl selber nicht klar, war viel zu privat gewesen. Und Nadia hatte ihn mit einem ironischen Blick gestraft und gesagt: An Sie, Herr Brenner!

Warum kommst du nicht mit ins Kino?, fragte sie. Sie zeigen »Inception« in einer Retro, krasser Film. Spielt auf drei oder vier Ebenen, alles wie im Traum. Am Schluss weiß man nicht mehr, schläft man oder nicht. Das Richtige für einen Penner wie dich.

Du hast den Film schon gesehen?

Fabian schwärmt davon und sagt, er hätte ihn viermal gesehen und würde ihn sich noch einmal ansehen.

Wenn er jetzt ablehnte, dann ließ er sich eine gute Gelegenheit entgehen, sie besser kennen zu lernen. Aber das Risiko, dass er wegschnarchte und zur Totalenttäuschung wurde, war ihm zu groß.

Nein, sagte er und drehte sich weg, damit sie nicht sah, wie schwer es ihm fiel.

Dann halt nicht, du Arsch, sagte sie.

***

Lisa horchte auf. Im milden Oktoberlicht drangen Akkorde wie aus einer anderen Zeit zu ihr. Sie ging seit Stunden durch die Stadt auf der Suche nach einem

Sujet, an dem ihr Blick sich verfangen könnte. Vergeblich. Nichts blickte zurück. Warum ließ sich das Zusammentreffen von Musik und Licht nicht fotografieren? Erschöpft setzte sie sich in ein Café. Sie hatte gedacht, dass ihr das Fotografieren gegen die Einsamkeit und Verödung helfen könnte. Haushalten war nicht gerade erfüllend. Und Luc benahm sich wie das Arbeitsamt.

Auf der Fensterablage reihten sich alte Modelle von Radios, Konservendosen mit den weltweit gleichen Etiketten, Reproduktionen von berühmten Bildern hingen an den Wänden, und sie saß in einem ausgedienten ledernen Autosessel. Alles hier drin war nutzlos, secondhand.

Gerade als sie aufstehen und das Lokal verlassen wollte, zog ein Mädchen am Nebentisch ihre Aufmerksamkeit auf sich. Früher hatten die Jungs solche Runden dominiert, heute saßen sie schon wie Sperrmöbel herum, sobald ein Mädchen den Mund auftat. Leonie, wie sie genannt wurde, hatte sprödes Haar, ein Gesicht mit einer hohen Stirn und einem dünnen Spatzenmund, insgesamt keine unangenehme Erscheinung, nur ihre Nase war missraten. Leonie sprach sehr laut in die Runde und hörte sich gleichzeitig selber zu. Alle hingen an ihren Lippen, auch die Jungs. Lisa spürte, dass etwas nicht stimmte. Man ließ Leonie reden, weil sie einen Makel hatte. Und sie wusste, dass man sie nicht wirklich mochte, sondern einfach reden ließ.

Leonies Gesicht veränderte sich schlagartig, als ihr ein anderes Mädchen das Wort abschnitt. War sie nicht überzeugend genug gewesen? Dann starrte sie fasziniert auf ihre schwarzen Fingernägel, als würde auf ihnen ein Videoclip gezeigt.

Lisa schoss mehrere Fotos von Leonie, der die Welt zu

Füßen lag, wenn sie ihre Nase vergaß. Erst danach fragte sie um Erlaubnis. Leonie lachte und sagte, cool, no problem, und im selben Moment fiel Lisa ein, dass es wohl Hunderte von Freundinnenfotos von ihr auf Facebook gab.

Zuhause setzte sie sich an den Computer und schaute sich die Bilder an. Sie hatte auf einmal wieder eine ihrer Visionen gehabt: Leonies Gesicht war ihr wie das eines Kranichs erschienen. Ein Kranichkopf. Was war davon auf den Fotos übrig? Der Kranich war verschwunden, dafür sah sie die Unsicherheit, die viele Frauen ihres Alters auszeichnete. Dieses Unfertigsein. Frauen, noch fern von jenem Leben, in dem sie geschickt und klug mit ihren Potentialen und Begabungen umzugehen lernen.

Ihre Freundin Katrin überraschte sie mit einem Besuch. Lisa war es peinlich, dass Katrin sah, womit sie ihre Zeit verbrachte. An den Wänden ihres Ateliers, zu dem sie einen Kellerraum umgestaltet hatte, hingen Dutzende von Fotografien.

Warum nur Gesichter, warum nicht mal einen Fuß, eine Hand? Szenen, Landschaften?

Lisa zuckte mit der Schulter.

Und warum keins von vorne? Sie nahm die Fotografie eines Mädchens von der Wand und sagte: Das finde ich wirklich gut!

Ich möchte die Gesichter aus dem Zufälligen herausholen, sagte Lisa. Ich möchte die Köpfe am liebsten in einer strengen Komposition aus Licht, Tiefe und Fläche. Und Schwarzweiß.

Ja, das sehe ich, sagte Katrin und nestelte eine Zigarette aus ihrer Handtasche. Sie setzte sich mit einem Stapel auf den Boden, kreuzte ihre in engen Jeans steckenden Beine, und Lisa hoffte, dass Luc nicht aufkreuzte.

»Öffentliche Gesichter«, würde ich die nennen, sagte Katrin. Wenn ich sie in einer Ausstellung sähe.

Hör auf, ich mach das für mich.

Hast du was zu trinken?

Lisa holte Gin.

Bezaubernde Gesichter. Ganz anders als das, was man auf Facebook sieht, wo Mädchen den Hintern wie eine Ente in die Luft strecken und die Lippen spitzen. Ich wundere mich, wie genau dein Blick ist. Kann es sein, dass du mir eine Begabung verheimlicht hast?

Das sagst du so, weil du weißt, wie schlecht es mir geht.

Blödsinn! Und Prost. Aber du kommst nicht weiter, wenn du nur auf der Straße fotografierst.

Ich will nicht weiterkommen, entgegnete Lisa. Ich mache das hier, weil ich so viel Zeit habe.

Eigentlich müsstest du mit einem Model arbeiten. Du kannst nicht die ganze Zeit wie eine Kunststudentin auf der Straße rumrennen. Siehst du hier, diese Serie hat doch einen epischen Zug. Wenn du das in Ruhe in einem Atelier weiterentwickeln kannst, mit einem Model, konzentrierter, härter, entschlossener, dann könnte da was draus werden.

Lisa lachte, sie fand den Gedanken verwegen.

Sie zeigte Katrin die Leila-Serie. Leila war siebzehn. Das Gesicht weich, kantenlos, ihre schwarzen Augen wichen dem Gegenüber aus. Lisa hatte sie fotografiert, als sie über einen Parkplatz schaute, ihr Gesicht breit vor Sehnsucht, sie hatte sich noch nirgends festgebissen. Da hatte sie den Blickwinkel der Kamera um wenige Winkel verändert, und sofort kam ein anderer Typus Mensch zum Vorschein.

Die Woche darauf schickte ihr Katrin ein Amateurmodel, das sie bezahlt hatte. Tausend Franken für zwei Stunden. Gekommen war ein Jüngling von achtzehn Jahren, der sonst Werbung für Sportkleidung und Snowboards machte. Er starrte immerzu auf seine Füße, sodass sie ihn auffordern musste, sich endlich zu vergessen. Dann war er beleidigt und machte ein Gesicht, als hätte er Bauchkrämpfe. Sie schickte ihn weg und bereute, dass Katrin so viel Geld ausgegeben hatte.

Aber Katrin ließ nicht locker und mietete ihr ein Atelier. Ein heller Raum in einem Industriegelände, wo auch andere Künstler arbeiteten. Lisa sagte Luc, dass sie von nun an außer Haus arbeiten würde. Bewerbungsschreiben ließen sich auch vom Atelier aus versenden. Er nickte, brabbelte etwas von Problemen in der Schule, sie wusste nicht, ob er ihr überhaupt zuhörte.

***

»Gibt es etwas Besseres als den Tod?« stand als Überschrift über einem der neunzehn Aufsätze, die Lucas übers Wochenende zu korrigieren hatte. Lucas saß am Küchentisch, als Lisa spätabends aus ihrem Atelier nach Hause kam. Sie war durchnässt und durchgefroren und nahm eine heiße Dusche.

Du musst dir mal anhören, was die da in ihrem Aufsatz für eine Geschichte erzählt.

Lisa trocknete sich ab, setzte sich in den Schein der alten Küchenlampe und schenkte sich ein Glas Wein ein.

Lena, die Heldin der Geschichte, sitzt am Ufer des Flusses und schaut den tanzenden Lichtflecken auf der Flussoberfläche zu. Sie ist wütend, da sie die Aufgabe, einen Vortrag über ein Märchen zu machen, nicht angehen mag. Auch die anderen in ihrer Klasse haben für

Märchen nur Spott übrig. Lena redet mit ihrer Stoffpuppe, die immer zu allem nickt, was sie sagt. Lena träumt vom Leben: »Ihr bisheriges Leben war wie eine Art Wartezimmer gewesen, mit gelben Tapeten, leeren Stühlen und abgestandener Luft.«

Lucas unterbrach sich und fragte Lisa, ob sie diese Stelle nicht auch überwältigend finde. Lisa nickte, und er fuhr fort: »In den Sommerferien war ihr Vater aufgestanden, in sein Zimmer gegangen, mit einem gepackten Koffer heruntergekommen und hatte die Familie verlassen. Lena war in eine Raumkapsel gestiegen und hatte einen Monat lang die Erde umkreist. Dann war sie in der neuen Klasse gelandet. In der Pause hatte sie sich zum ersten Mal die Fingernägel schwarz bemalt.«

Kurze Nebensätze, perfekte Dramaturgie, woran erinnert das? Natürlich an »Die kluge Else«!

Wütend reißt Lena eine Seite nach der anderen aus dem Märchenbuch und übergibt sie dem Wasser. Das Papier schwimmt davon, geht im grünen Wasser unter, hüpft wieder an die Oberfläche zurück, um ihren Blicken zu entschwinden. So schwimmen ihre Kinderjahre davon.

Hier bricht der Text ab, sagte er und schob das Blatt über den Tisch. Einzelne Wörter sind durchgestrichen: Regentage des Lebens, Musikhören und Einschlafen, Atemnot, traurigsein, ersticken.

Da hat sie wohl nicht mehr weitergewusst, die Arme, sie hat sich verrannt. Ging mir auch immer so. Doch doch, hör nur: »Als es dunkel wurde, nahm sie die Puppe und warf sie ins Wasser. Die Strömung nahm sie schnell auf, sie trieb eine Weile auf der Oberfläche dahin, dann wurden ihre Glieder schwerer, und sie ging langsam unter. Noch einmal schnappte sie nach Luft, öffnete die Augen, ruderte mit den Armen und schwamm wieder dem Licht entgegen. Danach ließ sie alles los und ging unter. Es war wie eine Befreiung. Tief im Flussdunkel erblickte Lenas Puppe ein geheimnisvolles Licht. Sie wusste, es gibt nichts Besseres als den Tod.«

Er konnte seine Begeisterung kaum zügeln. Lisa blinzelte, weil ihr das Licht der Lampe direkt in ihr Gesicht fiel.

Nein, ich seh's an deinem Gesicht, du begreifst nicht, wie gut das gemacht ist. Es sind ja nicht nur die Metaphern, es ist auch die Stimmung, man fühlt das richtiggehend. Der Sound.

Du willst doch nicht aus dieser Schülerin eine Dichterin machen. Von wem ist der Aufsatz eigentlich?

Nadia Breitenmoser.

Sie zuckte zusammen.

Rein inhaltlich stellt das eine gekonnte Todesfantasie dar. Ich werde gelegentlich mit ihr reden müssen.

Lisa öffnete eine neue Flasche.

Lisa, Lisa, sagte er. Das hieß: Warum geht es dir so schlecht, dass du trinken musst?

Darf ich mal ein Bild von dieser Nadia sehen?

Widerwillig holte er eine Mappe und zeigte ihr das Bild.

Wir sollten bald einmal eine neue Küchenlampe installieren, sagte sie.

***

Lucas hatte ein ungutes Gefühl, als er sich vor dem Gesamtkonvent im Lehrerzimmer einfand. Er musste damit rechnen, dass sich die Nachricht von der gegen ihn gerichteten Beschwerde irgendwann verbreiten würde. Als Erster trat ihm Raoul Krähenbühl in den Weg. Und zwar mit der Nachricht, dass einer seiner Schüler, Fabian, am Bahnhof seines Wohnortes von mehreren Jugendlichen brutal zusammengeschlagen worden sei. Er habe, sagte Krähenbühl, mehrere Blutergüsse und eine Schädelfraktur davongetragen, von den psychischen Folgen wolle er im Augenblick nicht sprechen; Fabian werde deshalb in nächster Zeit im Unterricht ausfallen. Ob er im Spital sei, fragte Lucas betroffen, während Krähenbühl in seiner Art, vom Unglücksfall sichtlich belebt, nervös vor ihm herumtänzelte. Er vermute, dass Fabian mit der Schlägerei angefangen habe, sagte Krähenbühl und drängte zur Kaffeemaschine.

Ausgerechnet Fabian, der bis jetzt schüchtern wie ein Hase in der Bank gesessen, die Ecken aus der Ringmappe weggezupft und sich nur ein einziges Mal gemeldet hatte. Fabian, dem der Schweiß ausbrach, wenn sich ein Mädchen neben ihn setzte. Der in seiner Schüchternheit ertrank, wenn man ihn einer Gruppenarbeit zuteilte. Der von seinen strengen Eltern mit aller Entschlossenheit ins Leben geschubst wurde, aber bereits geknickt dort ankommen würde. Ausgerechnet der Fabian war nun in eine Schlägerei verwickelt worden.

Aus irgendeinem Grund fand Krähenbühl an diesem Vorfall Gefallen. Nicht nur er lebte von der Energie der Schüler, nicht nur er tankte sich mit diesem Lebenssaft voll. Krähenbühl, alleinstehend, im ersten Beruf Mechaniker, Lehrerausbildung auf dem zweiten Bildungsweg, zehrte von der Intensität solcher Auseinandersetzungen. Er war nicht gewillt, einen Schüler auch nur für einen Moment aus seinem Aufmerksamkeitsbereich zu entlassen. Saß man mit ihm zusammen, ging er am liebsten die

Verfehlungen von Schülern durch. Krähenbühl fuhr gerne Rennrad, er ging immer an seine Grenzen. Sein Unterrichtsstil galt als eigenwillig, aber Lorenz gab ihm trotzdem immer wieder neue Klassen. Wenn Lucas die Klasse nach seiner Mathelektion übernahm, war sie emotional ausgelaugt und von hektischer Bewegungslust gepackt. Krähenbühl hatte sich im Laufe der fünfundvierzig Minuten jeden mindestens einmal zur Brust genommen, es gab bei ihm kein Entkommen in die süßen Seligkeiten des Tagtraums. Nun gut, Wut und Zuneigung steckten in jedem Lehrer, nur der Gleichgültige war für diesen Beruf verloren. Dennoch atmete Lucas auf, als sich Ruth zu ihnen gesellte und erzählte, dass Ferdinand, der Sportlehrer, von Zuhause aus- und bei ihr in die Dachbodenwohnung eingezogen sei, weil er mit Annbritt, der Biologin, ein Verhältnis begonnen habe.

Erschöpft nahm Samuel neben ihm Platz. Das karierte Hemd des Lateinlehrers hing wie immer mit einem Zipfel aus der Hose. Seine Haut war ungesund, er litt an Neurodermitis. Samuel konnte sich zu wenig abgrenzen, seine Haut nahm an diesem täglichen Kampf um Selbsterhaltung teil. Seit Jahren stand seine Forderung nach einem Lehrerklo im Raum. Die Vorstellung, neben einem Schüler seinen morgendlichen Stuhlgang verrichten zu müssen, sei ihm, so hatte er gesagt, ein Graus. Man wusste, sein Leben ausserhalb der Schule war dünn. Die meisten kannten seine Frau nur vom Hörensagen, man hatte sie einmal in seiner Begleitung bei einer Veranstaltung des Schülerchors gesehen. In früheren Jahren hatte Samuel seine Klassen vor der Matura zu sich nach Hause zum Tee eingeladen. Davon war er abgekommen, da immer weniger seiner Einladung gefolgten waren.

Das Pausenzeichen ertönte, und das Kollegium begab sich in die Aula im obersten Stock, wo über die Zukunft der Schule beraten werden sollte. Einer nach dem anderen setzte sich auf die dünnen Holzstühle, während die Erhöhung der Pflichtstundenzahl, die Einführung von Computerräumen und das Flugverbot bei Bildungsreisen angeregt diskutiert wurden.

Wachsam registrierte Lucas die Blicke, die ihm zugeworfen wurden. Bis jetzt nichts Auffälliges. Nach anderthalb Stunden begann einer auf sein Handy zu starren, der andere bohrte in der Nase, der dritte hatte die Augen geschlossen. Lucas versuchte sich noch einmal zu erinnern, ob er wirklich einen Phallus an die Tafel gezeichnet hatte.

Unter dem Titel »Qualitätsförderung quo vadis« wurden dann die außerschulplanmäßigen Anstrengungen einzelner Lehrkräfte – ein Wort, das direkt aus den Trockenhirnen der Unterrichtsplaner in der Verwaltung zu kommen schien – vom Plenum gewürdigt. Gabi bot atmungsaktiven Unterricht für die Zweite, Gertrud machte sich für neuen Schulzimmerschmuck stark. Geografielehrer Rudi Freyermuth verfolgte schon seit längerem das Projekt »Schule im Fluss«, und der Italienischlehrer Seibold bot endlich auch für Abgängerklassen seinen Kurs »Gesangsstunden mit Liedern ausgestorbener sarazenischer Völker« an. Lorenz, der sich von der Widerspenstigkeit der neu eingebauten Beameranlage nicht beeindrucken ließ, begrüßte die Anwesenden und sagte, dass die Überwachungskameras, die bei dem Überfall während der Sommerferien beschädigt wurden, leider erst im nächsten Semester einsatzbereit wären. Dann allerdings sei man gleich beim Betreten des Schulgebäudes im Bild.

Keiner lachte.

Ob das Projekt »Gymnasium auf dem Floß« nicht bereits veraltet sei, wollte Samuel wissen. Nein, es handle sich um das Projekt »Gymnasium im Fluss«, gerade das sei jetzt aufgewertet. Samuel weigerte sich, ein Hörgerät zu tragen.

Ruth dachte halblaut über einen Zeitungsartikel nach, der die Entwicklung von Schweizer Schülern der von Indianerkindern aus dem Amazonasbecken gegenüberstellte. Diese gelangten schon im vierten Lebensjahr zu verblüffender Selbstständigkeit. Verglichen damit seien ihre Schüler hilflose Riesenbabys. Seien nicht die hiesigen Reifungsriten zu weich, zu verschwommen, zu lasch? Sie verlängerten nur eine Latenzzeit, in der sexuelle Empfänglichkeit und sexuelle Empfindlichkeit einen Hormonstau verursachten, der die Entwicklung hemmte. Mit dem Ergebnis, dass sie immer mehr unfertige Wesen ins Leben schickten, die dann durch den Turbokapitalismus zurechtgestutzt würden.

Lucas war hellwach. Spielte Ruth nicht auf seinen Lapsus an? Gab es diesen Zeitungsartikel überhaupt? Auf einmal schrak Lucas zusammen. Lorenz stand vorne am Beamer und verkündete unter »Varia«, dass er, Lucas, im Rahmen des Projektes »Schule im Fluss« einen Schreibwettbewerb zum Thema »Gottes Wege sind unergründlich« veranstalten werde. Und zwar sollte die Schülerschaft ein Semester lang Zeit haben, eigene kreative Texte zu verfassen. Lucas habe ihn von dieser Idee überzeugt. Er habe ihm klarmachen können, dass nur die Literatur wirklich verstehen, die auch selber schreiben. Alle Texte würden im Rahmen einer Marathonlesung auf dem Pausenplatz vorgetragen, und die drei besten würden prämiert werden.

Beim Hinausgehen sagte Meyer-Abegglen, er wisse es zu schätzen, dass Lucas bereit sei, freiwillig Überstunden zu machen.

***

Deniz hatte überhaupt keine Ahnung, wie man eine Frau eroberte. Er hatte in Deutschland einige Erfahrungen mit älteren Mädchen gemacht, gerade so viel, dass ihm die Lust auf weitere Abenteuer vergangen war. Dann war da auch noch seine Braut in der Türkei. Sie hieß Özel und kam aus dem Dorf seiner Mutter. Nach der Matura würde er in die Türkei zurückkehren und Özel heiraten. Seit sie vierzehn war, sandte sie ihm jedes Jahr ein Foto, auf denen ihre Brüste von Mal zu Mal größer wurden. Wenn sie zwanzig war, würden ihre Brüste so groß sein wie die Euter von Milchkühen. Deniz dachte nicht im Traum daran, in die Türkei zurückzukehren. Sein Vater hingegen glaubte fest daran.

Er begann, auf dem Schulweg hinter Nadia herzuschleichen. Er hatte ihr, da sie allen Begegnungen mit ihm ausgewichen war, ein Zettelchen zugesteckt, auf dem stand, dass er am Samstag nun doch Zeit hatte, ins Kino zu gehen. Aber er hatte keine Antwort erhalten. Also stellte er sich vor ihrem Haus auf und wartete vom späten Nachmittag an, bis sie herauskommen würde. Er stand dort, bis seine Füße Eisklumpen waren, bis sein Körper vor Kälte zu zerspringen drohte. Er schimpfte über den frühen Wintereinbruch, er hasste die Kälte.

Dann kam sie, und er versuchte vergebens, ihre Erscheinung in Worte zu fassen. Ihre Augen blickten neugierig aus der Kapuze des dunkelblauen Parkas hervor, sie war Spott, Herablassung und Schalk. Aber er sah vor allem ihren roten Mund, der selbst in der Kälte noch feucht war.

Im Kino saßen sie nebeneinander. Aber er musste das Vorhaben, sie zu küssen, bald aufgeben, der schwierige Film strengte ihn allzu sehr an. Actionszenen, Fantasielandschaften, eine rätselhafte Handlung, die wie Gallert im Kopf sein Denken lahmlegte. Die ganze Zeit rannte er hinter dem Sinn des Films her, tat aber so, als fände er ihn ungeheuer faszinierend, riss seine Augen auf und wackelte ab und zu skeptisch mit dem Kopf. Mehrmals fielen ihm die Augen zu, und er musste sich in den Arm kneifen, um nicht wegzudösen.

Nach der Aufführung juckte er befreit aus dem weichen Polster, in das ihn der Schlummer gezogen hatte. Er stand neben Nadia, die vor dem Kino eine Zigarette rauchte. Sie redete mit einem Bekannten aus der Occupy-Szene, zog diesem den Reißverschluss seiner verfilzten, farblosen Jacke bis zum Hals hoch. Nadia wollte mit ihm über den kleinen Kreisel diskutieren, der am Schluss des Films gezeigt wurde und an dem die Aufschlüsselung des ganzen Films hing. Aber er hatte diesen Kreisel vollständig verpennt.

***

Wie konnte es Deniz wagen, Nadia in seine enge, stickige Wohnung einzuladen? Er hatte Hemmungen, ihr einen kettenrauchenden Taxichauffeur im Unterhemd als seinen Vater vorzustellen. Aber die dringend anstehenden Hausaufgaben ließen sich nicht draußen machen und da es zu kalt war und sie kein Geld hatten, um stundenlang in einem Café herumzusitzen, lud er Nadia dennoch zu sich nach Hause ein. Sie starrte als Erstes auf die Fotos an der Küchenwand, auf Özel, deren Oberweite Jahr für Jahr mehr in die Bildmitte rückte, und er lauerte ängstlich auf das Husten seines Vaters. Sie verlor keine Zeit und legte das Gedicht, das sie analysieren und lesen lernen mussten, vor ihn hin:

»Oh Du, Geliebte meiner 27 Sinne«, begann er, bevor er vor Verlegenheit die Gedichtzeile verlor. Sie blickte mit einem Lächeln zur Seite. Nach einer kurzen Pause sagte er, vielleicht sei es besser, wenn sie das Gedicht nicht vorläsen. Oder wenn sie es allein vorläse.

Aber Brenner hat gesagt, wir sollen es in Rollen aufteilen und dann der Klasse vortragen. Wir müssen üben, beharrte sie.

»Wer bist Du, ungezähltes Frauenzimmer, Du bist, bist Du?«, deklamierte er und wurde von einem Lachanfall geschüttelt.

»Die Leute sagen, Du wärest«, flüsterte sie.

»Laß sie sagen, sie wissen nicht, wie der Kirchturm steht«, fuhr er fort. »Du trägst den Hut auf deinen Füßen und wanderst auf die Hände.« Klingt beinahe so, als hätte mein Vater das Gedicht geschrieben.

Deine dumme dumme Vater aber hat nicht geschriebe diese Gedicht. Nadia riss sich vom Stuhl hoch, Deniz schaute blinzelnd. Sein Vater lehnte im frisch gebügelten weißen Hemd in der Küchentür.

Karman, sagte er und legte seine Mütze mit Schwung auf den Küchentisch. Kann ich der Dame einen Kaffee kochen? Mögen Sie Gebäck? Es ist alles da.

Deniz knirschte mit den Zähnen. Sein Vater spielte den Gentleman.

Bitte lassen Sie sich nicht stören. Deniz wird von Tag zu Tag besser in der Schule, dank Ihnen.

Er lachte Nadia zu, öffnete eine englische Keksbüchse. Nadia biss vergnügt in ein Shortbread, Deniz' Vater sah zu, wie ihr das Zeug in den Zähnen kleben blieb. Dann zog er ab, total cool.

»Hallo, Deine roten Kleider, in weiße Falten zersägst, Rot, liebe ich, Anna Blume, rot liebe ich –«

»Dir«!, sagte sie.

»Du, Deiner, Dich Dir, ich Dir, Du mir, – – – wir?«

»Das gehört beiläufig in die kalte Glut«, schnarrte sie.

Sie lasen weiter, bis er sich weigerte, die Zeile »Du liebes grünes Tier, …« zu Ende zu lesen. Er wackelte widerspenstig mit dem Kopf.

Darauf fall ich nicht rein, lies die Zeile fertig, ich will sie hören, Türke.

Wie du mir sagen?

Anatolier, ich träufle deinen Namen.

Du was?

Komm schon!

Widerwillig las er: »Du liebes grünes Tier«

Und? Und was ist mit dem Rest?

»Ich liebe Dir!«

Sie zündete sich eine Zigarette an, zog den roten Pullover straff und lachte triumphierend: Das hatte ich hören wollen!

Zeile um Zeile lasen sie weiter, warfen sich die Silben zu und vergaßen die Zeit. Was bedeutete das Gedicht? Nichts, es waren nur Worte, verquere Grammatik, Unverständliches. Aber das Sinnlose machte Spaß.

Draußen fiel der erste, zarte Schnee. Sie schauten aus dem Fenster auf die weißen Dächer, die rauchenden Kamine, und Deniz fühlte sich wohl in Nadias Gegenwart. Dann zog sie ihren dicken Parka an, wickelte den blauen Wollschal vier Mal um den dünnen Hals, zog sich die Kapuze über den Kopf, bis ihre Haare darunter verschwunden waren und nur noch die Nase hervorschaute.

Ich komme mit runter, sagte Deniz.

Darf ich noch dein Zimmer sehen?

Er öffnete die Tür zu einem Raum, in dem wenige Möbel, ein Bett, ein Bücherbord, ein Schrank – in perfekter Ordnung da standen. Nichts gab darin über Deniz Karman Auskunft, es sei denn dieser Wahnsinn an Aufgeräumtheit.

Das ist dein Zimmer?

Es war ihm furchtbar peinlich. Ich fühl mich hier wohl, sagte er kleinlaut.

Er zog den weinroten, schweren Vorhang zur Seite. Man hatte eine beeindruckende Aussicht auf die Dächer der Stadt. Er stehe oft hier am Fenster.

Ob Istanbul ähnlich aussehe, fragte sie.

Ja, sagte er, bei einem bestimmten Lichteinfall oder wenn es neblig sei oder regne, könne man sich durchaus einbilden, über die Dächer von Istanbul zu schauen. Dabei kannte er die Dächer von Istanbul gar nicht, er war nie an einem Fenster in Istanbul gestanden.

Da unten wäre ich gern nachts unterwegs, sagte er. Um die Stadt mit meinen Zeichnungen zu verschönern.

Er öffnete ein Geheimfach in der Wand und zeigte ihr die Cans. Meine Batterie!

Und warum machst du's nicht?, fragte sie.

Zu riskant, wenn ich bei der Aufregung einen Anfall habe.

Sie blickte ihn erstaunt an. Hast du oft solche Anfälle?

Zu oft, seit ich die Schule gewechselt habe. Mein Arzt hat mir gesagt, dass ich ruhiger leben muss, wenn ich die Anfälle reduzieren will.

Nadia schaute auf die Lichter, die bis weit an den Horizont reichten. Warum willst du unbedingt sprayen?, fragte sie.

Er zuckte mit den Schultern und schlenkerte mit den Beinen, als litte er an Magnesiummangel.

Geht's um den Fame? Geht's um den Kick?

Klar. Wenn ich am Tag durch die Stadt gehe, dann sehe ich all die Markennamen in den verschiedensten Farben und denke, dass ich gern das Geräusch und den Geruch der Dosen fühlen würde. Ich sehe all die Stellen, die ich in den Morgenstunden aufsuchen würde. Dann würde es mir auch nichts ausmachen, all die Banker vor ihren Glaspalästen rauchen zu sehen, das ist ihre kalte Welt. Ich sehe die Angestellten, die Handwerker, die Transporteure und die Politiker, die in den Taxis sitzen und rausgucken. Es ist ihre Stadt. Aber eben nicht ganz, und dafür wäre ich zuständig. Nachts gehört die Stadt denen, die jeden Tag ihre Bilder sehn, ihre Skizzen entwickeln. Wenn es hell wird, dann wäre es meine Stadt.

Seine Augen glänzten.

Ich muss gehen, sagte sie plötzlich in einem Anflug von Traurigkeit.

Vor der Zimmertür blieb sie stehen.

Danke, sagte er, weil ihm nichts Besseres einfiel.

Das war wirklich blöd.

Sie kam näher und fuhr ihm mit dem Finger zärtlich über seinen Kopf.

***

Anfang Dezember war der Doppelselbstmord in Kellers Novelle noch immer Thema. Lucas hatte es so eingefädelt, dass man ausführlich darüber diskutierte, um nicht auf andere Dinge eingehen zu müssen. Aber Lucas wusste, dass er sich verrechnet hatte, als er nach der Pause einen Zettel auf dem Pult vorfand:

»Wir weigern uns, länger über den Selbstmord zu diskutieren. Dieser Selbstmord ist völlig unchristlich.« Unterschrieben war der Wisch von Flurina, Cecilia und Stephanie.

Die Erinnyen!

Nach dem Unterricht ging er in die Bibliothek und suchte nach Büchern zum Thema. »Jugendsuizid – damals und heute« stand gleich neben Jean Amérys »Hand an sich legen« und einem Band mit Aufsätzen. Er setzte sich mit den Büchern ans Fenster. Draußen schneite es wieder heftiger, in die Abenddämmerung mischte sich ein blaues, kaltes Licht. Je länger er über das Thema nachdachte, desto skandalöser erschien es ihm, dass Jugendliche mitten aus dem Unterricht, aus dem Freundeskreis und aus dem Elternhaus aus dem Leben gingen. Das musste auch das Leben der Betroffenen radikal in Frage stellen. Er ermaß das Gewicht, das Keller diesem Akt in seiner Novelle gegeben hatte.

Ein Ausleiheschein holte ihn aus seinen Gedanken. Ausgestellt auf den Namen von Nadia Breitenmoser. Er war irritiert. In den beiden anderen Büchern ebenfalls. Was hatte er bei Nadia übersehen? Waren die Vorzeichen so eindeutig, dass er sich darum kümmern musste? War es überhaupt seine Aufgabe? Musste er nicht zu Lorenz gehen, ihre Mutter informieren? Aber was sollte er ihnen sagen? Er wollte zuerst mit Nadia selber sprechen.

Nachdem er Nadia per Mail um eine Unterredung gebeten hatte, erwartete sie ihn am nächsten Tag nach der letzten Unterrichtsstunde im menschenleeren Lesesaal der Bibliothek. Er setzte sich ihr gegenüber und stellte fest, dass die Tische schmaler waren als die Bänke im Klassenzimmer und dass er ihr noch nie nahe genug gewesen war, um die verschmierte Wimperntusche unter ihrem linken Auge erkennen zu können.

Wie geht es Ihnen?, fragte er so weich wie möglich, um seiner Frage jeden Anstrich des Inquisitorischen zu nehmen.

Seine Frage schien sie nicht zu erreichen. Ihre Augen waren groß, dunkel und leer auf ihn gerichtet. Sie fingerte an ihrem iPhone herum, drehte einen Moment das Gesicht zur Seite und erschien ihm – er konnte den Gedanken nicht vermeiden – von makelloser Schönheit.

Mir geht's gut, sagte sie endlich patzig.

In der letzten Zeit machen Sie im Unterricht einen eher müden Eindruck auf mich. Gehen Sie zu spät schlafen?

Seine Stimme hatte ein leichtes Vibrato. Sie senkte schamhaft den Kopf. Schamhaft, weil er mit ihr redete, wie man nicht mit einer Schülerin redet.

Ich versuche, mehr am Unterricht teilzunehmen. Sie hob ruckartig ihren Kopf. Ich mache ja oft mit, nur bin ich zurzeit müde. Aber nicht, weil ich zu viel Party mache, ich hasse Parties, aber ich habe Probleme mit dem Einschlafen. Ich bin wahnsinnig müde, wiederholte sie.

War es diese Müdigkeit, die ihn so anzog? Die Langsamkeit ihrer Bewegungen?

Seit wann haben Sie diese Schlafstörungen?, fragte er, und leider klang auch diese Frage eher wie die eines besorgten Vaters.

Seit einigen Wochen.

Ist etwas Besonderes vorgefallen? Hängt es mit der Klasse zusammen? Ihre Leistungen sind ja hervorragend. Stört Sie der Neue, Karman, der sich immer neben Sie setzt? Setzt er Ihnen zu?

So viele Fragen auf einmal. Ihr Blick wanderte über die Bücherrücken zum Fenster. Draußen wirbelten Schneeflocken durch die Luft. Sie waren mutterseelenallein, die Geräusche um sie herum waren plötzlich verstummt.

Geduldig wartete er auf ihre Antwort.

Ich bin einfach müde, wiederholte sie, deswegen kann ich mich auch nicht konzentrieren.

Er erhob sich kurz, wie er es auch in der Lektion oft machte, und ging einige Schritte an den Regalen entlang. Eine bessere Umgebung für dieses Gespräch war nicht vorstellbar. Hier liegen, hätte er ihr am liebsten gesagt, Antworten auf alle Fragen, die das Leben stellt.

Gibt es Dinge, die vielleicht schwer auszusprechen sind?

Statt einer Antwort nahm sie eine Haarsträhne und drehte sie in den Fingern. Das störte ihn nicht, im Gegenteil, je länger sie mit den Haaren spielte, desto eher war er bereit, seine Fragen zu vergessen und ihr einfach zuzuschauen.

Zuhause ist alles so wie immer.

Der Vater?

Der Vater ist vor einem Jahr ausgezogen. Deswegen musste ich in der Schule auch ein Jahr nachholen. Hatte ein totales Black-out damals. Mit meiner Mutter habe ich ein prima Verhältnis. Wenn auch –

Wenn auch?

Meine Mutter lebt auf einem anderen Stern. Mit meinem Vater ging's auch nicht sehr gut.

Sie lächelte ihn an, als kehre sie in die Gegenwart zurück; strich die Haarsträhne hinters Ohr.

Die Lektüre finde ich übrigens toll.

Sie entspannte sich und sah auf einmal nicht mehr so müde aus wie zuvor.

Der Selbstmord von Vrenchen und Sali hat mich verblüfft, der ist ziemlich konsequent.

Da er nichts sagte, fuhr sie fort: Ich mag Ihren Unterricht. Ich lese auch viel, sagte sie, als würde ein Deutschlehrer automatisch wünschen, seine Schüler seien Vielleser. Im Schnitt monatlich acht, manchmal auch zehn Bücher, ja, eigentlich alles, was mir unter die Finger kommt.

Zum Beispiel?

Ich habe jetzt von Goethe die »Wahlverwandtschaften« angefangen. Zäh, aber ich werde durchhalten. Dann die ganze Twilight-Saga, in den Sommerferien den Harry Potter, den habe ich schon zum zweiten Mal gelesen, und dann noch Anaïs Nin. Kennen Sie Anaïs Nin?, fragte sie, und er schüttelte den Kopf.

Draußen war das Wetter wie zum Stillstand gekommen. Er sah ihre kindlichen Hände zufrieden nebeneinander auf der Bank ruhen. So beiläufig wie möglich nahm er das Buch von Jean Améry vom Tisch.

Haben Sie auch das Buch gelesen?

Sie gab keine Antwort, sondern starrte nur in eine Ecke.

Haben Sie schon mal daran gedacht, sich etwas anzutun?

Plötzlich vernahm er die Stille; weit weg schlug eine Türe zu.

Ist schon vorgekommen, entgegnete sie. Aber wenn ich mich umbringen würde, dann würde ich es nicht vorher ankündigen.

Ist denn das Ausleihen von drei Büchern über Suizid nicht auch eine Art Ankündigung?

Sie schaute ihn herausfordernd an und sagte, als ob sie schon lange darauf gewartet hätte: Nennen Sie mir einen Grund, warum man am Leben bleiben sollte.

Nennen Sie mir einen triftigen Grund, sich umzubringen.

Vrenchen und Sali haben's getan!

Er holte Luft, ging wieder die Buchrücken entlang. Überlegte, welche Antwort er geben konnte. Er durfte nicht heucheln, und er durfte ihr nicht mit einem Allgemeinplatz kommen. Sie saß zusammengekrümmt in der Bank. Er sah die Tränen erst, als sie aufstand, um sich zu schnäuzen. Aber dann traf es ihn im Innersten. Er nahm sie in seine Arme, spürte die Wärme des jungen, weiblichen Köpers. Die Überlegenheit und Stärke seines männlichen Körpers. Er hielt sie umarmt, bis der Weinkrampf aufhörte, dann ließ er sie los.

Danke, sagte sie und verschwand.

Am Küchentisch abends sagte er, er habe mit Nadia eine Aussprache über ihre Selbstmordgedanken gehabt. Lisa sagte, er solle nicht zu viel in dieses Mädchen hineinprojizieren. Sie mache sich wichtig, Mädchen in diesem Alter würden sich gern aufspielen.

***

Auf dem Weg zum Klassenzimmer war Lucas nervös wie noch nie. Sein Puls schlug bis in den Hals hinauf, seine Haut fühlte sich an, als hätte er Fieber. Wie sollte er so unterrichten? Er glich heute eher einem kopflosen Romanhelden als einem Deutschlehrer. Aber bevor er das Klassenzimmer erreichte, wurde er von Fatima und

Magali abgefangen. Babs habe sich in die Toilette eingeschlossen. Aber nach dem Brechanfall sei sie nicht mehr herausgekommen. Nun liege sie schon seit einer Stunde in der Toilette.

Ob man den Rektor benachrichtigt habe, fragte Lucas.

Der sei in einer Sitzung, sagte Magali und brach in Tränen aus.

Koni? Oder Herr Diener, der Klassenlehrer?

Herr Diener dürfe nicht auf die Mädchentoilette, raunte Dagmar. Sie selber traue sich auch nicht rein, da man nicht wisse, in welchem Zustand Babs sei.

Er musste ihnen Recht geben.

Was wusste er von Babs? Der Vater war Spengler, die Mutter bei einem Großverteiler an der Kasse, ein älterer Bruder absolvierte eine Maurerlehre. Babs hatte nur Freundinnen, weil sie so lustig war. Ihm gefiel ihr schwarzer Humor. Dank ihrer Außenseiterstellung war sie schneller gereift, als es gutaussehende Schülerinnen taten, die Jahre mit ihrem Narzissmus verplemperten.

Hat sie was geschluckt?, fragte Lucas.

Warum flüstern Sie, Herr Brenner?

Lucas entschloss sich zu handeln. Er drang in die Toilette vor und klopfte an die Tür, hinter der Babs war.

Barbara, flüsterte er, geben Sie mir Antwort.

Herr Brenner?, vernahm er ihre vom Weinen raue Stimme, die immer ein wenig nach einer vierzigjährigen Alkoholikerin klang. Was wollen Sie?

Lucas kniete am Boden und presste seinen Kopf an die Tür. Sie hatte die Schuhe ausgezogen.

Kommen Sie erst mal raus, dann reden wir über alles.

Ich bin am Ende, zischte sie.

In Ihrem Alter ist man nicht am Ende. Lassen Sie uns reden.

Ich weiß, dass Sie gern reden, Herr Brenner.

Er drückte nochmals die Klinke. In der Toilette hatte sich eine Gruppe Schaulustiger eingefunden, darunter Ruth Gimmel und der Rest der Klasse. Sie schauten dem Spezialisten zu, wie er sich in den Abgrund redete.

Kommen Sie raus, Barbara!

Wieso sagen Sie nicht Babs zu mir?

Also Babs, machen Sie die Tür auf, und wir reden über das Problem, so groß es auch sein mag.

Flüstern, Wispern, Betteln unter dem unsauberen Türschlitz hindurch.

Jeder hat seine Chance im Leben, das haben Sie mal gesagt, Herr Brenner. Ich kann nicht mehr nach Hause. Aber um abzuhauen bin ich zu schwach. Weil ich so fett bin.

Was ist denn eigentlich los?, flüsterte Lucas ungehalten. Man wird Sie gewaltsam hier rausholen, Babs.

Dann schneid ich mir die Adern auf, entgegnete sie.

In diesem Augenblick flüsterte Deniz Karman hinter ihm mit weicher Stimme: Darf ich mal mit ihr reden?

Lucas entfernte sich. Er ließ den Unterricht ausfallen, bekam Nadia nicht zu Gesicht, begab sich in die Bibliothek. In der Pause teilte man ihm mit, dass Deniz Barbara herausgeholt habe. Auf Anweisung vom Rektor sei sie zu einer Freundin gefahren worden, da sie nicht nach Hause wollte. Sie sei schwanger, und zwar von einem Bauarbeiter, der den Verputz an ihrem Elternhaus erneuert habe. Babs sagte, dass der Vater ihr das Kind aus dem Bauch prügeln würde.

***

Im Lehrerzimmer überfiel ihn Meyer-Abegglen mit der Frage, was er mit diesen drei Schülerinnen »angestellt« habe.

Flurina, Stephanie und Cecilia haben dir einen prominenten Auftritt in der Schülerzeitung verschafft.

Meyer-Abegglen atmete tief ein und hielt seine kugeligen Augen fest auf ihn gerichtet. Eintretende Kolleginnen warfen ihm irritierte Blicke zu, andere drehten sich schnell von ihm ab. Lucas aber war die Gelassenheit in Person. Er faltete langsam die Zeitung auf und begann zu lesen, mit dem Gefühl, ein blutiges Messer im Rücken zu haben: »Im Deutschunterricht bei Lucas Brenner wurde der Methodenpluralismus auf die Spitze getrieben: Lehrer Brenner erprobte an den Grimmschen Kindermärchen erotische Deutungen. Zur Verdeutlichung seiner eigenwilligen Sicht zeichnete er das männliche Geschlechtsorgan in Übergröße an die Wandtafel.«

Lucas überflog die restlichen Zeilen, die seine Märchenanalyse der Lächerlichkeit preisgaben.

Unangenehm, ich weiß, sagte Piet und schlürfte genüsslich seinen Kaffee. Ich kenne die Familien; freikirchliches Milieu, Fundis.

Wusste nicht, dass Sexualkunde neuerdings in dein Fach fällt, frohlockte Rudi Freyermuth im Vorbeigehen.

Sexualität gehört in jedes Fach, entgegnete er. Sogar in die Geografie.

Andere Kollegen nahmen die Schülerzeitung zur Hand, um sie dann mit einem verlegenen Blick schnell wieder hinzulegen. Man nahm Schülerkommentare umso wichtiger, je schlechter ein Kollege dabei wegkam. Wem hätte er erklären können, dass er keinen Penis an die Tafel gezeichnet hatte?

Als Lucas nach Feierabend mit Lisa ins Wellnessbad

fuhr, saß die ganze Sache noch immer wie ein kleiner, scharf stechender Schmerz in seinem Kopf. Er schlüpfte in der Kabine aus seinen Unterhosen und zog rasch die Badehose hoch. Kurz danach lagen Lisa und er in der salzhaltigen Sole, seine Zehen berührten ihre Beine. Wie schön das Wasser den Körper trug! Er legte seinen Arm um Lisas Hüfte und strich über ihre Pobacken. Sie entwand sich ihm, und wie Leichen trieben sie auf dem Rücken voneinander weg. Seichte Klaviermusik plätscherte an seine Ohren, sobald er den Kopf unter Wasser tauchte.

Findest du noch immer, es sei hier drin wie in einer Todesstätte?, stupste er sie wieder an. Sie hob ihren Kopf und schaute ihn verdutzt an. Und tauchte, da sie nichts verstanden hatte, wieder weg.

Lisa, flüsterte er, warum hörst du mich nie?

Eine Äußerung Lisas von letzter Woche kam ihm in den Sinn. Sie hatte gesagt, sie würde gern Gesichter von Leichen fotografieren, um die während der Leichenstarre auftretenden Veränderungen festzuhalten. Zuerst hatte er das pietätlos gefunden. Aber dann hatte ihm sein Verstand gesagt, dass nichts die Ruhe der Toten gefährden konnte.

Meine Haut löst sich ab, stöhnte Lisa und stieg aus dem Wasser. Unter meinem Fuß war plötzlich etwas Weiches, wie ein toter Fisch. Hast du das auch gespürt?

Er schüttelte den Kopf. Sie trocknete sich ab, legte sich auf eine Liege und döste weg.

***

Mezil Karman wartete geduldig darauf, dass ihm sein Sohn den frischen Kaffee einschenkte.

Das Mädchen, das neulich hier war, sagte er. Du bist doch nicht etwa in die verliebt?

Deniz' Gesicht verzerrte sich innert Sekunden vor Wut, sodass sein Vater eine unverfänglichere Frage nachschickte: Bist du gestern wieder im Unterricht eingeschlafen? Wenn du spürst, dass die Müdigkeit kommt, dann setz dich hin. Ich musste gestern lauter Verletzte ins Spital karren.

Sein Vater zündete sich zufrieden eine seiner starken Zigaretten an und begann zu summen. Sein Vater summte gern türkische Lieder. Deniz hatte sich daran gewöhnt, er konnte es dem Alten nicht ausreden. Die Lieder brachten die Mutter in die Küche, sobald er zu singen aufhörte, war die Mutter weg. Dann waren sie nur noch zwei Männer in einem öden Männerhaushalt.

Aber heute sang der Vater nicht lange. Er musste bald los, das Geschäft wartete. Draußen ließ er seinen Mercedes warmlaufen. Eine schlechte Angewohnheit. Deniz hatte ihm oft gesagt, hier in Mitteleuropa ließ niemand den Wagen warmlaufen. Erstens musste man Wagen wie diesen nicht warmlaufen lassen, und zweitens ärgerten sich die Nachbarn über die Umweltverschmutzung.

Sein Vater zog heftig an der Zigarette und verdrehte die Augen. Das Wort »Umweltverschmutzung« sei ihm nicht bekannt.

Manchmal überließ ihm sein Vater den Wagen, mit der Auflage, nur kurze Strecken zu fahren. Früher hatte er immer zuerst das Taxilicht abmontiert, das war kompliziert gewesen. Dann fuhr Nadia mit, und er ließ das Taxilicht auf dem Dach. Ich bin dein Chauffeur, hatte er zu ihr gesagt und sich eine alte türkische Mütze von seinem Vater aufgesetzt. Nadia hatte sich mit einer großen dunklen Sonnenbrille im Fonds des Wagens geräkelt, und er hatte sie den Hügel hinaufgefahren. Im Schritttempo die gewundene Straße hinauf, vorbei am bleichen Sandstein des Schulhauses. Auf der Höhe der anderen, die in kleinen Gruppen ihre Fahrräder schoben, hatte Deniz das Fenster heruntergekurbelt und seinen Arm rausgehängt, während Nadia sich eine Zigarette anzündete und Falco, Mira, Fabian und Prinz am Wegrand begeistert winkten.

Auf dem Parkplatz hatten sie den Wagen neben jenen der Lehrer geparkt. Es fiel auf, dass oft ein Taxi vor der Schule stand. Niemand wusste, wer abgeholt werden sollte.

***

Nachdem sein Vater weg war, machte sich Deniz auf den Weg zu Nadia. Vor ihrem Haus empfing ihn ein Schneeball, der ihn am Kopf traf. Nadia stand triumphierend neben einem altmodischen Kufenschlitten.

Wollten wir nicht lernen?

Ich muss an die frische Luft! Lass uns schlitteln gehen.

Der Hügel lag einige Kilometer im Osten der Stadt, eine Viertelstunde mit dem Bus. Der Hang war eingekeilt von dunklen Tannenwäldern, steil und nicht ungefährlich, die Abfahrt dauerte nur wenige Minuten, der Aufstieg umso länger. Sie stapften durch den kniehohen Neuschnee den Hügel hinauf, Deniz zog den Schlitten hinter sich her und beklagte sich über das Kribbeln in den Fingern, weil er ohne Handschuhe losgezogen war. Dann suchten sie eine Stelle, wo der Schnee hart war, am Vortag gebahnt von den Kindern. Zu zweit auf den Schlitten gequetscht, fuhren sie talwärts, bis Deniz auf halber Strecke herunterfiel und Nadia jubelnd weiterfuhr. Danach schlittelte jeder abwechselnd allein, während der andere oben wartete, Deniz seine Hände wärmend und Nadia ihre Zigaretten rauchend. Kurz bevor es dunkel wurde, schlittelte sie eine Böschung hinab und prallte gegen einen Kirschbaum. Sie rollte vom Schlitten und blieb im Schnee liegen. Er rannte erschrocken hinzu, beugte sich über sie und strich ihr die Haare aus dem Gesicht. Sie stöhnte und verlor dann kurz ihr Bewusstsein. Er nahm schnell sein Handy hervor, wollte die Rettungswacht rufen. Ihre Schönheit war unerträglich. Aber da sie schon wieder zu blinzeln begann, zwischendurch ihre Augen schloss, schoss er schnell mit dem Handy einige Fotos. Ihr war schwindlig und sie setzte sich einige Minuten auf den Schlitten.

Auf dem Heimweg schritten sie durch den tief verschneiten, in blaues Dämmerlicht getauchten Wald. Ein seltsam prickelndes, mulmiges Gefühl regte sich in ihm. Er bemerkte, dass seine Pausen beim Reden länger wurden, seine Bewegungen leiser, und er konnte seine Augen kaum mehr von ihr lösen. Ihr Lachen steckte ihn an, ihre Begeisterung machte ihn leichter. Andrerseits getraute er sich plötzlich nicht mehr, sich auf den Schlitten hinter sie zu setzen. Sie war ihm zu nah und konnte doch nicht nah genug sein.

Er hatte den Geruch ihrer Windjacke noch immer in seiner Nase. Es war eine Mischung aus Tabak, ihrem süßen Parfum und der Schneeluft.

Wie geht's deinem Kopf?, fragte er. Sie sagte, sie spüre noch immer ein leichtes Sausen hinter der Stirn, nicht weiter schlimm. Er legte ihr den Daumen auf die Stelle, aber so zärtlich, dass sie sich irritiert zurückzog. Er wollte noch ein Glas mit ihr trinken gehen, aber sie war zu müde.

Und außerdem, sagte sie, haben wir kein Französisch gelernt!

Wie unbegreiflich nüchtern sie war.

Sie verabschiedeten sich, und er ging nach Hause, legte sich aufs Bett und hatte vor Aufregung Schluckauf. Er saß hinter ihr auf dem Schlitten, klammerte sich an sie und sauste durch das Schneegestöber ins Tal. Ihre Haare flatterten in sein Gesicht. Er küsste sie aufs Ohr, dann lange, wirklich lange auf den Mund. Das alles war nur leider nicht passiert.

Am nächsten Morgen war er früh draußen, um sie abzupassen. Eisige Luft schnitt ihm ins Gesicht, der Schnee hatte die Straßen mit einem weißen Pelz zugedeckt, und sein Vater fluchte, weil die Windschutzscheibe vereist war. Deniz wartete am Straßenrand, wartete an der Stelle, wo sie gewöhnlich mit dem Fahrrad vorbeifuhr. Schließlich stapfte er im Eiltempo den Hügel hinauf, hörte die Pausenglocke klingeln, platzte zu spät in die Klasse. Krähenbühl warf die Kreide in die Ecke, fluchte und schickte ihn gleich wieder hinaus. Hatte er Nadia im Klassenzimmer gesehen? Als Krähenbühl seine Wutlektion beendet hatte und die Klasse herauskam, alle auf ihre Handydisplays starrend, fehlte Nadia.

In der anschließenden Stunde waren sie bei Brenner. Brenner stand am Fenster: ein älterer Mann, der sich noch immer in seinen Jugendträumen verlor und jeder Schneeflocke mit glänzenden Augen nachschaute. Er verteilte mit lockerer Hand seine Aufgabenblätter. Deniz kam es vor, als sei Brenners Stimme an diesem Morgen butterweich. Während er in flockenweichem Tonfall Kurzaufträge erteilte und sich im Schulzimmer eine wohlige Stimmung verbreitete, grübelte er über Nadia. Sie wusste gar nichts von seinen neuen Gefühlen. Sie musste erobert werden, erst dann konnte er sie beschützen. Und dazu musste er sie besser kennenlernen. Mit großer Wahrscheinlichkeit lag sie zuhause im Bett. Er schrieb den Schulstoff ab und machte sich ausführliche Notizen, die er ihr übergeben wollte.

Am Ende der Doppellektion gab Brenner jedem ein Gedicht mit nach Hause, dazu die Aufgabe, die fehlenden Wörter einzusetzen, »Verklärter Herbst« von Trakl.

Mit dem Gedicht eilte er aus dem Schulhaus, um auf dem Nachhauseweg bei Nadia zu läuten. Ihre Mutter öffnete die Tür und sagte, Nadia gehe es nicht gut, er solle aber trotzdem hereinkommen. Sie ging in Nadias Zimmer und sagte, Karman sei da. Sie sprach den Namen mit jener Schnoddrigkeit aus, die darauf schließen ließ, dass sie ihn nicht besonders mochte.

Die Inneneinrichtung, die er wegen ihrer Üppigkeit für elegant und teuer hielt, schüchterte ihn ein. Wie konnte er da bestehen? Dinge konnten ihn einschüchtern, nicht aber Menschen.

Frau Breitenmoser kehrte zurück. Nadia brauche noch etwas Zeit. Dabei hatte er genau gehört, wie Nadia gesagt hatte, sie wolle jetzt niemanden sehen. Er wollte sich schon verabschieden, aber Frau Breitenmoser bot ihm einen Tee an und öffnete eine Keksdose, aus der er sich widerwillig bediente. Reptilienhaft, immerzu rauchend und an einem Glas auf dem Tischchen nippend, fragte sie ihn nach seinem Vater und seiner Mutter aus, auch nach Onkel Alper, an dem sie ein minimales Interesse zeigte. Er gab Auskunft und sie nickte abwesend. Dann kam Nadia ins Zimmer, die Haare ein Schlangengewirr, das Gesicht bleich und die Augen wie ausgewaschen.

Migräne, sagte sie. Frau Breitenmoser entfernte sich leise und kopfschüttelnd, ohne sich von ihm zu verabschieden. Sie gingen aufs Zimmer, und Nadia sagte, sie fühle sich tonnenschwer, sie liege wie unter einer Betondecke. Ob sie nicht schlitteln gehen wolle, fragte er. Es war nicht Migräne, was er in ihren Augen sah.

Warum bist du hier?

Wir müssen ein Gedicht vervollständigen, das kann ich nicht allein.

Schau doch im Netz nach.

Er nickte traurig.

Sie sagte müde: Okay, wir machen's zusammen.

Neben ihr sitzend, ihren bettwarmen Körper neben sich, las er vor: »Gewaltig … so das Jahr mit … Wein und Frucht der Gärten.«

Endet, sagte sie tonlos.

Und was für Wein? Fruchtigem?

Geht nicht, fällt aus dem Rhythmus, beschied sie. Lies mal »mit vollem Wein«.

Voll, nee, das ergibt nur Quatsch. Setz ein: »mit schlechtem Wein.«

Wieder musste sie grinsen. Sie rückte näher an ihn heran und sagte, er sei die größte Pfeife, die sie kenne, ob er denn nicht ein Quäntchen Lyriker in sich habe. Sie alberte weiter, ihre Laune wurde langsam besser, auch wenn sie zwischendurch wieder in bleischwere Lethargie verfiel.

Und die dritte Strophe: »Es ist der Liebe milde Zeit./ Im Kahn den … Fluss hinunter.« Sag was, du Spinne, dir fällt doch sonst immer was ein.

Du meinst wohl Sphinx, nicht Spinne. Knifflig, höchst knifflig, lieber Karman, sonst hätte es Brenner nicht herausgestrichen.

Sie begann ihr Haar zu flechten, schwieg, als würde sie die Haarspitzen zählen, ein Ritual, das ihr offenbar beim Nachdenken half. Dabei war er sicher, dass sie nicht mehr über das Gedicht nachdachte, sondern über ihn.

Mit dünner Stimme sagte sie: Hohen Fluss, niedern Fluss, grauen Fluss, ich weiß es nicht. Wie ist der Fluss, wenn die Liebe milde ist?

Was war eine milde Liebe? Er stellte sich vor, dass bei einer milden Liebe die Leidenschaft erloschen war.

Energisch sagte er: Gelber Fluss, grüner Fluss, blauer Fluss.

Sie ließ sich die Varianten durch den Kopf gehen: Fantast, hast du schon mal einen blauen Fluss gesehen? Grüner Fluss muss es heißen, grün ist die Hoffnung.

Haben die Liebenden Hoffung?

Weiß nicht, sagte sie.

Also doch blau, erwiderte er. Blau klingt geheimnisvoll, ein bisschen fremd. Blau, lass mich nachdenken, blau ist nächtlich, kühl, da steckt auch ein wenig Tod und Wahnsinn drin.

Er war stolz, dass ihm diese Formulierungen so leicht über die Lippen gingen.

Übertreib mal nicht, sagte sie, erhob sich und ging an den Computer.

Blau! Blau! Du hast recht, rief sie verdutzt: »Im Kahn den blauen Fluss hinunter.«

Da wird Brenner aber sauer sein, wenn wir's gegoogelt haben.

Brenner will doch nur, dass wir uns mit dem Gedicht beschäftigen.

Dass wir es einatmen, damit sich sein Reim mit unserem Stoffwechsel verbindet, imitierte er Brenner. Dann sagte er: Ich muss einkaufen gehen, für meinen Vater kochen. Willst du heut Abend zu uns zum Essen kommen?

Ich kann nicht aus dem Zimmer, das siehst du ja.

Warum denn nicht?

Weil ich keine Beine habe. Sie wedelte mit der Hand vor der Pyjamahose, als wäre da nichts. Er nickte.

***

Drei Tage später war Nadia wieder in der Schule. Sie schien gar nicht recht anwesend zu sein und war unkonzentriert. Sie setzte sich zwischen Cecilia und Flurina, beim Pausenläuten huschte sie durch die Tür und verschwand. Er war verwirrt und verunsichert. Er starrte zum Fenster hinaus und sagte sich, wenn als Nächstes zwei Vögel am Himmel ihre Flugbahn kreuzen, dann liebt sie mich. Wenn der Wasserhahn des Lavabos zu tropfen beginnt, dann liebt sie mich nicht.

Nachts konnte er kaum noch schlafen. Das Verliebtsein machte alles weich, schwammig und warm. Er saß auf dem Bett, vergaß die Zeit und träumte sich zu dem kleinen Fenster hinaus über die Dächer der Stadt bis in ihr unaufgeräumtes Schlafzimmer.

Und immer wieder fuhr er mit ihr den blauen Fluss hinunter.

In den folgenden Tagen zog sie sich noch mehr zurück. Er suchte häufiger als sonst den Gymnastikraum auf. Seine Schultern wurden breiter und seine Hüften dünner; er wurde schneller in den Bewegungen und leichter beim Gehen. Eine gute Kondition, sagte er sich, sei beim Verlieben nötig. Dann stand er mit Prinz vor einem Geschäft mit Damenunterwäsche. Prinz schwärmte davon, seiner Freundin zu Weihnachten rote Strapse zu schenken. Das war nichts für Nadia, fand Deniz. Statt halbdurchsichtiger Unterwäsche würde er ihr lieber einen schön eingebundenen Gedichtband schenken.

Am nächsten Tag alberte sie mit Dagmar herum, die in Reitermontur im Klassenzimmer saß, um den anderen zu imponieren. Sie drehte mit Fabian Zigaretten. Er zog sich beleidigt zurück. Dann stand sie in der Mittagspause neben Prinz, der in seiner weißen Kunstpelzjacke den Kifferplatz am Waldrand besetzte und sich mit anderen Jungs ein Video auf dem Handy anschaute. Sie schien Prinz zu mögen, seine Stimme kriegte immer etwas Dünnes, Fiependes, wenn er in ihrer Nähe war. Plötzlich aber riss sie Prinz das Handy aus der Hand und knallte es auf den Boden.

Und wieder blieb sie dem Unterricht fern. Als er anrief, nahm sie das Telefon ab und sagte, sie könne nicht aufstehen. Sie wolle nicht, dass er sie besuche. Er solle sie nicht mehr anrufen. Sie halte es nicht aus, dass er sie verfolge und immer versuche, in ihrer Nähe zu sein. Sie leide an Erstickungsanfällen. Er solle sie endlich in Ruhe lassen!

Er aber wartete, dass sie ihm ein Zeichen gab. Er überprüfte seine Erinnerungen an die Schlittenfahrt. Bildete er sich denn nur ein, dass sie sich mit ihm wohl gefühlt hatte? Hatte es die Blicke nie gegeben, mit denen sie ihn aufgesogen hatte? War denn Liebe noch mehr als das? Eines Nachts erreichte ihn plötzlich eine SMS: »Ich möchte mit dir den Fluss hinunterfahren, bis alles blau wird. Nadia.«

Er warf sich im Bett herum, schlief in der Aufregung immer wieder ein, aber erwachte kurz darauf wieder. Würde sie ihn, wenn er jetzt antwortete, nicht wieder mit seinen Gefühlen sitzen lassen? Er zwang sich, sie in Ruhe zu lassen. Aber sie spukte weiter in seinem Kopf herum, neckte ihn mit Sprüchen, piesackte ihn mit kleinen Gemeinheiten. Was tat sie denn die ganze Zeit zuhause? Schrieb sie gar einen Text für Brenners Schreibwettbewerb?

***

Noch drei Wochen bis Weihnachten. Die halbe Klasse hatte sich schon innerlich abgemeldet. Lucas versuchte sie für den Schreibwettbewerb zu motivieren: Der Abgabetermin für die Texte waren die Frühlingsferien. Die waren noch weit weg, aber er wusste aus Erfahrung, wie lange man so ein Projekt vorbereiten musste.

Nadia fehlte seit einer Woche. War er ihr mit der Umarmung zu nahe getreten? Würde auch sie nun gegen ihn loswettern? Nein, das brauchte er nicht zu fürchten. Er wollte sie trösten, und er hätte sie noch länger in den Armen gehalten, wenn er sie damit vor ihren düsteren Anwandlungen hätte schützen können.

Dann platzte Krähenbühl in den Unterricht.

Verzeihung, Lucas, die Absenzen dieser Woche sind noch nicht aufgelistet. Piet hat mich gebeten, die Kontrolle zu übernehmen.

Die Klasse duckte sich.

Dagmar, Sie haben vier unentschuldigte Absenzen! Krähenbühl knallte das Absenzenbuch auf den Tisch.

Ich hatte Kopfschmerzen, sagte Dagmar.

Den ganzen Tag?

Ich hatte am Morgen Kopfschmerzen, am Mittag ging's mir besser, dann habe ich nochmals ein Mittel genommen, und am Nachmittag hatte ich den Kopf wieder frei.

Prinz pfiff, ein Gummi flog durch die Luft. Ein Handy klingelte. Krähenbühl stemmte seinen Oberkörper über die Tischplatte, als wollte er den Tisch wegstemmen. Er wurde schneidend. Er kämpfte nicht nur gegen die Klasse, er kämpfte gegen die schleichende Entwertung des Unterrichts durch die Verrohung der Schülerdisziplin. Er kämpfte gegen alles, was seinen Unterricht in Frage stellte. Er hätte, mutmaßte Lucas, auch gegen den Wind gekämpft, wenn er nur laut genug durch die Fenster gepfiffen hätte. Die Hälfte der Klasse zog vorsichtig den Kopf ein. Die andere Hälfte belustigte sich am Spektakel. Es gab zu besichtigen: einen Lehrer außer sich.

Karman, mit Ihnen hab ich auch noch ein Hühnchen zu rupfen. Sie haben letzten Dienstag im Turnen, in Mathe und in Biologie gefehlt. Mir liegt keine Entschuldigung vor. Migräne oder Monatsblutung?

Karman ließ sich keine Silbe entlocken, stieß aber trotzig sein Kinn in die Höhe.

Also, wie entschuldigen Sie Ihr Fehlen?

Ich hatte Wichtigeres zu tun, sagte Karman leise.

Lucas beobachtete Deniz und erkannte, dass dessen Gelassenheit nur die erkaltete Glut seiner Empörung war. Sein Kopf war angeschwollen, seine dicken Lippen bebten. Seine Hände hatte er flach und mit gespreizten Fingern auf die Tischplatte gelegt. Die Blicke der anderen verrieten, dass die Situation gefährlich wurde. Krähenbühl ahnte nichts davon.

Was gibt's denn Wichtigeres als die Schule, Karman?

Ich war mit Nadia Schlitten fahren, sie wollte an die frische Luft.

Die Klasse grunzte zufrieden.

Danach haben wir uns einen Döner und einen Joint reingezogen. Und dann ging's ab in die Pfanne, vögeln, dass die Scharniere quietschten.

Die Klasse lachte, und Krähenbühls Gesicht wurde formlos.

Stephanie erhob sich und machte sich auf den Weg zur Toilette. Sie brauchte lange Zeit, bis sie mit unzähligen Handgriffen ihre Tasche geschultert hatte, um dann über die Schultaschen und Rucksäcke der anderen zu steigen. Krähenbühl sandte ihr einen langen Blick nach, sie knallte die Tür hinter sich zu. Karman schloss die Augen. Leise wippte sein Oberkörper vor und zurück.

Karman, ich gebe Ihnen acht unentschuldigte Absenzen. Die stehen dann so im Zeugnis.

Aber Karman legte seinen Kopf auf die Tischplatte.

Karman!, rief Krähenbühl.

Karman rührte sich nicht. Sein massiger Körper wurde immer schlaffer, gleich würde er vom Stuhl kippen.

Lassen Sie ihn doch endlich in Ruhe! Der Satz kam aus der rechten Ecke. Krähenbühl wandte sich um.

Wer war das? Werwerwer, gottverdammt!

Er konnte seinen Atem nicht drosseln, pfiff wie ein Schwarm Spatzen.

Fabian hatte seine Hand erhoben, weil er sich nicht »ich« zu sagen getraute.

Krähenbühl ging auf ihn zu, stand auf Armeslänge vor dem schüchternen Fabian, der enorm schwitzte. Lucas überlegte, ob er Krähenbühl zurückholen sollte, aber wenn er jetzt einschreiten würde, würde Krähenbühl das Gesicht verlieren.

Während Karman leise zu schnarchen begann, lagen Fabians Arme ruhig auf der Bank, die eine Hand locker und entspannt auf der Tischplatte, mit der anderen wischte er sich den Schweiß von der Stirn. Und er zeigte ein dünnes, verächtliches Lächeln.

Krähenbühl versetzte ihm eine Ohrfeige. Die Klasse

erhob sich wie auf ein Kommando und verließ den Raum.

Scheiße, sagte Krähenbühl.

Lucas nickte.

***

In Lucas' Postfach lagen zwei Zettel. Der erste stammte von Deniz: »Lieber Herr Brenner, ich möchte Ihnen mitteilen, dass ich an einer seltenen Schlafkrankheit leide. Beigelegt das Zeugnis meines Arztes Dr. Nuss.

Mit besten Grüßen Deniz Karman (das wollte ich Ihnen schon lange geben)«

Das zweite Schreiben war eine Vorladung vom Rektorat.

Die Eltern von Flurina, Stephanie und Cecilia, begrüßte ihn Lorenz, gut gelaunt an der Pfeife saugend, erwögen, an ihrer Beschwerde festzuhalten. Die Sache gehe jetzt vor den Schulrat. Er vermute, sagte Lorenz unter dem Floßbild von Géricault sitzend, sie wollten damit ihrer Religionsgemeinde Eindruck machen. Ein Exempel statuieren. Ob man es nicht mit einer Aussprache versuchen sollte?

Das sei lächerlich, platzte Lucas heraus. Er habe nicht die geringste Lust, solchen Eltern zu erklären, was eine Märcheninterpretation sei.

Sexunterricht in einer Deutschklasse, sagte Lorenz nachdenklich, sei nicht das, was er sich für seine Schule wünsche. Auch nicht als Überschrift in der Presse. Er als Rektor habe ihn vor falschen Anschuldigungen zu schützen, andrerseits müsse er aber auch um den Ruf der Schule besorgt sein. Ergo, sagte Lorenz und hantierte an seiner toten Pfeife, müsse er ihn nochmals fragen, ob er eine sexuelle Vokabel in seinem Unterricht gebraucht habe.

Nein, sagte Lucas, er habe lediglich das im Wort »Ballus« enthaltene »Phallus« expliziert.

Ob und in welcher Größe er das männliche Geschlechtsteil an die Tafel gezeichnet habe?

Er habe eigentlich gar nichts an die Wandtafel gezeichnet, sagte Lucas.

Nun stehe halt Aussage gegen Aussage: Alle drei Schülerinnen hätten ein großes, will sagen erigiertes Geschlechtsteil an der Tafel gesehen. Zu klären sei dies nur durch eine Befragung der Klasse. Ob er das in die Wege leiten solle?

Lucas geriet ins Schwitzen. Er stellte sich vor, wie jedem in der Klasse die Frage nach dem erigierten Penis vorgelegt würde. Mädchen wie Mira oder auch Babs. Jungs wie Fabian, Falco oder Prinz. Prinz würde die Sache sicher im ganzen Schulhaus verschreien. Und Nadia? Die Befragung würde seine fragilen Bande mit Nadia zerstören.

Nein, sagte er, es kann sein, dass ich für eine Illustration zur Kreide gegriffen habe.

Es freut mich, sagte Lorenz, dass du ehrlich bist. Es macht die Sache allerdings auch nicht leichter. Wir können im Moment nichts anderes tun, als jede denkbare Einflussmöglichkeit auf die Eltern zu nutzen. Bist du noch an der Vorbereitung für den Schreibwettbewerb?

Ich wollte nach den Weihnachtsferien nochmals darauf hinweisen. Ich könnte die Abgabetermine auch vorverlegen.

Im Gegenteil, sagte Lorenz und kratzte sich im Haar. Je länger wir ihnen den ersten Preis für ihre Töchter in Aussicht stellen können, desto besser.

Der Blick auf das Bild, das Lucas nun schon zur Genüge kannte, deprimierte ihn unendlich.

Er werde sehen, ob man eine Sitzung mit dem Schulrat noch verhindern könne, sagte Lorenz und verabschiedete sich, er musste zur Kantonalen Rektorenkonferenz.

***

Ein Telefonanruf von Flurinas Mutter unterbrach Lucas beim Abendessen mit Lisa. Mit einer Vogelstimme sagte die Mutter, ihre Tochter habe bei der Arbeit an einem Text für den Schreibwettbewerb einen Zusammenbruch erlitten. Jetzt, kurz vor Weihnachten, sei sie völlig im Stress. Lucas musste lächeln. Flurina habe weinend auf dem Bett gelegen, als sie nach Hause gekommen sei. Sie sei nur mit Valium zu beruhigen gewesen. Danach hätten sie zusammen gebetet.

Lucas schluckte den letzten Bissen hinunter und war Lorenz dankbar, der offenbar zum Telefon gegriffen hatte. Es tue ihr leid, fuhr die Mutter fort, was ihre Tochter in der Schülerzeitung geschrieben habe. Sexualität sei für Flurina ein Minenfeld, sie wisse auch nicht warum.

Der erste Preis sei ein Wochenende in Rom, sagte Lucas. Zu zweit.

Er blickte zu Lisa, die mit dem Essen fertig war und ihre Fotos auf dem Tisch auslegte. Er sah Köpfe Jugendlicher im Profil und Köpfe von hinten.

Flurinas Mutter fragte, ob die Jury unter Umständen auch einen Text akzeptieren würde, in dem Flurina ihren Weg zu Gott beschreibe.

Gerade in diese Richtung sei das Thema offen, sagte Lucas.

Sie wisse nicht, sagte sie, was passiere, wenn Flurina den Text nicht bis Ende März hinkriege. Sie arbeite zwar auch in den Ferien mit ihr, aber sie habe die Gewohnheit, den fertigen Text immer sogleich zu vernichten.

Lisa legte die Rückenansicht eines Mädchens vor sich auf den Tisch. Das Mädchen hatte im Nacken das Tattoo eines feuerspuckenden Fabelwesens.

Der Schreibwettbewerb solle Spaß machen und die Kreativität fördern, sagte Lucas freundlich. Er freue sich natürlich, wenn Flurina einen Text einreiche, aber entscheidend für ihre Schullaufbahn sei das nicht.

Flurina fühle sich immer etwas isoliert in der Klasse.

Ob denn ihre Tochter nicht doch einem sexualfeindlichen Klima ausgesetzt sei, fragte er. Keine Antwort.

Hallo?, fragte er irritiert, aber plötzlich war nur noch ein Rauschen in der Leitung. Er bereute die Frage. Lisa schaute ihn an, und er wusste nichts zu sagen.

Woher kommen diese Bilder?

Lisa zog die Beine auf den Stuhl und sagte: Die beiden Mädchen kommen aus der Vorstadt, das habe ich sofort gesehen. Sie sind unsicher, was ihre Ausstrahlung und ihr Aussehen betrifft. In ihren Gesichtern spiegelt sich diese Lust auf ein intensives, gefährliches Leben, für eine Nacht. Sie wollen nicht einfach in die Stadt, um dann mit dem letzten Zug wieder heimzufahren. Sie wollen etwas erleben, das ihre bisherigen Erfahrungen übersteigt.

Wartest du auch auf das Leben?, fragte Lucas.

Ich warte nicht auf das Leben, ich suche Arbeit, sagte Lisa.

Wir alle warten auf das Leben, sagte Lucas.

Ich versuche etwas in Gang zu bringen, und du nimmst es nicht zur Kenntnis.

Ich weiß nicht, wie du damit Geld verdienen willst. Als Hobby –

Du willst, dass ich mich umschule, nicht wahr? Du misstraust dem, was ich mache.

Der Kunstmarkt ist kommerziell, sagte er. Ein Erfolg ist ungefähr so sicher wie ein Sechser im Lotto.

Du hast kein Vertrauen in mich, sagte Lisa und packte ihre Bilder zusammen.

***

Lucas ging mit Deniz Karman durch die mit Linoleum ausgelegten Gänge des Spitals. In jeder Ecke lauerte der traurige Anblick eines mickrig geschmückten Weihnachtsbaums. Sie würden nie mit Bäumchen feiern, sagte Lucas, sie hätten ja auch keine Kinder.

Deniz und er wollten Fabian besuchen, und sie waren einander zufällig vor der Klinik über den Weg gelaufen. Sie bogen links in einen anderen Korridor ab, und Deniz klopfte an eine Tür, öffnete sie und sagte: Hallo, Fabian.

Hallo Deniz, Tag, Herr Brenner.

Ein Händeschütteln war nicht möglich, denn Fabians obere Körperhälfte lag in Gips. Lucas erinnerte sich, bei Fabians Anblick oft Mitleid empfunden zu haben. Wenn er ihn über den Pausenplatz schlendern sah, hätte er ihm gerne die Arme etwas verkürzt und den Mittelteil des Körpers stämmiger gemacht. Er fragte Fabian, was sich genau zugetragen hätte.

Er mache in seiner Freizeit gern Parcours, sagte Fabian. Nachdem er von Krähenbühl diese gemeine Ohrfeige erhalten habe, sei er losgezogen. Er habe innerlich gekocht, sein Hirn habe regelrecht geschwitzt, sagte er, und er habe sich abkühlen müssen. Es habe geschneit und er habe einige Runden auf dem Schulareal gedreht und gemerkt, wie ihm das gut tue. Dann habe er heimgehen wollen, aber stattdessen sei er einfach weitergerannt. Er sei über die Bahngeleise gelaufen und dann habe er die Mauer gesehen. Er habe seinen Schritt beschleunigt und sei auf die Mauer gesprungen. Da oben habe er sich so leicht gefühlt, dass er weitergelaufen sei, über das Plexiglasdach der Industriehalle. Das sei nicht einfach gewesen, sagte Fabian, er sei mehrmals ausgerutscht, habe aber weiter vorne den gigantischen Kamin gesehen.

Der Kamin sei der Challenge, unterbrach Deniz, da rüberzukommen sei eine krasse Sache. Fabian versuchte zu nicken.

Er sei nicht bereit gewesen, weiter den Hindernissen auszuweichen, sagte Fabian. Also rauf auf den Kamin, die Eisenbügel seien vereist gewesen, seine Finger klebten sofort fest. Es sei klar gewesen, dass er nach fünf Eisen immer eins überspringen musste, sonst liefe die Sache nicht rund. Er habe auch nochmals ein Stück zurück gemusst, weil er weiter unten ein Tritteisen übergangen habe.

Deniz sagte, er finde es super, wie er noch über den Kamin gekommen sei.

Lucas hörte nur noch mit einem Ohr zu. Er schaute aus dem Fenster und sah in der Ferne das Winterwäldchen, dahinter die Anlage der Eisbahn, auf der Lisa früher oft Schlittschuh gelaufen war. Damals, als sie sich kennen gelernt hatten, war Schlittschuhlaufen ihre große Leidenschaft gewesen. Er sah sie ihre Kurven und Pirouetten drehen, und er sah noch einmal den Sturz, der so viel verändert hatte. Wie leicht ein Leben misslingen konnte.

Fabian und Deniz redeten noch etwas weiter, aber seine Anwesenheit ließ offenbar ein unbeschwertes Gespräch nicht aufkommen.

Beim Abschied setzte er seine Unterschrift auf den Gips, auf dem bereits die Namen der Mitschüler standen. Dagmar hatte noch eine Sonne dazugemalt, Flurina einen Regenbogen und Prinz einen Totenkopf.

Draußen hatte es wieder zu schneien begonnen. Karman und er schritten im Schutz der Tannen zur Straßenbahn, die Lampen am Weg brannten bereits am Spätnachmittag. Deniz trippelte neben ihm her und hielt seine Schritte absichtlich kurz, um Lucas nicht davonzulaufen. Lucas wollte sich mit Karman über Fabians Zustand austauschen, stattdessen hörte er sich fragen, was eigentlich mit Nadia los sei. Erstaunlich redselig erzählte Deniz von Nadias Problemen mit der Mutter. Sie habe offenbar wieder zu trinken begonnen, er habe Nadia davor gewarnt, ein Helfersyndrom zu entwickeln.

Das Wort ist doch korrekt, fragte er: Helfersyndrom?

Absolut, sagte Lucas leise und schaute auf seine Schuhe, die kleiner waren als die von Deniz. Nadia neige dazu, sich mit der Mutter zu solidarisieren, vor allem, seit der Vater abgehauen sei.

Lucas fragte, ob auch er an Nadia die Tendenz beobachtet habe, sich zurückzuziehen?

Karman nickte. Sie standen an der Haltestelle der Straßenbahn. Der Schnee trieb aus der Dunkelheit über die Gleise. Karman hatte sich die Kapuze über den Kopf gezogen. Wäre er nicht sein Schüler gewesen, hätte Lucas Angst vor ihm gehabt. Aber Karman redete von Nadias Fröhlichkeit, von Nadias Schlaflosigkeit, von Nadias ungezügeltem Appetit in der Kantine, sodass Lucas staunte, wie gut er Nadia kannte.

Natürlich, sagte Karman, gebe es bei Nadia Ups and Downs, aber er schätze mal, das sei in diesem Alter so. Nadia sei eben dabei, innerlich einen Entwicklungssprung zu machen.

Als die Straßenbahn kam, fuhren sie gemeinsam schweigend durch die Dunkelheit. Dann verabschiedete sich Lucas mit einem festen Händedruck und stieg aus.

***

Tage später erreichte Lucas eine Mail von Klassenlehrer Piet: »Lieber Lucas, Nadias Mutter hat mich gestern darüber informiert, dass Nadia letzte Woche in eine psychiatrische Klinik eingeliefert worden ist. Sie sei in einer sehr schlechten Verfassung. Ich bin ratlos. Über allfällige Neuigkeiten werde ich Dich auf dem Laufenden halten.«

Lucas fuhr unverzüglich in die Schule. Dort erfuhr er, dass Nadia nach einem Suizidversuch in die Bergklinik überwiesen worden sei. Er sei völlig schockiert, sagte Piet, Nadia habe sich die gesamte Hausapotheke einverleibt.

Ich hätte das nie für möglich gehalten, Lucas. Bei mir war sie immer so vernünftig, ja gelassen.

Lucas verschwieg die Ausleihescheine in den Büchern, verschwieg Nadias Aufsatz, das Gespräch in der Bibliothek. Das alles gehörte ihm allein.

Kurz vor den Ferien fuhr er mit Piet in die Bergklinik. Während der Zugfahrt regnete es wie aus Kannen. Ein Sturm fegte über Wälder, Straßen und Flure, wirbelte Ziegel durch die Luft und fällte Bäume. Er sah einen leeren Weidenkorb über einen Parkplatz rollen, und eine innere Panik erfasste ihn.

Im Schneeregen machten sie sich auf den Weg zur

Bergklinik. Nachdem sie vom Empfang freundlich weitergewiesen worden waren, klopfte Piet in seiner energischen Art an Nadias Tür. Sie öffnete erst nach mehrmaligem Klopfen. Verlegen streckte sie Piet die Hand entgegen. Sie trug weite Jogginghosen, und ihre dunkelbraunen, schulterlangen Haare wirkten ungewaschen. Sie hatte leicht zugenommen. Das schmale Zimmer bot eine Sicht auf Berge, Bäume und Wiesen. Piet überreichte ihr mit einem ironischen Knicks einen Komikkalender als Geschenk. Lucas hatte sich schwer getan, etwas zu finden. Zuletzt hatte er sich für ein Buch entschieden, das ihr Gleichgewicht nicht gefährdete. Eine simple Abenteuergeschichte, die niemanden länger als einen Tag beschäftigte, nichts, mit dem er jemals eine seiner Klassen behelligt hätte.

Mangels Sitzgelegenheiten ließ sich Piet auf dem Bett nieder. Nadia tat so, als würde sie ihr Zimmer aufräumen, dann sagte sie, sie sei froh, ein Einzelzimmer zu haben, sie esse auch hier, um nicht hinausgehen zu müssen. Sie möge den Speisesaal nicht, es gebe zu viele Alte, auch Berggäste kämen hierher, die sie anstarrten. Sie wickelte das Geschenk aus, und Lucas kämpfte beim feierlichen Rascheln des Papiers mit seiner Traurigkeit. Sie versuche zu lesen, sagte sie, aber sie könne sich wegen der Medikamente nicht konzentrieren. Die Gedanken begännen zu kreisen, sie verlangsamten sich, schließlich werde sie bleischwer.

Lucas und Piet nickten.

Dieser Zustand ist die Hölle, sagte sie. Sie hatte plötzlich Tränen in den Augen, legte das Buch kommentarlos aufs Bett. Lucas fror.

Wie häufig der Kontakt zu den Ärzten sei, fragte Piet und schaute zu Lucas.

Alle zwei Tage habe sie ein therapeutisches Gespräch. Die Maltherapie gefalle ihr sehr.

Eine rothaarige Frau im weißen Kittel betrat das Zimmer, eine Hünin mit dem Namen Dr. Irina. Sie zauberte Nadia ein Lächeln ins Gesicht. Kurz angebunden bat sie, man möge ihr folgen und eilte schon durch die leeren Gänge voraus. In den Fenstern wütete noch immer der Schneeregen, warf einen schwankenden Ast oder Blätter durch die Luft, schwere Tropfen klatschten gegen das Glas. Dr. Irina betrat das Besprechungszimmer und ließ sich auf einen knallroten Sessel nieder. Auf den wenigen Quadratmetern konkurrierte ein schmales Glastischchen mit zwei abscheulichen Ledersesseln und einer lila Couch. An der Wand hingen großformatige Blütenkelchdrucke, die Narben und Blüten nach außen gestülpt.

Nadia sei eine Selbstlernende, sagte Dr. Irina mit leichtem Akzent.

Lucas wusste nicht, ob dieser Ausdruck ihren zweifelhaften Deutschkenntnissen entsprang oder einem eigenwilligen therapeutischen Vokabular.

Welche Anforderungen denn von Seiten der Schule an Nadia gestellt würden?

Piet, unbequem auf die lila Couch gezwängt, schlug seine Beine übereinander und horchte auf, als wäre das Wort »Schule« das Signal zu sprechen. Nadia hatte den Blick erwartungsvoll auf Dr. Irina gerichtet.

Der Stoff in den Hauptfächern, also in Deutsch, Französisch, Mathematik, sollte irgendwann einmal nachgeholt werden, sagte Piet unbeholfen.

Wie lächerlich sich diese Forderungen ausnahmen.

Man sei aber allein deswegen hier, fügte Piet schnell an, um zu sehen, wie es Nadia gehe.

Dr. Irinas Gesicht blieb abweisend. Es schien zu sagen: Nadia ist nach einer Katastrophe hier gelandet, hier hat man ihre komplexe Krankheit erkannt, hier versucht man ihr zu helfen. Von hier wird sie nicht so schnell wieder wegkommen.

Sie kreuzte ihre in schweren Stiefeln steckenden Beine und sagte, Nadia mache jetzt einen schwierigen Prozess durch, sie lerne, das Mögliche vom Unmöglichen zu trennen. Dr. Irina lächelte und Nadia lächelte wie ferngesteuert zurück.

Dr. Irina rieb ihre die Handflächen aneinander. Nadia treibe bereits etwas Sport, sie schreibe, sagte sie zu Lucas gewandt, ab und zu sogar Gedichte. Nadia, sagte Dr. Irina, wie ist deine Sicht der Dinge?

Nadia sagte, sie und ihre Mutter hätten sich früher immer gestritten. Durch ihren Selbstmordversuch sei alles anders geworden. Ihre Mutter sei nun gut.

Dr. Irina nickte, war aber noch nicht zufrieden.

Sie habe sich der Mutter geöffnet. Das habe der Mutter die Möglichkeit gegeben zu verstehen. Sie habe von Dr. Irina gelernt, dass sie mit ihrem Verhalten die Umwelt steuern könne. Zeige sie sich der Mutter offen, so könne die Mutter in sie hineinsehen.

Dr. Irina lächelte ihre Stiefel an.

Sie kann über Weihnachten drei Tage nach Hause.

Soziale Reintegration, sagte Dr. Irina: Kunsttherapie, Therapiegespräch, Cipralex.

Ob Nadia an Depressionen leide, wollte Piet wissen.

»Depression«, holte Dr. Irina aus und stellte die Beine nebeneinander, sei ein Sammelbegriff. Sie verwende solche Begriffe nur ungern. Man brauche sie aber, um dem Laien eine Vorstellung vom Leiden des Patienten zu geben. Eine Erschöpfungsdepression könne nicht ausgeschlossen werden. Als Erstes würden sie Nadias mechanistische Auffassung von Depression aufarbeiten müssen, nicht wahr, Nadia? Nadia habe geglaubt, was alle glauben: dass wir die Patienten einfach mit Pillen vollstopfen würden.

Lucas sah aus dem Fenster auf die blauen Berghänge.

Welche Faktoren Nadias Tagesbefinden genau steuerten, sei noch unklar. Aber sie reagiere wie jeder normale Mensch mit Fehlfunktionen auf Stress und Überbeanspruchung. Sie neige zu übertriebener Perfektion. Darunter, dass die Welt fehlerhaft, unvollständig, ungerecht und vielleicht sogar sinnlos sei.

Dr. Irina erhob sich, schaute auf die Uhr, entschuldigte sich, um danach beide mit einem gewinnenden Händedruck zu verabschieden. Piet und Lucas machten sich mit Nadia ins Begegnungszentrum auf. Sie verließen das Klinikgebäude, die Cafeteria lag am anderen Ende des Areals. Der Sturm hatte sich gelegt und war einem Schneegestöber gewichen. Sie habe sich, sagte Nadia, die unter keinem der beiden Schirme Schutz suchen wollte, zuerst gar nicht umbringen wollen. Sie habe eigentlich nicht den Mut gehabt. Als sie dann vor dem Medikamentenschrank der Mutter gestanden sei, da habe es in ihr gesagt: Mach's, mach's doch einfach, anstatt weiter nur daran zu denken. Sie habe alle verfügbaren Tabletten geschluckt, und dabei habe sie das Gefühl gehabt, dass sie nichts mehr hält.

Ob sie nicht daran gedacht habe, was sie den Freunden antue, fragte Piet.

In einem solchen Augenblick sei alles wie ausgeknipst, Freunde, Familie, die ganze Welt.

Piet formte einen Schneeball und warf ihn einige Meter weit. Es war zu spüren, dass er überfordert war.

In solchen Momenten fehlten einfach die Gründe zum Weiterleben. Warum weiterleben? Jetzt, nach dem ersten Versuch, habe sie gesehen, dass der Selbstmord machbar sei.

Sie setzten sich in eine in blassen Farben gehaltene Kantine, aßen Kuchen und tranken Tee. Nadia kaute zwischendurch an den Fingernägeln. Das Licht am Himmel glühte rot, die Wolkendecke hatte sich geöffnet. Piet drängte zum Aufbruch. Lucas wäre gerne noch mit Nadia allein gewesen. Schließlich einigte man sich, dass er einen Zug später fahren würde.

Lucas ging mit ihr aufs Zimmer zurück.

Nadia erschien ihm verwirrt und lethargisch. Sie legte sich aufs Bett und schwieg. Er räumte die am Boden liegenden Bücher weg und gab den Blumen frisches Wasser. Mit teilnahmsloser Stimme begann sie zu erzählen, wie man ihren Körper entgiftet hatte, Katheter in die Halsschlagader. Nach vierundzwanzig Stunden habe sie die Augen aufgemacht und zuerst nicht glauben können, dass sie noch lebte. Man habe sie gefragt, wer sie sei.

Und darauf haben Sie gesagt, die kluge Else, nicht wahr?

Er lächelte, und es erschien ihm auf einmal wie ein Wunder, dass sie noch am Leben war. Bleich, erschöpft, aber atmend.

Sie hatte dunkle Flecken an den Armen, weil sie zu lange auf dem Boden ihres Zimmers gelegen hatte. Auf dem Handy hatte sie das Apothekerkompendium heruntergeladen, um beim nächsten Mal die richtigen Tabletten in der richtigen Reihenfolge und Dosierung zu schlucken. Sie sagte, es sei merkwürdig, einen Einzelnen therapieren zu wollen, während ringsum die Welt zugrunde gehe. Krass, aber es tue ihr gut.

Ihre Haare waren zerzaust, die Augen ohne Farbe. Sie redeten von ihrer Lektüre.

Ich mag Bücher, in denen Menschen vor Abgründen stehen. Mira hat mir in den Herbstferien ein Buch geliehen, das ich ziemlich ausgeflippt fand. Es handelt von einem kaputten Mädchen, das Drogen nimmt und dabei völlig klar wird. Auch sie kann nicht mehr zwischen Traum und Realität unterscheiden. Die Geschichte hat mich reingezogen. Ich mag keine Schnulzen, oberflächliches Geschwafel. Welche Bücher mögen Sie eigentlich? Sind es wirklich die Bücher, die Sie mit uns in der Klasse durchnehmen?

Lucas nickte. Er erzählte von seinen ersten Lesererlebnissen in der Jugend, die ihm eine neue Welt aufgetan hätten. Die ihm über Nacht zu einem anderen Selbstgefühl verholfen hätten. Sein Entschluss, Literatur zu studieren, sein Glücksgefühl, wenn eine Klasse etwas von dem begriff, was Literatur ausmachte.

Sie lehnte sich müde zurück, zog das dünne Leintuch bis zum Hals und sagte, sie wäre froh, wenn er jetzt gehen würde.

Als er sich anschickte zu gehen, hielt sie ihn mit der Frage zurück, was denn die Klasse mache, Flurina, Cecilia, Falco, was sie denn zurzeit läsen? Warum Deniz sie nicht besuche, sie wolle nicht, dass die Klasse sie besuche, aber Deniz, was mit Deniz sei?

Er schüttelte den Kopf, die Klasse wusste nichts von ihrem Suizidversuch.

Als sie wiederholte, sie wisse jetzt immerhin, wie viele Tabletten man nehmen müsse, um nicht zu kotzen und auch nicht als Gelähmte zu erwachen, platzte ihm plötzlich der Kragen. Der Tod, sagte er schrill, sei nicht der Trompetenstoß zum triumphalen Abschied, wie sie es wünsche, sondern etwas furchtbar Banales. Man lebe, esse und trinke, habe seine Wünsche ans Leben, und manchmal gingen sie in Erfüllung und manchmal auch nicht, und das könne einem zu schaffen machen. Man werde von Widersprüchen geplagt, man verliere den Glauben an alles. All das gehöre zum Leben, das kompliziert, aufreibend, widersinnig, ermüdend und alltäglich sei. So sei das Leben, dagegen sei der Tod einfach nichts!

Sie schaute ihn aus erloschenen Augen an.

Der Tod ist schmutzig und banal!, rief er bekräftigend.

Er musste seine Stimme senken, um die Notschwester nicht zu alarmieren.

Nadia hatte ihren Kopf abgewandt. Erst jetzt bemerkte er, dass sie weinte, und es tat ihm leid.

***

Lisa saß in der Küche und blätterte in einem Fotokatalog. Moderne Stillleben, vor allem Tiere, so fotografiert, dass sie ebenso lebendig wie tot wirkten. Sie musste immer wieder auf diese Katalogbilder starren, seit Wochen.

Sie schaute auf, gleich würde er zu erzählen beginnen.

Er zog die Schuhe aus und schenkte sich ein Glas Wein ein. Hunger hatte er keinen, da er im Zug ein Sandwich gegessen hatte. Er stellte sich ans Fenster und tat, als würde er das Geschehen auf der Straße verfolgen. Sie glaubte ihm nicht. Dann blätterte er geräuschvoll in einer Zeitung und räusperte sich.

Warst du heute draußen?

Sie schaute auf. Ich habe heute auf dem Arbeitsamt Arbeitslose fotografiert. Die ahnten nicht, dass ich selber arbeitslos bin. Als einer aggressiv wurde, sagte ich, es gehe um einen Bericht über das Warten, das hat ihn auch nicht beruhigt.

Ich komme von Nadia, sagte er und leerte das Glas.

Ich weiß, sagte sie und verspürte sofort einen Schmerz, als sie merkte, wie schwer es ihm fiel, darüber zu reden.

Der Besuch ist nicht einfach gewesen.

Wie geht es ihr?

Sie ist dünnhäutig, verletzlich, ein Wesen, das man –

Instabil, unterbrach sie ihn, weil sie fürchtete, seine Erzählung könnte wieder in einer Liebeserklärung enden.

Ich muss versuchen, Kontakt zu ihr zu halten, ihr vielleicht Bücher zu empfehlen. Wenn ich sie in einen Dialog verwickeln kann, bringe ich sie vielleicht von dieser Todesfixierung ab.

Du bist kein Arzt. Und du kannst ihr den Selbstmord nicht verbieten. Alle drei Tage nimmt sich hierzulande ein Jugendlicher das Leben. Rund neuntausend Jugendliche bringen sich in einem Jahr um. In der Antike hat man den Jungen den Selbstmord verboten. Ein Selbstmörder, der sich aus dem Fenster geworfen hat, ist bestraft worden, indem man seinen Leichnam gleich nochmals aus dem Fenster geschmissen hat.

Lisa!

Ihre Augen flogen neugierig über das Cover des Katalogs.

Sagen Sie mir einen Grund, warum man am Leben bleiben sollte, Herr Brenner. Das hat sie mich gefragt. Wissen wir immer eine Antwort?

Plötzlich stieß Lisa mit einer unbeherrschten Bewegung ihr Weinglas um.

Muss das denn auch noch sein?, sagte sie und entfernte sich wortlos.

Er wischte den Tisch sauber.

Am nächsten Morgen wachte er in einem Zustand völliger Lähmung auf. Er schleppte sich zum Telefon und sagte den Unterricht ab. Dann legte er Taschentücher und ein Grippemittel auf den Nachttisch, um seinen Zustand zu kennzeichnen; er brauchte beides nicht. Sein Blick ruhte auf seinen Armen, seine Haut schimmerte altersfahl im Lampenlicht. Das Dunkle sammelte sich wie eine Lache auf dem Parkettboden vor seinem Bett. In der Nacht darauf nahm er ein Schlafmittel.

***

Nachdem Nadia auch am letzten Tag vor den Ferien nicht in der Schule erschienen war, hielt Deniz es nicht länger aus. Er rief ihre Mutter an, die ließ ihn wissen, dass Nadia nach einem Suizidversuch in eine Klinik eingeliefert worden sei.

Deniz' Denken setzte aus. Er griff zum Handy, um ihr zu schreiben.

»In mir drin ist es dunkel«, schrieb sie zurück.

Am nächsten Tag schrieb sie: »Ich konnte heute kurz spazieren gehen. Deniz, ich gehe neben mir, ich sitze neben mir, ich bin die ganze Zeit neben mir.« Wirre Sätze, auf die er nichts zu antworten wusste. Er versuchte zu verstehen. Warum war sie nicht klarer? Wie konnte er ihr helfen, wenn sie nicht besser Auskunft gab? Er wäre doch bereit, ihr zuzuhören, aber sie wollte sich nicht helfen lassen, nicht einmal von ihm.

Deniz döste über die Weihnachtstage vor sich hin. Erst als sie schrieb: »Ich würde gerne mit dir reden, ich weiß, dass du mich verstehst, ich brauche dich, weil ich ohne dich zerfalle«, erst da atmete er auf und fühlte Energie in seinen Körper zurückkehren.

Er schrieb zurück: »Warum lernen wir nicht Gefühle? Warum lernen wir Mathe und nicht Liebe?«

Sie schrieb ihm von Dr. Irina und dass sie alles mit ihr besprechen könne. Dr. Irina habe Verständnis, sie verstehe sie in ihrem Innersten, sie könne beinahe in sie hineinsehen.

Er reagierte eifersüchtig. Er erinnerte sich, wie sie einmal mitten beim Lernen zu weinen begonnen hatte, und er hatte hilflos daneben gestanden. Großer Kopf für nix!

Danach verstummte sie. Wieder sandte er ihr eine Mail, und als nichts zurückkam, rief er in der Klinik an. Nadia Breitenmoser, wurde ihm gesagt, habe die Klinik über Weihnachten verlassen.

Deniz wollte sie und ihre Familie nicht weiter belästigen. Es war eine leere Zeit, denn offiziell feierten sie Weihnachten nicht. Sein Vater hatte aber einen kleinen, elektrisch beleuchteten Christbaum gekauft, der auf dem Küchentisch stand und »Oh du fröhliche …« dudelte.

Nach den Festtagen schrieb sie ihm wieder: »Liebe ist nicht etwas, das wir lernen können. Liebe geht über unsere Kraft. Erklär mir Liebe, von Ingeborg Bachmann. Lies es! Vielleicht bist du mein Salamander.«

Er las das Gedicht, aber er hörte nichts mehr von ihr.

***

Während Luc das Gemüse schnitt und den Braten marinierte, kamen ihm die Tränen. Lisa wollte nichts mehr hören, sie verschwand ins Schlafzimmer und warf gereizt Kleiderbündel in ihren Koffer; am nächsten Tag wollten sie in ein Ferienhaus auf dem Land fahren.

Soll ich das kleine Schwarze einpacken?, rief sie in die Küche.

Luc erschien die Frage als so unwesentlich, dass er keine Antwort gab. Zudem war ihm das Restaurant, in dem sie sich mit Freunden für Silvester verabredet hatten, unbekannt, sodass er keine Garderobenempfehlung abgeben konnte. Als Lisa nachhakte, ob sie auch Tanzschuhe einpacken sollte, steigerte sich sein Unmut, und er antwortete, es werde kein Silvester zum Tanzen geben.

Und warum nicht?, fragte Lisa gereizt in der Tür.

Weil das Wetter schlecht ist, sagte er und wandte sich von ihr ab.

Lisa starrte ihn ungläubig an, merkte aber, dass weitere Vorstöße sinnlos waren. Sie packte die Schuhe trotzdem ein.

Das Wetter war tatsächlich miserabel. Schmelzwasser tropfte von den Bäumen, die Atmosphäre hatte etwas Fauliges und Unheilschwangeres. Sie verbrachten die ersten zwei Tage mit Spaziergängen im Regen. Sie lasen viel, kochten und schliefen. Auf der Suche nach brennbarem Holz für das Cheminée stieß Lisa im Keller auf ein totes Lamm. Sie rannte zu Luc, der den benachbarten Bauer anrief, der die Totgeburt auf einen Holzhaufen gelegt hatte.

Allmählich nahm die Gereiztheit zwischen ihnen zu. Lisa war aggressiv, während er meist mit einer angebrochenen Weinflasche und einem Buch allein blieb und überlegte, wie Nadia wohl den Jahreswechsel überstehen würde.

Vor Silvester fuhr Lisa in die nächstgelegene Stadt, um zu fotografieren. Köpfe von hinten, Köpfe von der Seite, dann auch von oben, wie sie sagte. Sie kehrte mit einem Katalog von Gerhard Richter zurück. Sie brütete über einem Bild: Ulrike Meinhof, die Richter nach einem Foto von der Toten gemalt hatte. Auf dem Bild lag die tote Terroristin Ulrike Meinhof auf dem Boden. Lisa sagte, das Bild habe ihr einen Schrecken eingejagt, wie sie ihn auch beim Film »Blow Up« empfunden habe, als die Leiche im Park entdeckt wird. Nichts fasziniere sie mehr als Leichen, die unvermutet zum Vorschein kämen.

Bevor sie schlafen ging, schlich sie sich nochmals in den Keller und stand eine Weile vor dem toten Lamm. Sie fotografierte es und stieg dann mit einer seltsamen Befriedigung wieder ins Wohnzimmer hinauf.

***

In der Nacht dachte Lucas an die erste Zeit, als sie sich kennengelernt hatten. Schon im ersten Jahr war Lisa schwanger geworden und wollte dennoch ihre Pirouetten drehen. Er erinnerte sich daran, wie ihre dunkelblonden Haare unter der Wollmütze hervorquollen. An die vom Raureif weißen Haarspitzen. Sie fuhr und fuhr, schon über eine Stunde, wiederholte einen Mädchentraum. Der Himmel hatte dieselbe Farbe wie das Eis. Sie beschleunigte das Tempo, die Kufen der Schlittschuhe ritzten kaum noch das Eis, bis sie stürzte.

Er dachte an das Kind, das er sich so sehr gewünscht hatte. Das Kind, von dem sie beide nicht wussten, ob es sie voneinander trennen oder zusammenschweißen würde. Das Kind, das ihr Leben in ganz andere Bahnen gelenkt hätte. Das aus ihnen mehr gemacht hätte als nur Mann und Frau. Eine Gemeinschaft, vielleicht.

Als er sie dann im Spital besuchte, konnten sie über den Verlust kaum reden, denn das Kind hatte bereits einen Platz in ihrem Herzen gehabt. Mit der Zeit fand er Worte dafür, während sie die ihren verlor. Seitdem redete er zu viel, und sie schwieg. Später stellte sich heraus, dass sie aufgrund dieses Unfalls keine Kinder mehr haben konnte. Sie versuchten sich zu trösten. Sie erhielt einen festen Anstellungsvertrag, er ließ sich in die Qualitätssicherungskommission der Schule wählen. Aber sie litt noch lange Zeit an Depressionen, ihre Beziehung rutschte in eine Krise.

Ein anderer Mann tauchte an ihrer Seite auf, ein neuer Atem, ohne den sie vielleicht erstickt wäre. Er war sich sicher, dass Lisa und er keine Zukunft mehr hatten. Sie trennten sich. Erst ein Jahr später, als sie einander vor Weihnachten in der Klassikabteilung eines Musikgeschäfts wieder begegneten, kamen sie endgültig zusammen.

***

Am Silvesterabend trafen sie sich mit drei befreundeten Paaren in einem Landgasthof. Mit am Tisch waren der Biologielehrer Albrecht und die Tangolehrerin Sophie, Freundin und Beichttante seit seiner Schulzeit, Lisas Freundin Anne, eine lebenslustige Therapeutin, und ihr Mann Rufus, der beim Funk arbeitete; dazu gesellten sich die Ärztin Meret mit ihrem Plinius, einem mürrischen Staatsbeamten. Auf dem Plan stand ein fünfgängiges Menü, bis die Glocken der nahen Dorfkirche das vergangene Jahr ausklingen lassen würden. Man redete sich schnell über Lisas Rauswurf bei der Zeitung in Rage. Lucas erzählte von ihren fotografischen Versuchen, was ihm einen strengen Blick von seiner Frau eintrug. Er wechselte zur anstehenden Schulreform, die nun wirklich niemanden interessierte. Albrecht dagegen konnte so erzählen, dass sich die Welt in ein evolutionäres Rätsel verwandelte. Er wurde von Sophie unterstützt, die an den passenden Stellen die Stirn in Falten legte und mit den Augen rollte. Schwärmte sie von ihrem Buenos Aires und den Tangonächten, fiel Albrecht alle zehn Sekunden mit einem zustimmenden Ah und Oh ein. Anne und Sophie verbündeten sich spontan in Frauenrechtsfragen, während Meret, die Jüngste, gerne das postfeministische Zeitalter heraufbeschwor. Der Langweiligste in der Runde war zweifellos Plinius, der wahllos alle Trends mitmachte, von Yoga über Veganismus bis zum Meditieren in buddhistischen Klöstern.

Man diskutierte gerade das Schlachten von Tieren, als der Klingelton aus Lucas' Handy das Eintreffen einer SMS anzeigte.

Oha, rief Rufus grinsend, eine Geliebte aus Neuseeland?

Lucas warf einen Blick auf das Display und schaute dann zu Lisa, die unbekümmert in ihren Teller vertieft war. Eine Schülerin, sagte er. Nun musste er vorlesen: Nadia wünschte ihm einen guten Rutsch, sie sei zu Hause bei ihrer Mutter, aber sie feiere nicht. »Schwarzes Licht der Zukunft. Was bringst du uns?«

Lucas legte den Fall in groben Zügen dar und betonte, es sei wichtig, sich als Lehrer abzugrenzen, deswegen werde er nicht antworten.

Da alle schon etliche Gläser getrunken hatten, entbrannte eine hektische Diskussion über Lucas' Haltung.

Anne fand, dass die Lehrer sich zu wenig engagierten. Jugendliche hätten feine Antennen für das, was auf der Welt nicht stimme. Die Welt sei aus den Fugen, sagte Albrecht grob, und die Schule schere sich einen Scheiß darum. Anne sagte, für sie sei Lucas' zur Schau gestellte Gelassenheit fehl am Platz, er müsse das Mädchen beschützen, gerade weil es bei ihm Hilfe suche. Das Mädchen müsse grundsätzlich anders betreut werden, meinte Plinius. Warum das Aufgabe des Deutschlehrers sei, mischte sich Lisa ein. Sie redete eine Spur zu laut, vielleicht war es das, was alle verstummen ließ. Oder der Umstand, dass sie erst jetzt etwas sagte. Warum habe diese junge Frau nach dem ersten Suizidversuch überhaupt nach Hause gehen dürfen?, fragte sie. Wo sei da die therapeutische Begleitung, und warum müsse sie ausgerechnet Luc eine Mitteilung senden, ob sie denn niemand anderen habe?

Der Kellner unterbrach mit dem Hauptgang. Man faltete die Servietten auf.

Welche Todesart würdet ihr denn wählen?, fragte Anne kauend.

Ich würde einfach mit Essen und Trinken aufhören, lachte Albrecht, und alle dachten, dass Albrecht, der an Verdauungsstörungen litt, sowieso zu viel aß. Ich würde in die Wüste gehen, sagte Anne, so lange, bis ich tot umfalle. Ich wäre zu feige für so was, warf Meret ein, ich nähme Tabletten wie Nadia.

Und Lisa, wie würdest du deinem Leben ein Ende setzen?, fragte Plinius.

Lisa tupfte ihre Mundwinkel ab, legte die Serviette auf den Tisch und schwieg. Ihr Blick wanderte zum Fenster.

Es fällt mir gar nicht ein, mich umzubringen. Ich hänge zu sehr am Leben. Ich finde gerade jetzt, wo ich etwas Neues begonnen habe, dass *ein* Leben immer zu wenig ist. Aber man muss halt entschlossen sein, mit sich etwas anzufangen!

Die Glocken des nahen Kirchturms begleiteten das Jahr an sein Ende. Lucas hatte dem Wein stark zugesprochen, sodass er beim Aufstehen fast das Gleichgewicht verlor. Das Jahr beginnt nicht gut, dachte er und umarmte Anne, die nach Seife roch. Er torkelte auf Lisa zu, um sie zu umarmen, aber sie war schon wieder woanders und ließ sich von Albrecht mit stacheliger Wange küssen. Lucas hätte auch gerne jemanden geküsst, jetzt, sofort, auf den Mund. Am besten Sophie. Stattdessen stand er mit Plinius vor der Kloschüssel. Als sie zurückkamen, waren Tische und Stühle zum Tanzen weggeräumt. Lucas griff nach Merets breiten Hüften und klammerte sich daran fest, während Lisa wie eine Traumwandlerin mit Albrecht, dem einzigen mit Crashkurserfahrung, über den Holzboden glitt.

In trostloser Stimmung bestellte er ein Glas hochprozentiger »Grüne Fee«, und aus Merets Hüften wurde ein Baumstamm. Er leerte noch ein paar weitere Gläser und sah plötzlich in Nadias dunkle Augen. Dann landete er auf dem Boden.

***

Die Sprachregelung, die Lorenz zu Beginn des neuen Jahres ausgab, lautete, dass Nadia an einer langwierigen Krankheit leide und erst in ein paar Wochen zurückkehren werde.

Geduldig rührte Rudi Freyermuth im schwarzen Kaffee. Was ist mit deiner Schülerin?

Sie ist krankgeschrieben, sagte Lucas.

Hast du im Unterricht wirklich nichts bemerkt?

Was hätte ich bemerken sollen?

Ihre Selbstmordabsichten. Man sagt, du hättest einen besonders guten Draht zu ihr gehabt.

Rudi grinste.

Was auch immer du damit meinen magst, sagte Lucas spitz und floh, bevor sich noch jemand über die Sache ausließ, ins Klassenzimmer.

Kurz vor der Mittagspause platzte Krähenbühl in Lucas' Lektion. Er legte seine Hände flach auf den Tisch und schaute in die Klasse. Man hielt erwartungsfroh den Atem an.

Ich bin hier, um mich zu entschuldigen. Ich hatte mich neulich nicht ganz im Griff. Mein Vater musste ins Altersheim, ich habe ihm beim Umzug geholfen; mein Vater, Krähenbühl tippte sich an die Stirn, ist nicht mehr richtig im Kopf. Bei dem Stress kann es schon mal vorkommen, dass man die Nerven verliert. Fabian wird bald aus dem Spital entlassen, und ich habe ihm Glückwünsche gesandt. Glückwünsche, ja, sagte Krähenbühl, und einen Bücherbon über fünfzig Franken.

Flurinas Miene versteinerte, Noah schaute kalt lächelnd auf seine Fingernägel, und Dagmar hatte den Kopf schräg in die Hand gelegt und beobachtete Krähenbühl mit flammender Verachtung. Krähenbühl suchte Lucas' Blick. Jedes einzelne Wort hätte der ihm vom Mund abschneiden mögen.

Das war's, sagte Krähenbühl. Er hob die Hand zu einer Art Offiziersgruß und verließ den Klassenraum.

Im Lehrerzimmer trafen sie später erneut zusammen.

Es ist mir um die Durchsetzung der schuleigenen Qualitätsstandards zu tun, sagte er. Was nützt es, die Qualitätssätze nur theoretisch zu erörtern?

Ruth schaute an die Decke, um ihrer Empörung Ausdruck zu geben, Rudi trug Noten in ein Formular ein.

Ihr Heuchler, rief Krähenbühl plötzlich in die schweigende Runde. Ihr glaubt euch ja selber nicht, glaubt nicht an die Noten, nehmt das Absenzenwesen nicht ernst. Ferientechniker, so reden die Leute über uns. Und nichts anderes seid ihr! Ihr sitzt einfach eure Zeit ab, um den Lohn zu kriegen. Bildung, Erwerb von Fähigkeiten, Matura? In Wirklichkeit glaubt ihr nicht daran. Spielt euch vor den Klassen auf, lasst euch bewundern, ha.

Alle kauten weiter an ihren Kuchenstücken herum, man spendierte sich gegenseitig Kaffee, keiner wollte Krähenbühl stoppen. Lehrer waren darauf trainiert, mit allen möglichen devianten Verhaltensweisen zurechtzukommen.

Und da sitzt einer unter euch, hob Krähenbühl wieder an, der mit seinem Engagement Ernst macht, der sich mit Leib und Leben für eine Schülerin einsetzt.

Er schaute zu Lucas, dem die Hitze ins Gesicht schoss.

Und wie redet ihr über ihn? Ist er etwa schuld an ihrem Selbstmordversuch! Ihr Heuchler, ihr Scheinbildner, ihr …

Albin trat hinzu. Der große Albin, der in besseren Tagen immer mit Krähenbühl herumgealbert hatte, stellte sich hinter Krähenbühl und legte ihm sanft die Hand auf die Schulter. Nur um zu sagen: Jetzt hau endlich ab, Krähenbühl, bevor du hier die Kacke zum Dampfen bringst.

Krähenbühl sah aus, als habe man ihm eine Klinge ins Auge gestoßen. Er stand auf und verließ die Schule.

***

Lisas Freundin Katrin und ihr Mann Max hatten sich im Herbst endgültig getrennt, und seither lud Katrin Lisa gerne zum Essen ein. Katrin sagte, ihre Trennung von Max sei der Supergau. Ihr Leben sei entzweigebrochen, über kurz oder lang brauche sie eine neue Beziehung, um sich wieder zusammenzusetzen. Einen Mann mit ausreichender Körperflüssigkeit.

Ich hoffe, dass es mir nicht auch so ergeht, sagte Lisa.

Die Geschichte mit dieser Schülerin hört sich nicht gut an, Lisa. Eine SMS an Silvester! Du solltest ihn zur Rede stellen. Oder selber gehen, lieber früher als später.

Lisa ließ sich nicht aus der Fassung bringen.

Ich kann mir eigentlich nicht vorstellen, dass Luc mit einer Schülerin etwas beginnen würde.

Bist du denn blind?, fragte Katrin. Da muss doch etwas passiert sein. Warum sonst versucht das Mädchen sich umzubringen? Ich wette, dass dahinter eine leidenschaftliche Affäre steckt! Ältere Männer, junge Frauen. Wir Frauen, sagte Katrin kämpferisch, sind oft blind.

Lisa mochte es nicht, dass Katrin sich plötzlich als Eheberaterin aufspielte.

Kannst du wieder durchschlafen?, fragte Lisa.

Katrin schaute seufzend zur Decke und bestellte sich nochmals Wein.

Katrin trank ziemlich schnell und wollte dann noch in Lisas Atelier. Dort schauten sie sich ihre neuesten Arbeiten an. Diese Gesichter, sagte Katrin, erinnern mich an Profilbilder aus der Renaissance. Sie haben etwas Helles, Aufgeräumtes, Himmlisches. »Sorglosigkeit und Hoffnung der Jugend«, so würde ich die nennen.

Katrin war begeistert. Sie sagte, sie würde gerne eine befreundete Galeristin darauf ansprechen. Lisa verbot ihr das auf der Stelle, sie wollte ihre Bilder auf keinen Fall zeigen.

Aber du willst doch keine Hobbykünstlerin werden, wandte Katrin ein. Es gibt nichts Schlimmeres als Frauen, die in der Freizeit Quilts nähen oder Ölbilder malen und sie dann auf einem Wohltätigkeitsbasar versteigern.

Lisa schüttelte den Kopf. Aber warum sollte sie es eigentlich nicht als Künstlerin versuchen? Zumindest wäre es einen Versuch wert. Jetzt war doch die Zeit dazu, nicht in zehn Jahren.

Katrin stöberte weiter in ihren Bildern. Die Seitenansichten einiger junger Männer entzückten sie. Sie sagte, dass die Gesichter dieser Jungen auf eindrückliche Art eingefangen seien. Katrin schrieb ab und zu für ein ART-Magazin. Sie zündete sich eine Zigarette an, schwenkte das Glas und behauptete, sie spüre die animalische Seite dieser Männer, und zugleich deren Verletzlichkeit. Beides zugleich, das sei eben das Großartige. Lisa habe die Fähigkeit, die Haut der Menschen durchsichtig zu machen.

Lisa räumte verlegen die Fotos weg.

Musst du dich noch immer so überwinden, jemanden von vorn aufzunehmen?

Es ist für mich immer eine Mutprobe, entgegnete Lisa. Ich möchte nicht, dass man mich beim Fotografieren sieht.

***

Lieber Herr Brenner, es geht mir besser, ich bin nicht mehr so verwirrt wie damals, als Sie mich besuchten. Ich habe sogar etwas schreiben können, da ich doch noch einen Text für den Schreibwettbewerb einreichen möchte. Aber ich weiß nicht, ob ich's schaffe. In der Nacht erhielt ich Besuch von einem Wesen mit blauen

Augen. Das Männchen stand am Fenster und schaute mir beim Schlafen zu. Ich durfte mich nicht bewegen, sonst würde es hereinkommen. Also blinzelte ich bloß, öffnete aber meine Augen nicht. Das Männchen hatte einen eisblauen Blick. Es kann nicht weinen, sonst laufen ihm die Augen aus. Ich lag die halbe Nacht still im Bett, bis die Dämmerung über die Berge kroch und das Männchen verschwand. Dann brach der Himmel entzwei. Der Tag war so schwarz wie die Nacht. Grüße, Nadia

Liebe Nadia, Ihre Ruhe hat mich beeindruckt. Verzweifeln Sie nicht. Das Leben ist eine Kugel, die sich unaufhörlich dreht. Nach der Matura werden Sie mit Kopfschütteln zurückschauen auf diese schwierige Zeit. Schreiben Sie mir weiter Ihre Gedanken.

Ihr Deutschlehrer, Lucas Brenner

Lieber Herr Brenner, manchmal ist das Männchen mit den eisblauen Augen auch am Tag da, wenn ich mir den Pelz überziehe und eine Runde drehe, um eine Zigarette zu rauchen. Dr. Irina hat gesagt, ich soll mit dem Männchen reden, wenn es nachts kommt. Das Männchen komme nur, um mit mir zu reden. Aber ich getraue mich kaum zu atmen. Ich habe Angst, das Männchen könnte mir die Zunge abbeißen.

Dr. Irina sagt, ich möchte vom Männchen geliebt werden, weil meine Seele knirscht. Es ist wahr: Alle Gefühle tun weh. Aber ohne Gefühle zu leben, ist wie in der Hölle zu leben. Grüße Nadia

Liebe Nadia, versuchen Sie zu lesen, dann wird das Männchen verschwinden (seine blauen Augen werden schmelzen). Die Literatur baut Brücken von einem Kopf zum anderen.

Ihr Deutschlehrer, Lucas Brenner.

Sehr geehrter Herr Brenner, ich habe in der Nacht Ihr Buch gelesen, und das Männchen ist erst im Morgengrauen erschienen, als ich mir vorstellte, heimzufahren. Dann habe ich noch ein anderes Buch angefangen, das Sie einmal empfohlen haben. Hanna und Michael, die mich sehr traurig gemacht habe … Aber als sie sich dann umbringt … Gruß, Nadia

… tut mir leid, … Sie hätte die Scham überwinden … sollen.
Ihr Deutschlehrer …

Lieber Herr Brenner, ich muss hier raus. Nun ist Mitte Februar, und ich bin noch immer in dieser Klinik. Ich kann nicht die ganze Zeit vor dem Leben flüchten. Ich starre zum Fenster hinaus auf die Schneeberge. Das Männchen wacht noch immer darüber, dass ich nicht von hier abhaue. Ich würde gerne in die Klasse zurück.
Gruß, Nadia

… gestern Morgen verdeckte ein dunkler Engel das Fenster. Als er ins Zimmer trat, konnte ich nicht mehr atmen. Durch den Atem dringt alles in mich ein. Der Engel legte seinen Flügel auf meinen Bauch, und ich hatte das Gefühl, ich sei schwanger. Dr. Irina sagt, … .

… Leben tut weh …

Der Engel will mir die Knochen brechen … . Es ist mir am wohlsten, wenn sich der schwarze Engel auf mich legt und es Nacht wird; ich warte den ganzen Tag ….

Liebe Nadia, ich wollte, ich könnte dem Engel den Weg zu Ihnen versperren. Dabei habe ich nur Worte, und … Lesen Sie, was die Dichter … Ihr Lucas Brenner

***

Hätte Luc seinen Computer nicht laufen lassen, wäre Lisa nicht in Versuchung gekommen, das Dokument mit dem Titel »Die kluge Else« zu öffnen und den Mailwechsel zwischen ihm und Nadia zu lesen. Es war nichts Verfängliches darin, und sie schämte sich, ihrer Neugier nachgegeben zu haben. Aber dann dachte sie wieder an die Bestimmtheit, mit der Katrin behauptet hatte, dass es sich um eine Affäre handle. Und sogleich erschien ihr jeder zweite Satz doppeldeutig.

»Die kluge Else«, davon hatte er ihr erzählt. Sie erinnerte sich an andere Einzelheiten, die er erwähnt hatte: Augen wie die der Else Lasker-Schüler, vollgesogen mit Traurigkeit. Und dass sie während der Lektion oft ihren Kopf auf die Tischplatte legte und einschlief. Wie mag das ausgesehen haben, fragte sie sich, lagen ihre schwarzen Haare wie ein Pfauenrad über den Schulheften, wurde ihr Nacken dabei entblößt?

War sie nicht das ideale Objekt für seine pädagogischen Projektionen: ein bisschen unnahbar, ungreifbar, jung und unfertig? Eine willige Leserin, an der er seine Liebe für die Literatur erproben konnte? Prüfen, wie weit Sätze einen Menschen veränderten? Die Liebe ist eine Projektion der eigenen Liebessehnsucht, die sich an Lektüren entzündet – diesen Satz von Katrin hatte sie sich gemerkt.

Aber wenn er so heillos verliebt wäre, hätte sich das nicht deutlicher gezeigt? Er war bekümmert über ihren Selbstmordversuch, aber er schwebte nicht im siebten Himmel! Oder konnte er sich so gut verstellen?

Wie zeigte sich Verliebtheit bei einem Vierzigjährigen?

Sie tat, was sie bei kühlem Verstand nie getan hätte, sie sandte Nadia eine Mail und bat sie um ein Treffen.

Sie verabredeten sich im Bahnhofsbuffet, es war eines der Wochenenden, an dem Nadia aus der Bergklinik zurückkam. Sie stand in der Bahnhofshalle in der Schlange am Schalter, um ihr Abo zu erneuern. Lisa hatte Zeit, sie aus der Ferne zu beobachten. Sie sah keine Frau, die gerade dem Tod entronnen war, sondern eine, die sich dem Bahnbeamten gegenüber recht selbstsicher gab. In ihrem Gesicht eine Mischung aus Schüchternheit und Verärgerung. Sie krallte die Finger ineinander, trat zurück, schien den Ärger zu vergessen und fiel sofort in eine seltsame Verlorenheit. Mitten im Bahnhof.

Bin ich's oder bin ich's nicht?

Lisa machte sich bemerkbar und sie begrüßten einander. Tatsächlich, die Achtzehnjährige konnte einen so anschauen, dass man in ihren Augen ertrank. Sie konnte Nähe herstellen, ohne sich auch nur einen Zentimeter zu bewegen. Sie hatte wahrhaftig schöne Lippen, die sie nicht einmal schminken musste.

Aber das war es nicht, konnte es nicht sein!

Lisa sagte, sie wolle die Schülerin, von der Luc so viel erzählt, einmal selber kennenlernen. Luc mache sich Sorgen um sie, ob sie das wisse?

Aber Nadia fragte nicht nach dem Grund des Treffens. Sie entgegnete höflich, sie finde Deutsch sehr interessant, Lucas' Unterricht sei anregend, er sei eben sehr engagiert.

Engagiert?

Ja doch, man glaube das, was er erzähle. Lisa wunderte sich über dieses Lob. Nadia blieb undurchschaubar. Nun zog sie ihre Wimpern hoch, und für einen Sekundenbruchteil hatte Lisa nicht nur ein eitles, sondern auch ein verwirrtes Mädchen vor sich.

Sie vertiefte sich in Nadias Gesicht, das sich aufspaltete, je länger sie ihr gegenüber saß. Da gab es den Ausdruck der Ich-höre-Ihnen-halt-mal-zu-Frau. Es gab die Miene der Ich-habe-keine-Ahnung-was-Sie-von-mir-wollen-Frau, die zwischendurch ihre Hand in den Tiefen ihrer Handtasche verlor. Dann wieder hatte sie das Gesicht des Ich-ertrinke-in-meiner-Melancholie-Mädchens. Und es erschien, in kurzen Pausen, das Angesicht des Bitte-interessiere-dich-für-mich-Kindes, das Lisa sah, nachdem sie auf die Uhr geschaut hatte.

Wie gerne hätte Lisa dieses Gesicht fotografiert. Sie verabschiedete sich und wünschte Nadia alles Gute.

Die Begegnung hatte sie kaum beruhigt. Sie ging zu Fuß nach Hause und beobachtete die jungen Leute. Warum gab es so wenig gelassene, freudige und angstfreie Gesichter unter ihnen? Mit geschärftem Blick erkannte sie das Zwitterhafte vieler Geschöpfe, die zwischen mädchenhafter Unbedarftheit und frühem Erwachsensein steckten. Welches dieser Mädchen würde Luc gefallen? War es das Zarte und Werdende, das noch nicht mit Worten Fassbare, das ihn anzog?

***

Wie war das gewesen, als sie ineinander verliebt waren? Sie waren beide um Einiges älter als Nadia, als sie einander kennenlernten. Jeder hatte schon Beziehungsabbrüche hinter sich. Die giftigsten Eifersüchteleien, die aufreibenden Zerwürfnisse und der schmerzlichste Verrat, den man bei der ersten Liebe empfindet, waren schon durchgestanden. In gewisser Weise hatte sie sich damals aus dem Chaos ihres Lebens mit einem Sprung in die Ehe gerettet. Vielleicht etwas zu früh, wie sie heute dachte. Auf jeden Fall stimmten sie darin überein, die Ehe nach ihren eigenen Vorstellungen zu gestalten. Einschränkungen sollte es nur da geben, wo dem anderen Verletzung drohte.

Für sie hatte es mit einer Leidenschaft wider Willen begonnen. Sie hatte nach ihren letzten Beziehungen keine Lust verspürt, sich nochmals zu verlieben. Dann begegnete sie ihm auf einem Fest, bei dem er sich das Glas immer wieder nachfüllte, bis er sturzbetrunken im Hundekörbchen kniete und Hölderlin deklamierte. Ein Lehrer durch und durch, aber ein lebendiges, entstaubtes Exemplar. Kein verbissener Querulant, sondern einer, der sie schon bald mit seiner Kochkunst verführte. Mit Zutaten und Farben, denn jede Frau trage eine andere Farbe in sich, und diese bestimme sein Menü. Rosa Lachs oder Kürbismousse für Lisa, sagte er. Er bewies einen eigenwilligen Stil in allem, auch in dem, was danach im Bett geschah. In der zweiten Nacht saßen sie nackt auf der Bettkante, und er las ihr vor, streichelte dabei ihren Rücken, ein virtuoses Spiel der Finger, als würde er auf ihrer Haut Zeichnungen hinterlassen. Dann legte er das Buch weg und sie liebten sich. Ihr missfiel lediglich, dass er danach aus dem Griechischen zitierte, aber sie sehnte sich immer wieder nach seinen Händen.

Bald hatte sie das Gefühl, auf ihn und niemand anderen gewartet zu haben. Auch er behauptete, dass er sie schon in den vorherigen Partnerinnen gesucht hätte. Am ersten Morgen, an dem sie zusammen erwachten, hatte sie sich von ihm ablösen müssen, hatte sich vor den Spiegel gestellt und war sich noch nie so nackt vorgekommen. Am Abend schenkte er ihr dunkle Rosen, die Farbe des Tages, und sagte, sie seien zwei Unzeitgemäße. Dann lud er sie in einen französischen Film ein. Einmal nannte er sie auf den Klippen am Meer seine

Diotima, dann beim Sex in einem leeren Zugabteil seine Emma, und wenn sie ihre Strümpfe von den Beinen schälte, war sie Lady Chatterley. Sie war das alles gern, weil sie dabei mühelos sie selber bleiben konnte.

Nun, im Lichte seiner neuen Liebe, erschienen die Bruchstellen plötzlich in grellem Licht. Nie hätte sie gedacht, dass er sich auf ein achtzehnjähriges Mädchen einlassen könnte, dessen Existenz so unsicher war. Ihrem Verständnis war jeder Boden entzogen. Während sie sich nach ihrer Entlassung bemühte, den Halt nicht zu verlieren, begab er sich aufs Glatteis. Was für ein Verrat.

***

Es wurde Frühling. Lucas entschied sich, gerade wegen dem Vorgefallenen, für den Werther als Klassenlektüre. Vielleicht konnte das Beispiel Werthers helfen, das Geschehene zu verarbeiten. Er bat Peregrina, den Wertherbrief vom 10. Mai zu lesen. Stockend und abgehackt stotterte sie sich durch das »Wimmeln der kleinen Welt zwischen Halmen, die unzähligen, unergründlichen Gestalten der Würmchen, der Mückchen«, verhaspelte sich und bockte vor einzelnen Wörtern, die sie in ihrer altertümlichen Gestalt nicht kannte. Leidend schaute Lucas aus dem Fenster. Peregrina misshandelte den Text. Schließlich kam sie mit der Wendung »fühle die Gegenwart des Allmächtigen, der uns nach seinem Bilde erschuf« zu einem Ende. Da wollte er mit dem Gespräch einsetzen.

Kurzes Verharren, bis sich der Echoraum gebildet hatte.

In welcher Gestalt tritt dieser Gott auf?

Taubstumme starrten ihn an. Harte Stirnen, blinde

Seelen. Husten. In fünfzehn Minuten war Pause, und er war noch meilenweit vom Textkörper entfernt. Hatte ihn noch nicht einmal ertastet, geschweige denn entblößt und seziert.

Können Sie mir beschreiben, wo Werthers Ort in der Natur ist?

Die Frage kläffte in seinem Ohr nach. Von irgendwoher wummerte ein Rap durch die Schulhausgänge. Lucas wagte den Schritt in die Mitte der hufeisenförmigen Arena aus Schülerbänken, ging, alle Augen auf sich gerichtet, in die Hocke, setzte seinen Hintern auf den Boden und streckte sich dann der Länge nach auf dem Rücken aus.

Wo liege ich?

Er lag wie ein Insekt auf dem Rücken und roch den schlechten Geruch des Bodens, Schweiß, Kreide, Staub. Wagte es nicht, jemanden anzuschauen. »Pitié«, das französische Wort war schöner als das deutsche »Mitleid«. Zu erwarten hatte er von beiden nichts. Er hatte sich freiwillig in diese idiotische Lage manövriert. Aber der Lehrer, der die Ohnmacht vor einer Klasse nicht aushält, konnte ihr nie nahe kommen. Das hatte er einmal im Lehrerzimmer herausposaunt. Und war sich großartig dabei vorgekommen.

Plötzlich vernahm er einen seltsamen Laut. Ein undeutliches, sich aufblähendes Blöken. Ein Blöken, das allmählich den Klassenraum ausfüllte. Jemand kicherte, dann ging das Blöken in ein Hecheln über. Gelächter! Wie aus Dutzenden von Kehlen. Er musste so rasch wie möglich wieder auf die Beine kommen. Winkelte das Knie an, legte sich in die Seitenlage, hob den Oberkörper an, sank aber wieder zurück bei der Vorstellung, dass er vor der Klasse auf die Knie musste. Konnte es gelingen, mit einem Sprung auf die Füße zu kommen? Wenn nicht, würde er sich gewaltig blamieren.

Da kam ihm eine rettende Idee. Er blieb auf allen vieren und blökte zurück. Die Klasse lachte lauter, jemand pfiff, das Blatt wendete sich. Er schaute grinsend zu den Knien hoch, und als das Lachen weiter anschwoll, lachte er mit und wusste, dass er gewinnen konnte. Wieder auf den Beinen, sah er an Karmans Gesicht, dass das Blöken und Hecheln von ihm gekommen war.

Und nun wisst ihr, wo Werthers Ort ist, sagte er.

In der Pause zog er sich im Lehrerzimmer einen Kaffee, da stand Cecilia in der Tür und bat um ein Gespräch. Er ging mit ihr in ein leeres Unterrichtszimmer und nahm Blatt und Stift zur Hand, um sich Notizen zu machen. Cecilia senkte verlegen ihren Blick, sie nahm sich Zeit für ihren Angriff, Zeit, die auch er zur Vorbereitung von Gegenargumenten nutzen konnte. War die Rumturnerei irgendwie anstößig gewesen? Hatte er gar Gott parodiert?

Cecilia, was haben Sie auf dem Herzen?

Ich frage mich, sagte Cecilia und nestelte an einem Haarband.

Sie fragen sich?

Ja, ich, nun – ich kann nicht, sagte sie und zerrte am Ringfinger.

Das Unmögliche in Worte zu fassen, das wollen wir doch gerade an dieser Schule lernen, sagte er.

Nun, Herr Brenner, sagte sie und zog den Blick hoch, ich bin mir nicht sicher, ob Sie mich noch mögen?

Er verstand nicht recht.

Ich wollte beim Schreibwettbewerb mitmachen, gern aber …

Aber natürlich, sagte er. Sie müssen mitmachen!

Sie haben uns mit dieser Zeichnung ziemlich geschockt.

Zeichnung? Ich habe nichts gezeichnet.

Flurina sagt, das Dingsda an der Tafel sei sehr groß gewesen.

Flurina sagt?

Nun ja, ich kann mich heute nicht mehr so genau daran erinnern. Aber ich frage mich, ob Sie nicht ein falsches Bild von mir haben. Wenn ich in der Klasse vor Ihnen sitze, fühle ich mich oft wie unsichtbar, verstehen Sie das?

Offen gestanden, nein. Ich fühle mich aber von Ihnen auch missverstanden.

Sie mögen mich nicht, ich merke es doch!

Er sank in sich zusammen.

Ich möchte von Ihnen mehr geschätzt werden, Herr Brenner. Ich habe das Gefühl, Sie mögen nur Nadia. Und das ist ungerecht.

Wollen Sie Ihre Beschwerde gegen mich aufheben?, fragte er vorsichtig.

Ich würde es gerne tun, aber Flurina ist dagegen.

Und der Schreibwettbewerb?

Habe ich eine Chance, auch wenn die Beschwerde weiterläuft?

Gewiss haben Sie eine Chance. Jeder hat eine Chance!

***

Als Deniz Nadia über den Schulhof schlendern sah, glaubte er, einen Engel zu sehen. Nach dem Klinikaufenthalt war ihre Haut wächsern, ihre Füße berührten kaum den Boden, und ihr Blick ging durch alles hindurch. Er hätte sie auf der Stelle küssen wollen. Alles, was sie sagte, bedeutete immer nur eines: Ich bin wieder da, bitte beschütze mich. Niemand wusste im Übrigen so recht, wie man mit ihr umgehen sollte. Wie begegnet man jemandem, der sich vor ein paar Wochen vom Leben verabschiedet hatte? Einige behandelten sie mit übertriebener Vorsicht, bis sie am dritten Tag sagte, sie sei nicht aus Glas und das Getue gehe ihr auf die Nerven.

Ich möchte, dass du mir geflügelte Worte beibringst, sagte Deniz, als sie ihn zuhause besuchte.

Was willst du mit geflügelten Worten?

Mein Vater hat gesagt, geflügelte Worte seien die halbe Miete.

Du meinst Redewendungen?

Von mir aus, sagte er und streckte seine Beine auf dem Bett aus, während sie mit hochgezogenen Knien am Fußende saß. Der ölige Onkel Alper sagt immer, ich solle mal zu Potte kommen. Was heißt das? Will er, dass ich kiffe?

Also, Pott ist der Nachttopf, den man früher unter dem Bett hatte, damit man seine Notdurft nicht außer Haus machen musste.

Notduft?

Notdurft, deine Ausscheidungen.

Sagst du so?

Man sagt so!

Kacke, sagt man, Scheiße von mir aus.

Ich nicht.

Bist du nicht zu schamhaft?

Willst du sonst noch was wissen?

Prinz sagt, man müsse die Kuh vom Eis kriegen. Bei den Chemieaufgaben.

Prinz ist ein Aufschneider.

Gib dem Affen Zucker, schütte das Kind nicht mit dem Bade aus, tote Hose, ins Fettnäpfchen treten – genüsslich trug er eine Reihe von Redewendungen vor, die Nadia im Lexikon nachschlug. Der Sündenbock ist der Geißbock, den man in die Wüste schickt, nachdem man alle seine Sünden auf ihn abgewälzt hat.

Der Sündenbock ist türkisch, nicht wahr?

Wenn du willst. Oder weiblich, in einer Ehe.

Willst du heiraten?

Sie schaute ihn entsetzt an.

Ich meine, bestimmt hast du dir schon einmal überlegt, ob du Kinder haben willst und wie viele.

Bist du wahnsinnig?, sagte sie ernst. Ich weiß ja nie, ob ich den nächsten Monat überlebe.

Danach schwiegen sie, und Nadia verschwand hinter dem Vorhang ihrer Haare. Wie man nur so schöne Haare haben konnte. Sie glänzten, waren fein und dicht. Er hätte gerne seine Nase hineingesteckt.

Bist du lesbisch?, fragte er. Ich mag Lesben, Kampflesben.

Schätze, du hast ein Problemchen auf deiner Festplatte, sagte sie und zerrte ihn an den Ohren.

Hör auf!, rief er, nicht weil sie ihm weh tat, sondern weil ihm diese Nähe unangenehm war. Ihr Mund war leicht geöffnet, und sie atmete tief ein und aus. Dieser Mund, den er so gerne geküsst hätte.

Draußen wurde es Abend. Um sieben Uhr käme sein Vater nach Hause, Nadia und er würden das Essen kochen, und danach würden sie zusammen weiterlernen.

Kurz vor Mitternacht trommelte der Regen in dicken Tropfen aufs Dach, und Nadia wollte nicht mehr nach Hause. Er bot ihr an, bei ihm zu übernachten. Sie ging ins Bad, und als sie in Leggings und T-Shirt mit der

Fröhlichkeit einer Zwölfjährigen zurückkam und sich auf sein Bett warf, stand er verlegen in der Tür und sagte, er würde auf der Couch schlafen, Fabian habe da auch schon gepennt. Das wolle sie auf keinen Fall, er solle ihr eine Geschichte zum Einschlafen vorlesen, sagte sie und rückte zur Seite.

Der Pyjama hat früher meinem öligen Onkel gehört. Alper gibt immer seine Kleider an mich weiter.

Dann lagen sie auf dem Rücken nebeneinander, und er erzählte, was er für Bilder sah, wenn er abtauchte. Blumenbilder, bunte Wasserfälle, farbige Berghänge, irisierende Kugeln. Und plötzlich war sie eingeschlafen. Ihr T-Shirt war hochgerutscht und entblößte ihren Bauch. Er starrte auf ihren Bauchnabel. Er hätte gerne seinen Finger in den Nabel gesteckt. Oder seine Zunge. Schmeckte der Nabel süß oder salzig oder gar etwas ranzig?

Er ließ seinen großen Kopf darauf fallen und begann daran zu saugen. Mit einem Schlag erwachte Nadia, schrie, schlug auf ihn ein und rannte dann in Panik durchs Zimmer. Tränen rannen über ihre Wangen, sie hämmerte mit den Fäusten gegen die Wand, sodass er fürchten musste, dass sein Vater ins Zimmer kam.

Er riss eine Schublade auf, entnahm ihr das veilchenblaue Taschentuch seiner Mutter und reichte es ihr mit einer Entschuldigung. Sie putzte sich die Nase und warf es auf den Boden. Verzweifelt zog sie sich an. Mitten in der Nacht ging sie in strömendem Regen nach Hause.

***

Im Juni erhielt Mezil Karman ein Schreiben der städtischen Behörde. Ihm werde die Taxilizenz für sechs Monate entzogen. Er weigerte sich, den für den Erhalt der Lizenz erforderlichen Augentest zu machen. Darüber hinaus war er zwei Mal wegen Geschwindigkeitsübertretung erwischt worden und hatte hohe Bußen zahlen müssen. Hör zu, sagte sein Vater, ich habe einen wichtigen Kunden, der zum Flughafen gefahren werden muss, und vor mir trödelt ein Sonntagsfahrer. Also bin ich doch meinem Kunden verpflichtet, und deswegen überhole ich diesen Sonntagsfahrer.

Und das andere?

Ich bin nachts mit leicht überhöhter Geschwindigkeit durch die Dörfer gefahren. Und ich habe an deine Mutter gedacht. Von der du deinen großen Kopf hast, während der Inhalt zweifellos von mir ist. Und ich habe mich gefragt, ob deine Mutter je nachkommen wird. Und warum sie nicht nachkommt. Und was ich hier eigentlich tue. Und da hält mich eine Streife an. Ich muss den Alkoholtest machen, ich, Karman Mezil, blase um Mitternacht wie ein Verbrecher ins Röhrchen.

Man muss sich an die Gesetze halten, das muss man auch in der Türkei.

Dann denken die, der Mezil ist eben wie alle anderen Türken. Und das bin ich nicht.

Nicht diese Platte, Papa.

Platte, Platte. Kannst du mir sagen, warum deine Mutter nicht kommt?

Weil sie lieber bei ihren Ziegen ist.

Die beiden setzten sich an den Küchentisch, und Deniz formulierte einen Brief an die Behörde, dass man seinem Vater die Lizenz wieder erteilen möge, weil er sonst kein Geld mehr verdiene. Sein Vater stand daneben und schrie ins Telefon. Aber Onkel Alper konnte in diesem Fall auch nicht helfen. Im Gegenteil, er schimpfte auf den Vater ein, weil er so war wie alle Türken.

Deniz hatte seinen Vater so weit gebracht, dass er nicht mehr von Familienehre schwafelte, sondern die Dinge pragmatischer sah. Nun musste er gerade selber ein wenig aufpassen, dass ihm die Brust nicht zu stark schwoll. Aber dann dachte er an seine Rechtschreibung. Auch sein Vater reagierte auf Schreibfehler gekränkt wie auf eine persönliche Beleidigung. Allerdings bemerkte er sie meistens gar nicht.

Danach saßen sie weiter zusammen, der Vater rauchte und löste Kreuzworträtsel, der Sohn büffelte. Sein Vater behauptete, Kreuzworträtsel vergrößerten sein Allgemeinwissen. Die Sprache und das Allgemeinwissen, das sei das Wichtigste in einem fremden Land. Beides habe mit Bildung zu tun, Bildung sei alles in einem fremden Land, sagte der Vater. Hör zu, sagte er, glaubst du, wir bekommen den Führerschein bald wieder zurück?

Das war die Frage, die sich Deniz auch stellte. Wovon sollten sie sonst leben, wenn nicht von Vaters Taxifahrten? Von Onkel Alper?

Für mich ist Taxifahren lebenswichtig, das weißt du. Ich kenne hier jede Straße, jede Sackgasse und jede Garageneinfahrt. Wenn ich nicht Taxi fahre, bin ich unsichtbar in diesem Land. Wenn ich aber Leute abhole und durch die Stadt fahre, dann ist es meine Stadt. Und die Leute nehmen mich wahr, die merken, der kann was. Ich bin nicht mehr unsichtbar.

Unsichtbar? Alle Welt redet über die Türken, die Ausländer, Integration. Hör auf, Papa, du bist einfach zu schnell gefahren.

Aber auch Deniz hatte schon bemerkt, dass seine Geschichte nirgends vorkam. Nicht in den Schulbüchern, nicht in den amtlichen Protokollen, nur in den Strafregistern, wie einer aus der Parallelklasse gefeixt hat. Das musste er sich anhören, weil er fast der einzige Türke an der Schule war. Drei bis vier andere gab's noch, aber gerade die hielten ihn für einen falschen Türken, weil er kaum Türkisch sprach.

Könntest du nicht, fragte sein Vater auf den Zehen wippend, für mich die Abend- und Nachtschicht fahren? Das merkt keiner, du setzt einfach meine Chauffeursmütze auf.

In solchen Momenten hasste Deniz seinen Vater. Sein Verstand konnte von einem Moment auf den andern auf das Niveau eines Sechsjährigen schrumpfen. Tatsächlich blieb Mezil in den nächsten Tagen aus Trotz zuhause und ging nur mit seinen Freunden aus, um sich zu betrinken. Er kleidete sich traditioneller als sonst, zerrte abgetragene Hosen und Hemden aus dem Schrank, in denen er aussah wie in einem Film aus den Fünfzigerjahren. Auch die Gewohnheit, Shisha zu rauchen, nahm er wieder auf.

Deniz musste sich bei Nadia entschuldigen, um sie um Rat fragen zu können. Nadia war nicht nachtragend, sie schien den Vorfall vergessen zu haben. Zusammen gingen sie Möglichkeiten durch, wie man zu Geld kommen könnte. Einfach und in kurzer Zeit. Nadia erzählte von einem Typen aus der Parallelklasse, der modelte.

Du siehst eigentlich komisch genug aus, ich meine interessant genug. Wieso verkaufst du nicht deinen Kopf?

***

Lisa lauerte hinter der Mauer, die ein Kleidergeschäft für junge Frauen verdeckte. Welches Gesicht würde sich ihr zeigen, welches hatte die Offenheit, von sich zu erzählen? Aus welchem Gesicht trat etwas hervor, das sie bis dahin noch nie gesehen hatte?

Sie hatte sich mit dem Gedanken vertraut gemacht, dass ihr Fotografieren mehr war als nur Zeitvertreib. Gab es in den Serien, die sie an einem Nachmittag machte, auch nur wenige Bilder, die ihr gefielen, vielleicht sogar nur ein wirklich gutes Bild, fühlte sie eine noch nie gekannte Befriedigung. Dann dachte sie daran, am nächsten Tag nochmals an denselben Ort zu fahren, um weitere Bilder zu schießen. Sie war unersättlich, was ihre eigene Verbesserung anging. Wenn sie in der Stadt unterwegs war, vergaß sie ihre prekäre Situation. Sie war einfach bedürfnislos – und das war ein Geschenk, das sie sich nicht erhofft hatte. Oder machte sie es sich zu einfach? War sie deswegen so unersättlich, weil sie damit einer traurigen Wahrheit entging?

Sie bezog zwar nun Arbeitslosengeld, aber sie betrachtete es als Starthilfe für ihre Entwicklung zur Künstlerin. Hätte man sie gefragt, worauf sie eigentlich aus sei, hätte sie gesagt, sie sammle Kleinstlebensläufe, die in den Gesichtern der Menschen aufblitzten. Momente aus fremdem Leben, das auch ihr eigenes hätte sein können, jetzt, wo Vieles in ihr frei geworden war.

Sie fotografierte eine Menge Leute, die nichtssagende Gesichter hatten, und daraus wurden nichtssagende Bilder. Meine Schuld, sagte sie sich, du hast nicht aufgepasst, du hast den richtigen Augenblick verpasst, denn in jedem Gesicht gibt es etwas, das es interessant macht. Und dieses Etwas muss man jagen.

Eines Nachmittags klingelte es an der Haustür, und ein großer, eindrücklicher Kerl mit einem monströsen Kopf stand verlegen vor ihr. Sie musste nachdenken, bis ihr das Klassenfoto einfiel, das ihr Luc gezeigt hatte. Dieser Kopf konnte nur dem türkischen Jungen gehören. Er war gekommen, nachdem sie bei der Agentur, wohl etwas vage, ein jugendliches Model bestellt hatte. Er habe sich zuerst gewundert, sagte er später, dass sie denselben Namen wie sein Deutschlehrer trug.

Natürlich konnte daraus nichts werden! Lisa musste ihn wegschicken, sie wollte mit Unbekannten arbeiten. Zudem wollte sie keine Nähe zu Lucs Schülern, seine dauernden Erzählungen waren genug. Aber Karman sah so enttäuscht aus, dass sie ihn schließlich auf einen Espresso hereinbat. Er setzte sich an den Küchentisch, redete über die Schule, sie übers Fotografieren. Es schien ihm nichts auszumachen, bei der Frau seines Lehrers gelandet zu sein, im Gegenteil, er wirkte so, als ob er sich in ihrer Gegenwart ganz wohl fühlte. Er war nicht übertrieben selbstbewusst, weniger selbstbewusst, als sie nach den Beschreibungen Lucs erwartet hätte. Unsicherer, als sein Aussehen hätte glauben machen können. Sie staunte im Stillen über die imposante Form seines Hauptes, das er zur Glatze rasiert hatte. Er war einige Jahre in der Türkei und dann vor allem in Ostdeutschland aufgewachsen, erzählte er brav, Karman heiße eigentlich Karemann. Er lebe mit seinem Vater und seinem Onkel hier, seine Mutter sei nicht mitgekommen. Er schaute beim Reden immer auf seine frisch geputzten, schwarzen Schuhe unter dem Tisch und sagte, es sei eine komplizierte Geschichte, auch Herr Brenner kenne sie nicht ganz.

Sie fragte ihn, warum er hier war. Sein Vater sei Taxifahrer, aber im Moment wegen eines Ungeschicks vorübergehend arbeitslos. Er behandelte ihre Espressotasse, als wäre sie ein kostbares Designstück, streichelte und knetete sie liebevoll. Es sei angenehmer, hier zu leben, als in den neuen Bundesländern. Sauberer, gepflegter, er lachte wieder unsicher. Als sie den Kaffee ausgetrunken hatte, stand sie auf, schaute auf die Uhr und sagte, sie erwarte noch Besuch, es tue ihr leid. Sie glaube nicht, dass sie mit ihm arbeiten könne. Auch er stand auf, überragte sie um Einiges. Sie wünschte ihm noch alles Gute und streckte ihm die Hand entgegen, als sie eine Bewegung in seinen Gesichtszügen sah, eine Welle unter Haut und Muskeln. Ihm schwindelte, er hielt sich am Stuhl fest, setzte sich und war wie weg. Der Spuk dauerte nur kurz, dann schlug er die Augen auf und fragte, ob er ein Glas Wasser haben könne.

Sie kochte Tee, der ihn wach machte. Er fragte, ob sie für ein Männermagazin arbeite. Wo die Fotos denn gezeigt würden, die sie mache, wollte er weiter wissen, nachdem sie lachend verneint hatte. Ich weiß es noch nicht, sagte sie nachdenklich, das spielt im Moment keine Rolle. Die Bilder gehören nur mir, sie sind etwas Privates. Darum ist es besser, wenn ich die Leute nicht kenne. Hast du denn Hobbys?

Sie lenkte ab.

Er müsse so viel für die Schule lernen, dass er dafür keine Zeit habe. Allenfalls nachts.

Er brach ab.

Was ist nachts?

Schließlich rückte er damit heraus, dass er gerne nachts sprayen gehen würde. Aber es sei zu gefährlich, weil er bei großer Anspannung Gefahr laufe, einen Anfall zu kriegen, wie gerade eben. Er wechselte das Thema wieder und sagte, er möchte unbedingt für sie Modell stehen. Er brauche die Kohle.

Lisa hörte sich gegen ihren Willen sagen, er solle in drei Tagen noch einmal kommen, man könne es ja einmal ausprobieren.

***

Die letzte Woche vor den Sommerferien hätte strahlender nicht sein können, doch Lucas war missgelaunt, Nadia hatte noch immer keinen Beitrag für den Schreibwettbewerb eingereicht, und die Frist war längst abgelaufen. Er hatte sie mehrmals nach dem Unterricht darauf angesprochen; immer hatte sie genickt und gesagt, sie sei am Überlegen. Sie benahm sich wie ein störrisches Kind. Dabei ging es doch nur darum, dass sie sich mit ihrer Situation auseinandersetzte. Dass sie die Befriedigung nutzen konnte, um ihr schlechtes Selbstwertgefühl zu verbessern. Erfolg war immer lebenserhaltend.

So sprach Lucas in seiner kurzen Einführungsrede denn auch vom Heilsamen der Literatur. Von ihrer Kraft, Wunden zu schließen und schlimme Erfahrungen zu verwandeln. Keiner der Großen, sagte er und sog den Duft des Lindenbaums ein, hätte sein Ingenium ohne die Nähe zu Leid und Tod erhalten. Dafür erntete er einige unverständliche Blicke.

Auf einer der Holzbänke, die man auf dem großen Kiesplatz vor dem Schulhaus aufgestellt hatte, saß Lorenz. Er hatte die Vorladung des Schulrats bezüglich der Beschwerde bis nach den Ferien verschieben können. Wenn heute eine der drei Beschwerdeführerinnen gewänne, sähe die Sache wieder anders aus. Auf den hinteren Bänken hatten sich Kollegen eingefunden, der immer gleiche Trupp, der sich nicht durch Literatur in die Flucht schlagen ließ. Dazwischen drängelten sich die

Schülerinnen und Schüler, die von dem Wunsch, einer Blamage beizuwohnen, angelockt worden waren.

Neben der kleinen Lesebühne unter der Linde hatte sich eine Schülerband installiert, ein Schlagzeug mit Bass- und E-Gitarre und einem Mischpult. Zur Begrüßung legten sie gleich einmal los, sodass einigen Älteren das Bauchfell zitterte. Lorenz wippte mit dem Fuß, andere taten so, als würde ihnen die Musik gefallen; die Nähe zur Schülerwelt galt als Gradmesser der pädagogischen Kompetenz.

Als Erster las der genesene Fabian eine Geschichte, die in der Beschreibung seines Weges über die Dächer, Mauern und den Kamin bestand, der im Absturz geendet hatte. Wie er sie vortrug, einmal stockend, dann wieder innehaltend, um nach dem Luftholen weiterzustürmen, ganz so, als sei die Sprache die Realität, als wäre das Wort »Mauer« die Mauer, die er mit einem Sprung zu bewältigen hatte, wuchs die Spannung. Wie würde er die Stelle meistern, an der er abgestürzt war?

Fabian steigerte das Tempo an der Stelle, wo er, vom Kamin hinuntersteigend, auf die Rampe glitt, betonte einzelne Wörter, jedes achte wurde hervorgehoben. Dann wetzte er die Bahngeleise entlang, bis er nur noch diese letzte Abschrankungsmauer vor sich hatte. Dann brach der Satz ab, Fabian verstummte. Er schaute ins Publikum, als suchte er Krähenbühl. Einer von den hinteren Bänken machte sich mit einem Anfeuerungsruf Luft, aber der Wind verwehte den Ruf. Aber Fabian hatte verstanden, er packte seine Blätter zusammen, zerknüllte sie im Weggehen und verschwand durch die Menge. Während Peregrina in ihrer ruhigen, gründlichen Art vorzulesen begann, entdeckte Lucas Lisa hinter einem Baum. Was um Himmels willen tat sie hier?

Ich wollte dabei sein, wenn du die Siegerin kürst, flüsterte sie ihm zu, als er neben ihr stand. Ihre Lippen streiften seine Wangen.

Es war außergewöhnlich, dass sie gekommen war. Nur bei seltenen Gelegenheiten hatte sie ihn an der Schule besucht. Einmal bei einem Weihnachtsfest, ein andermal bei der Verabschiedung einer Kollegin, die sie kannte. Lisa bezeichnete sich als Schulgeschädigte, und wenn sie zu lange über seine Arbeit diskutierten, endeten sie früher oder später bei den unguten Erfahrungen, die sie in ihrer Schulzeit gemacht hatte.

Nach weiteren Vortragenden eilte Ruth ans Mikrophon, um eine Pause zu verkünden, die von der Band sofort mit einem lauten Stück zugedröhnt wurde.

Nach der Pause folgten drei Schüler aus anderen Klassen, bevor sich Flurina, die strohblonden Haare streng frisiert, auf den Weg machte. Sie wurde von Cecilia und Stephanie mit Wangenküsschen in die Arena geschickt. Innerlich gefestigt trat sie ans Mikrophon, als würde sie von jemandem geführt. Lucas lächelte gequält. Mit hoher, reiner Stimme erzählte sie von einer Epiphanie, die sie vor einigen Jahren während der Weihnachtszeit gehabt hatte, als ihr Gott im Jesuskind begegnet war. Wie kam es, fragte sie, dass ich in diesem winzigen Wesen in der Krippe das Antlitz Gottes erblickte? Warum hatte Gott dieses Neugeborene gewählt, um uns von sich zu überzeugen? Die Antwort lag auf der Hand: Es gab kein sanfteres, reineres und unschuldigeres Wesen als das, das ich vor mir in der Krippe liegen sah. Und das ist Gott für mich immer gewesen, auch in den schwierigsten Momenten.

Die befreundete Gruppe klatschte begeistert, Lorenz applaudierte routiniert, Applaus kam aber auch von anderen Schülern. Lucas atmete zufrieden aus. Es war vollbracht, endlich, dachte er, und Flurinas Text hatte durchaus Qualitäten. Sie hatte ihre sexuellen Ängste in eine anschauliche Geschichte umgewandelt.

Ruth eilte nach vorne, um den nächsten Kandidaten anzukündigen, als sich auf einmal eine Gestalt aus dem Baumschatten löste: Nadia, in einem von Löchern durchsetzten Jeansrock, die Haare nach hinten gekämmt und im Nacken gebündelt. Sie würdigte niemanden, auch Lucas nicht, eines Blickes. Ruhig blätterte sie ihre Geschichte auf und begann einfach zu lesen.

»Delete it! Kennst du das Gefühl beim Aufwachen, wenn du zum Spiegel gehst und da ist niemand? Du stehst da, in deinem Kopf zuckt ein Blitz, und an der Decke steht in Leuchtschrift *Fuck it, delete it, exit.* Du rennst zur Tür und zurück, es rennt in dir weiter, aber nichts, keine Wolke und kein Zeichen lächelt dich an.«

Sie holte Luft, rammte die Schuhpitze in den Boden. Auf der hintersten Bank, nicht weit von Lisa entfernt, nahm Karman Platz.

»Eine andere Galaxie ruft. Über deinem Leben steht schon lange: *delete it*, hau ab, dein Herzschlag wummert wie ein Bass im Leib, du gibst die Kontrolle über dich auf, *fuck it*, du kannst nicht alles sein, was du sein willst, du musst es endlich schlucken, dass alles keinen Sinn hat. Du rennst weg, im Rückblick war dein Leben nur ein Hauch, nur weißes Rauschen. Du kannst nicht mehr zu dir kommen, *escape*, dein Zimmer ist leer, das Bett geräumt, das Besteck verrostet. Nulltaste.«

Sie holte Luft.

»Stell den Lärm in deinem Kopf ab. Die Stimmen in deinem Kopf, sie sind hellwach und quasseln Tag und Nacht. Dein Kopf ist nie klar und ruhig, sondern bevölkert wie eine Disco, ein Fußballstadion, ein Kriegsschauplatz. Auch in der Nacht rennen viele in dir rum. Nur wenn du im Tiefschlaf bist, ist Ruhe, Nirwana unmöbliert.

Nein, du bist kein erlösender Gedanke, du bist eine erlöschende Galaxie.

Was ist besser: am Leben sterben oder sterbend leben? Sich den letzten Atem aus dem Rachen reißen? Linker oder rechter Button, pressen, please. Du kannst nicht gewinnen, nicht heute und nicht morgen. Du müsstest längst über alle Berge sein, aber in Wahrheit hockst du noch immer in deinem Loch, starrst in den Spiegel, wo NICHTS steht, *delete it, game over, shit and fuck*, und du weißt, dass du endlich angreifen müsstest. Aber stattdessen haust du ab, machst dich auf den Weg, denn Gottes Wege sind unergründlich.« Nadia lachte. »… und immer noch wummert der Bass in deiner Brust. Triff keine Entscheidung, meide alle Weggabelungen, hau dem blinden Spiegel eins in die Fresse, stell den Sound im Kopf ab, lösche den Text.

Du rennst los und pumpst Luftbläschen in deine Blutbahnen. Du frisst Atem in dich hinein, du streckst die Arme aus nach dieser anderen Galaxie, die dein Geliebter ist. Du trinkst seinen Samen, denn du hast nicht vergessen, was dich zum Himmel trägt. Jetzt, jetzt fällt es dir wieder ein, Himmel und Herrgott, und wie die alten, weißen und arbeitslosen Herren alle heißen, denn in dem Moment riechst du den Duft frisch geschnittenen Heus, du hörst die Rasenmäher in den Vorgärten am Samstagnachmittag, du hörst das Klirren von Grillbesteck, ein Heissluftballon steigt in den blauen Himmel, eine Katze räkelt sich in der Sonne, ein kleines Feuer glimmt in deiner hohlen Hand, ›Papi,

Mami, haltet mich, ich fliege weg, hört ihr, ich will zu euch zurück‹. Und deine Alten stehen da, und sie schauen dir nach, mit Gesichtern stumpf wie Plastiktüten. Und beim Wegfliegen bist du der Gesang der Vögel, du bist der dunkle Wald, in dem sich dein Geliebter versteckt, du glühst in den Sonnenstrahlen, das ist dein neues Zuhause. Die ganze Welt hast du zu deinem Zuhause gemacht, denn alle deine Wege führen heim, nur du weißt es.«

Sie brach ab, als wäre der Rest des Textes auf dem Skript gelöscht. Keiner machte einen Mucks. Karman war verschwunden.

Sie bedankte sich artig. Einem der Jungen aus der Band kam der Einfall, seine Gitarre zu malträtieren, der Schlagzeuger fiel ein, Getöse, Wummern, bis die Herzflügel zitterten.

Lucas war von Nadias Text begeistert. Sie hatte eine neue, kämpferische Seite offenbart, und das musste belohnt werden. Daneben fand er, waren alle anderen Texte uninspiriert und charakterlos. Piet und Ruth waren anderer Meinung. Piet mäkelte an den Sätzen herum und wandte ein, der Text sei nicht rechtzeitig eingegangen. Ein formalistisches Argument, das Lucas abschmetterte. Er bestand darauf, dass Genie immer unkonventionell sei. Ruth stotterte etwas von verrutschter Bildlichkeit und Inkohärenz. Manchmal konnten ihm diese Haarspalter ganz schön auf den Geist gehen.

Gerade wollte er nochmals zu einem Lob auf Nadias Text ausholen, als Ruth zischte: Lucas, hör jetzt auf! Du willst doch die Gerüchte nicht noch anheizen!

Lucas verstummte. Was für ein Missverständnis! Wütend zog er sich zurück. Der Preis wurde Flurina zugesprochen. Flurinas Mutter eilte aus dem Publikum auf Lucas zu und schüttelte ihm heftig die Hand. Peinlich berührt schaute er sich nach Nadia um, die jedoch bereits verschwunden war.

***

Der letzte Tag vor den großen Ferien: die Klassenräume waren verlassen, Kreidestummel blieben am Boden zurück, an den Wandtafeln verblassten Formeln, Strichmännchen und französisches Grundvokabular in der einfallenden Julisonne. Abwart Wyss im Hawaiihemd wünschte jedem überschwänglich schöne Ferien. Man hörte kaum noch hin, man eilte hügelab der großen Freiheit entgegen.

Lisa hatte beschlossen, mit Katrin nach Istanbul zu fahren. Alle fänden Istanbul aufregend, alle schwärmten davon, wie sich die Stadt entwickelt habe. Lucas war einverstanden, Lisa solle eine Pause machen, und er hatte genug zu tun. Bis Lisa zurück war, war ein provisorischer Lektüreplan für seine Klassen zu entwerfen; danach würden sie gemeinsam in die Bretagne fahren.

Schon am ersten Tag zog es ihn wieder in den Wald, er hatte die Niederlage beim Schreibwettbewerb noch nicht verwunden. Dass Flurina, Cecilia und Stephanie ihre Beschwerde zurückgezogen hatten, machte es nicht besser. Wahrscheinlich hatten sie eingesehen, auf welcher schwachen Grundlage ihre Anklage stand. Aber er würde auf der Hut sein müssen, dass er ihnen nicht erneut eine Blöße bot.

Auf dem Heimweg blieb er vor dem Schaufenster eines Reisebüros stehen und studierte die Angebote, als ihn eine Stimme in seinem Rücken überraschte.

Guten Tag. Herr Brenner.

Er drehte sich um und sah Nadia vor sich, in Sommershorts und Flipflops.

Fahren Sie in die Ferien?, fragte sie.

Manchmal ist man versucht, blind ein Angebot auszuwählen und einfach zu verreisen.

Ich habe mich auch gefragt, wie ich die Sommerzeit tot kriege.

Wohin ist Karman gefahren?

Mit Sack und Pack in die Türkei.

Hätten Sie denn Lust, morgen einen kleinen Ausflug zu unternehmen?, fragte er ohne zu überlegen.

Wohin?, fragte Nadia, wobei in ihrer Stimme bereits ein Ja mitschwang.

In die Solitude, zum Fluss, dann über die Hügel?

Sie lächelte ihn an, schien überhaupt nicht überrascht von seinem Vorschlag.

Treffen wir uns an der Bushaltestelle, neun Uhr, einverstanden?

Einverstanden.

***

Der Himmel war tiefblau, kaum ein Wölkchen war zu sehen, und die Temperatur betrug um neun Uhr bereits fünfundzwanzig Grad. Lucas sah Nadia schon von weitem an der Bushaltestelle warten, in kirschroten Shorts und einer weißen Bluse. Er trug dreiviertellange Hosen und seine Outdoor-Schuhe. Er wollte heute leicht sein, frei von Schulzwängen mit ihr wandern und reden, wobei er sich vorgenommen hatte, nicht über ihren Suizidversuch zu sprechen.

Für alle Fälle hatte er den Rucksack bis an den Rand mit Essbarem gefüllt, Brot und Senf, Trockenfleisch und

Tee und sogar ein Fläschchen Weißwein, während Nadia nichts als ein leichtes Umhängetäschchen dabei hatte. Der Zukunftssinn von Schülern war in der Regel schwach ausgeprägt, der Durst überfiel sie von einer Minute auf die andere. Dem gegenüber hätten die Vorräte in seinem Rucksack für eine dreitätige Wanderung ausgereicht. Er trug schwerer als nötig und musste sich eingestehen, dass sich darin sein Lebensproblem verdichtete. Wenn er an die Zukunft dachte, dann in Form von Vorräten.

Wo geht's denn hin?, fragte Nadia.

Sie setzte sich auf einen Randstein, zog ihren Turnschuh aus, dann den Socken und pulte zwischen den Zehen nach einem Steinchen.

Zuerst in die Solitude, dann hinauf auf die Eggfluh. Der Anstieg dauert ungefähr eine Stunde. Wenn Ihnen das alles zu viel ist, sagen Sie's.

Ist okay, sagte Nadia und schüttelte ihre Schuhe aus.

Auf der Landstraße Richtung Solitude kamen ihnen immer wieder Wanderer entgegen.

Schön, dass Sie Ihre Tochter an diesem prächtigen Tag zu einer Wanderung überredet haben, sagte eine Frau und lächelte Nadia zu. Andere musterten ihn mitleidig, da sie ihn vielleicht für einen geschiedenen Vater hielten.

Nadia sagte, es sei eine tolle Idee, einen Ausflug zu machen. Sie hätte sonst den ganzen Tag in irgendeinem düsteren Loch lesend verbracht.

Nach einer Stunde schlug er vor, eine Rast einzulegen. Im Schatten einer Eiche drehte sich Nadia eine Zigarette. Ihre flinken Finger streuten geübt den Tabak aufs Papierchen und rollten es zusammen. Die Raucherei störte ihn.

Sie und ihre Mutter, sagte sie, würden praktisch nie Urlaub machen. Sie sei immer froh gewesen, wenn sie in ein Lager abhauen konnte. Als Kind dagegen sei sie oft mit dem Vater allein über Land gegangen.

Ob sie denn mit Karman nichts unternehme?

Mit Deniz könne man nicht spazieren gehen. Baden schon.

Was sie denn über Deniz wisse, fragte er neugierig.

Nicht mehr als über andere in der Klasse.

Aber er sei doch ihr Freund!, sagte er.

Sie kaute nachdenklich an einer geschälten Karotte, die sie ihrem Täschchen entnommen hatte.

Deniz sei einfach jemand, der sie aus dem Loch hole, setzte sie hinzu.

Sie schaute mit traurigen Augen auf die summenden Äcker hinaus.

Er und ich gegen den Rest der Welt, so habe sie sich das immer vorgestellt. Aber so wie es aussehe, könne sie keinen Freund haben.

Warum denn nicht?, fragte er.

Sie sei eine Zumutung.

Er erschrak, öffnete den Rucksack und steckte seinen Arm hinein. Er wühlte darin herum, suchte nach einer Ablenkung, um nicht auf ihre Bemerkung einzugehen. Er riss eine Packung Kekse auf und bot ihr welche an. Schließlich rutschte ihm der Satz heraus, dass sie doch liebenswert sei.

»Liebenswert«! Wenn sie etwas mit Bestimmtheit nicht sei, dann liebenswert. Sie sei clever, depressiv, neurotisch und dumpf, in etwa. Deniz sage, sie sei hochmütig. Aber wahrscheinlich verstehe er das Wort nicht richtig.

Er lehnte sich an den Eichenstamm und spürte dessen über Jahrzehnte gewachsene Stärke.

Deniz sei selber hochmütig, entgegnete Lucas. Auf jeden Fall, schwächte er ab, ist er undurchschaubar.

Deniz hat viel durchgemacht. Er ist ein Eichhörnchen, Herr Brenner. Ein armer Kerl. Sobald er sich aufregt, geht bei ihm das Licht aus.

Ich weiß, er hat eine sonderbare Krankheit.

Es gab keinen triftigen Grund, weiter über Deniz zu sprechen.

Sind Sie in ihn verliebt?, fragte es direkt aus Lucas heraus.

Nadia drehte sich von ihm weg und schaute auf die weiten Felder hinaus. Sie steckte sich mit gespielter Gleichgültigkeit die Zigarette in den Mund und zündete sie sich an.

Ich meine, können Sie jemanden lieben?

Nadia lachte heraus, dann hustete sie: Was für eine Frage, Herr Brenner! Warum sollte ich nicht lieben können? Glauben Sie, dass es dazu eine besondere Anleitung braucht?

Nietzsche hat gesagt, man müsse lieben erst lernen.

Waren Sie denn schon oft verliebt?, fragte er weiter.

Nadias Augenlider zuckten. War sie belustigt oder würde sie ihn gleich zurechtweisen?

Immer mal wieder kurz.

Mit Karman ist es also schon wieder vorbei? Lucas begleitete seine Frage mit Handbewegungen, als wolle er Fliegen fangen.

Sie zögerte und blinzelte in die Sonne. Ich weiß nicht. Wer von wem was will, ist oft nicht so klar. Vielleicht tut der eine ja nur reserviert, während er insgeheim den anderen ganz fest will.

Lucas lächelte. Sie haben gesagt, er sei ein armer Kerl.

Ja schon. Aber andrerseits hat er so eine Stärke in sich, da kommt man gar nicht ran. Rein äußerlich ist er sanft wie eine Katze.

Den meisten Lehrern hat er mit seinem Riesenkopf einen Schrecken eingejagt.

Er wird schikaniert, weil er Türke ist. Dabei ist er ein lieber Kerl. Und genial, sagte sie entrüstet.

Was will er denn werden?

Deniz will Arzt werden. Oder zumindest will sein Vater das. Ich helfe ihm beim Lernen.

Was er für eine große Liebe gehalten hatte, war offenbar nicht mehr als eine Zweckfreundschaft. Intimität bedeutete in diesem Alter wenig. Nicht das, was sie für ihn bedeutete. Aber hatte er denn in diesem Alter immer genau gewusst, ob er jemanden sympathisch fand, in jemanden verliebt war oder ihn nur begehrte? Schüler und Schülerinnen lebten in einem diffusen Biotop von körperlicher Berührung, Nähe und Distanz. Und Nadia war vielleicht noch sehr unerfahren. Ihr war noch nie eine große Liebe in Brüche gegangen. Aber dem Tod war sie schon nahe gewesen, näher als er in seinem ganzen Leben.

Die Hitze trieb beiden den Schweiß auf die Stirn. Benommen gelangten sie an die Biegung des Flusses. Nadia entledigte sich ihrer Shorts und der Bluse und watete im Bikini ins Wasser. Eine lange, schrecklich lange Sekunde sah er ihre alabasterweiße und zierliche Schulter im Wasser versinken. Er ließ sich abseits ins Gras fallen. Als sie zurückkam, auf den glitschigen Ufersteinen wieder aus dem Wasser stieg, tat er so, als wäre er mit der Zubereitung eines kleinen Picknicks beschäftigt. Es gab eine stillschweigende Übereinkunft zwischen ihnen, wonach sie nicht zusammen ins Wasser gingen. Ihre Frage, ob er nicht auch Lust zum Schwimmen habe, bestätigte diese Übereinkunft.

Ich könnte eine Abkühlung gebrauchen, brummte er.

Er kam sich etwas steif vor, als er sich seiner Wanderhose entledigte und sich schnell ins Wasser warf, um seinen Bauchansatz zu verbergen.

Als er zurückkam, lag sie ausgestreckt und schlafend in der Sonne. Er schaute weg, schaute zu den Hügeln, die in bläulichem Dunst standen.

Wir müssten jetzt los, sagte er.

Da hinauf?

Er nickte. Sein Hemd klebte am Leib, und sein Atem ging schwer. Am liebsten hätte er sich ins Gras gelegt und eine Runde geschlafen. Aber er gab sich einen Ruck. Es sollte ein glücklicher, ein schöner Tag werden, einer, an den sie sich erinnern sollte, wenn es wieder dunkel in ihr wurde.

Hinauf denn!, rief er, hinter ihr her schreitend, ihre Beine im Blick, ihre Kniekehlen, den Hintern. Er kehrte sich ab, bevor sich ihre Blicke trafen, wenn sie zusammen auf einer Lichtung standen und ins Tal hinab schauten, auf die dunkle, feuchte Halbinsel der Solitude.

Nadia schien es zu genießen, ihn an der Nase herumzuführen. Sie verschwand hinter einem Gebüsch, tauchte wieder auf und winkte von der nächsten Steigung herunter. Manchmal summte sie so laut, dass er wusste, dass sie seine Anwesenheit vergessen hatte.

Kurz vor dem Ziel musste er sich setzen und verlor sie schließlich ganz aus den Augen. Plötzlich kamen ihm Zweifel. Vielleicht war ihre Lustigkeit nur vorgetäuscht, vielleicht eilte sie nur deswegen zum Gipfel, um sich vor seinen Augen in die Tiefe stürzen zu können? Doch dann tauchte sie plötzlich wieder auf, weit, weit oben leuchteten ihre Shorts hinter einem Felsvorsprung hervor. Er rappelte sich auf, beschleunigte seinen Schritt und musste sich eingestehen, dass ihm das Atmen schwerfiel. Schatten tanzten vor seinen Augen. Wie lange waren sie schon unterwegs?

Herr Breeeenner, echote ihre Stimme zwischen den Felsen hin und her.

Ihm wurde schwarz vor Augen; er taumelte und sank zu Boden. Sein Puls schlug heftig in der Halsschlagader, er hatte das Gefühl, erbrechen zu müssen.

Wie geht es Ihnen, Herr Brenner?

Nadia stand über ihm. Er sah nur die roten Shorts. Da schüttete sie ihm Mineralwasser ins Gesicht. Er sah, wie sich ihr Mund bewegte, das Wasser gurgelte in seinen Ohren.

Herr Brenner, was haben Sie?

Die Hitze. Mir ist ein wenig schlecht geworden, sagte er und setzte sich auf. Nadia stellte keine weiteren Fragen und zündete sich eine Zigarette an.

Auf dem Aussichtsplateau standen sie eine Weile nebeneinander und gaben sich gegenseitig Geografieunterricht, denn der Gesprächsstoff war seit seinem Schwächeanfall gefährlich dünn geworden. Lucas hielt sich verbal im Zaum und wartete auf die wenigen Sätze, die von ihr kamen. Beim Abstieg hüpfte sie von Stein zu Stein, der Wind fuhr ihr in die Bluse, ihre Haare wirbelten herum, während er, achtsam einen Fuß vor den anderen setzend, ihr auf den Fersen blieb. Er keuchte, hatte aber viel Verständnis für ihre Wildheit.

Am Himmel hatten sich Wolken gesammelt. Eine Gewitterstimmung brachte alles zum Knistern, das Gras, die Büsche, die Insekten, die ihnen am Hals klebten. Sie gelangten auf dem Rückweg an der Ruine vorbei, die dem ganzen Gebiet der Solitude ihren Namen gab. Ein zerfallenes Schlösschen, eine herausgebrochene

Zahnreihe unter freiem Himmel. Rings herum eine riesige Brache, wild und mit Unrat übersät. Hier galten weder Schulregeln noch die Unschuld der Natur. Es war verwahrlostes Gebiet. Ein Sehnsuchtsort, dem die Schüler, aus den Fenstern des dritten und vierten Stocks des Schulhauses schauend, nachträumten. Wo ihre sexuellen Fantasien blühten.

Vielleicht lag es an der Unordnung, dass Nadia so freizügig ihre Bluse auszog. Sie legte sich im Bikinioberteil auf den Boden, während er weiter in den Ruinen herumgeisterte. Etwas zerrte an ihm, und das Zerren nahm zu. Woran dachte sie, wenn sie den Himmel absuchte, wenn sich ihre Brust hob und senkte, wenn sie vergaß, dass sie mit ihm zusammen war? An Karman? An den Tod? Warum war in diesen Augenblicken eine solche Einsamkeit um sie?

Murmelnd wanderte er durch die Schattenzonen. Er kämpfte gegen das Naheliegende und Undenkbare. Er entfernte sich, um abseits Wasser zu lassen, als er einen verhaltenen Schrei vernahm. Schnell eilte er zurück, da saß sie am Boden und hielt sich den Fuß.

Sie war, auf einer Mauer balancierend, beim Hinunterspringen auf die Scherbe einer Bierflasche getreten. Das Glas war tief ins Fersenfleisch gedrungen. Sie wimmerte. Er reichte ihr die Hand, das Wimmern steigerte sich zu einem Stöhnen.

Zähne zusammenbeißen, Nadia, sagte er.

Plötzlich stand das versammelte Kollegium hinter ihm und gab Anweisungen. Ruth fragte, warum er keine Ziehsalbe dabei habe. Meyer-Abegglen empfahl, die Scherbe mit dem Taschenmesser herauszuoperieren. Piet riet, mit dem Handy die Rettungsflugwacht zu benachrichtigen. Sogar Lisa mischte sich ein: er solle sein Hemd, das sie ohnehin nie gemocht habe, in Streifen reißen und Nadia einen Verband anlegen.

Scheiße!, sagte Nadia.

Sie spannte den Hals, legte den Kopf in den Nacken und fluchte leise weiter.

Soll ich das Ding rausnehmen?, fragte er.

Sie krümmte sich schon bei der Vorstellung.

Ich könnte es versuchen, wenn Sie wollen. Ich habe ein Taschenmesser dabei.

Nein, nein, sagte sie. Ich halte Schmerzen nicht aus. Nicht solche Schmerzen.

Sie erhob sich, nahm das Umhängetäschchen und humpelte davon. Er ging unschlüssig hinter ihr her.

Dann sank sie auf einen Stein am Wegrand. Das Gesicht bleich wie ein Laken.

Könnten Sie mir die Scherbe rausholen? Schaffen Sie das?

Er untersuchte ihre Wunde. Der Glassplitter war gut sichtbar, hatte sich aber regelrecht in den Fuß eingegraben. Man musste mit der Klinge des Taschenmessers hinein.

Können Sie mir das Feuerzeug leihen?

Der Schwung, mit dem sie es ihm zuwarf, verriet, dass sie ihm die Operation nicht zutraute.

Er setzte sich ihr gegenüber, legte ihren Fuß in seinen Schoß und hielt die Klinge in die Flamme. Er hob den Fuß an und legte ihn über sein angewinkeltes Bein. Nadia stöhnte, als er mit der Klinge in die Hornhaut der Ferse drang. Plötzlich riss sie sich von ihm los.

Was hast du, Nadia?, fragte er verblüfft.

Sie balancierte auf einem Bein.

Ich weiß nicht!, schrie sie in Panik. Ich weiß nicht. Wenn Sie mich so fest packen, wird mir übel.

Beißen Sie auf die Zähne, ich kann den Splitter bereits sehen, sagte er lächelnd und zwang sie, sich wieder auf den Stein zu setzen. Sie machte ein Gesicht, als müsste sie erbrechen. Er sah, wie sie zitterte. Er schnitt mit der Klinge fester in die Hornhaut. Aber sie schrie nicht, sie zitterte nur umso heftiger. Wenn er sich nicht beeilte, würde sie noch die Besinnung verlieren, und dann musste er doch die Rettungsflugwacht alarmieren. Es gäbe einen Aufruhr, dummes Gerede an der Schule.

Nadia, ich arbeite mich da ganz langsam und behutsam vor, gleich bin ich drin – und Sie sind befreit.

Er redete die ganze Zeit weiter, mit zusammengepressten Lippen, zwischen den Zähnen hindurch, während ihr Oberkörper zuckte, ein Anfall von Übelkeit, er verstand ja, dass es wehtun musste.

Mit der Spitze drang er noch weiter vor, dann spürte er – er glaubte es fast zu hören – wie das Messer auf Glas stieß. Nadia erbrach sich, aber er musste sich jetzt konzentrieren. Dann war's geschafft, er schob mit der Messerspitze den Glassplitter aus der Wunde.

Sieht aus wie ein Dorn. Saufende Jugend, murmelte er.

Erst jetzt sah er, in welchem Zustand sie war. Sie weinte über dem Erbrochenen, und er mochte sich gar nicht an seiner Geschicklichkeit freuen.

Er fasste sie unter den Armen und zog sie hoch. Stehend schlang sie ihre Arme um ihn.

Danke, Herr Brenner.

Im Gefühl der Rettung hielt er sie vielleicht eine Sekunde zu lang. Ihre schwarzen Haare fielen über seine Schulter. Er fühlte die Knochen ihres Körpers. Es war ja ein wenig wie Heimkommen. Eine schöne Verwechslung. Ein Sichhalten, das weiterdrängte.

Sie löste sich von ihm, und an ihrem Blick wurde ihm

sofort klar, dass sie beide zu weit gegangen waren. Die Umarmung wäre nicht nötig gewesen. Aber umarmen sich nach einer Rettung nicht auch wildfremde Menschen?

Wie fühlen Sie sich?

Zum Sterben, sagte sie.

Er lachte. Lachte sehr laut.

***

Deniz kehrte Mitte Juli aus Istanbul zurück und musste sich erst wieder an die herausgeputzten Straßen, die sturen Verkehrsampeln und die finsteren Gesichter gewöhnen. Aber diesmal fiel es ihm nicht so schwer wie sonst. Was hatte Nadia wohl in den ersten Ferienwochen gemacht?

Er spazierte durch die sommerliche Stadt. Die dicke Blumenverkäuferin auf dem Marktplatz saß breitbeinig im Schatten der Markisen. Der Bäcker stand schweißüberströmt in kurzen Hosen vor seinem Geschäft und rauchte. Hochsommer und eine Affenhitze, die Stadt stand still, und wer noch ein Bein vor das andere brachte, verzog sich in die Badeanstalt, die schon vormittags total überfüllt war. Iris und Dora, die beiden Blondinen aus der Parallelklasse, schlurften in Flipflops an ihm vorbei, beide in sehr kurzen Röcken. Sie grinsten ihm anzüglich zu, bevor sie weitergingen, und er schaute weg. Aber dann musste er sich doch nach ihnen umdrehen.

Er hatte eine Französischlektüre dabei, »L'Etranger« von Camus, und ein Wörterbuch, und war auf dem Weg in die Badeanstalt, als Nadia auf dem Fahrrad an ihm vorbeifuhr. Auf diesen Moment hatte er gewartet. Er ging hier nun schon zum dritten Mal über die Kreuzung, die auf ihrem Heimweg lag.

Woher kommst du?, fragte er.

Nadia war ziemlich aufgekratzt, auf der Kippe, das spürte er sofort. Sie sei die ganz Zeit über zuhause gewesen und hätte viel gelesen, sagte sie und stieß mit dem Vorderrad gegen sein Schienbein. Was sie jetzt vorhabe, fragte er locker, worauf sie sagte, sie sei auf dem Weg in die Bibliothek, um Bücher zurückzubringen.

Ich muss auch da hin, log er, ich begleite dich. Und nachher könnten wir ja zusammen ins Freibad gehen.

Sicher nicht, entgegnete sie, stieg aber vom Rad. Wo bist du gewesen?

Ich komme gerade aus Istanbul zurück.

Sie fragte nicht weiter.

Als sie die Bibliothek betraten, roch es nach Bücherstaub. Wer hier in diesen muffigen Gräbern seinen Sommer verschwendet, dachte er, gehört zu den Verlierern. Nadia eilte durch die Gänge, um sich in der Ausleihe anzustellen. Er wartete, betrachtete ihre Beine und ihre Schultern im Dämmerlicht und war wie in Trance. Sie schob die Bücher wie kostbares Gut über den Tisch, kehrte zu ihm zurück und schaute ihn erwartungsvoll an.

Jetzt gehen wir ins Schwimmbad!, sagte er.

Nein! Neben all diesen Fleischmassen zu liegen, stellt mir die Luft ab. Im Übrigen habe ich keinen Schwimmanzug dabei.

Der lässt sich doch zuhause holen!

Ich will nicht ins Freibad.

Obwohl sie sich sperrte, fühlte er, dass sich zum ersten Mal ein tieferes Einverständnis zwischen ihm und ihr eingestellt hatte. So etwas wie die Gewissheit, dass sie einander liebten, was keiner zugegeben hätte. Er merkte es daran, in welch vertraulichem Ton sie mit ihm redete.

Was ist am Freibad so toll?

Ich mag's, mit dem Gesicht auf dem Frottétuch zu liegen, ich mag den Geruch von trockenem Gras. Und dann im Dämmerschlaf den anderen zuhören, wenn sie reden, und Volleyball spielen. Über die Wiese zu gehen, die Sonne im Nacken, und dann mit einem Kopfsprung ins Wasser!

Darfst du überhaupt schwimmen?

Schon, aber nur auf Armlänge vom Beckenrand entfernt. Wenn jemand neben mir im Wasser ist, kann ich freier schwimmen.

Ich gehe jetzt besser heim, sagte sie als Nächstes. Ich will heute ein paar Kapitel im Roman von Camus lesen. Zuhause bin ich konzentrierter.

Dann lass uns doch an die Solitude gehen, sagte er schnell.

Und wie kommen wir da hin? Da müssten wir mit dem Fahrrad hin, wenn wir noch zu einer vernünftigen Zeit ankommen wollen.

Nun hatte sie seinen wunden Punkt getroffen. Er konnte nämlich gar nicht Radfahren. Er hatte es in Deutschland einige Male versucht, war aber immer auf die Schnauze gefallen.

Dann werde ich mir ein Fahrrad ausleihen, sagte er.

Sie verzog den Mund, als ahne sie Unheil. Dann latschte sie davon, kehrte aber nach wenigen Schritten wieder um.

Du machst mich konfus!

An so einem Tag willst du doch nicht in der Stube sitzen und büffeln. Am Fluss können wir einander

Vokabeln abfragen, und sicher treffen wir noch jemanden.

Was für Spießerträume du hast, sagte sie. Ich war mit Brenner Anfang der Ferien schon einmal dort baden.

Was machst du mit Brenner?

Einen Ausflug.

Und?

Ich bin in eine Scherbe getreten. Er musste sie mir rausschneiden, das hat ziemlich wehgetan.

Das hätte ich gern gesehen!

Sie schaute ihn verärgert an.

Okay, sagte sie, ich habe noch ein zweites Fahrrad im Keller, wenn du unbedingt willst. Ein Damenfahrrad, gerade das Richtige für dich. Aber wenn du hinfällst, lass ich dich im Graben liegen.

Eine halbe Stunde später schwang er sich auf den Sattel und los ging's, zügig einige Meter vorwärts, bis er das Gleichgewicht verlor und zu Boden ging.

Das Gleichgewicht ist das Wichtigste im Leben, sagte sie in belehrendem Ton.

Halt mich lieber, wenn ich es verliere, sagte er wütend.

Er war patschnass vor Schweiß, aber entschlossen, mit ihr in die Solitude zu fahren. Sie hielt sich immer dicht an seiner Seite. Die Sonne stand hoch am Himmel, und in der Ferne erblickten sie bereits das Wäldchen. Am Fluss schlüpfte er sofort in die Badehose, um ihr keine Zeit zum Nachdenken zu geben, und stürzte sich ins Wasser. Vom Ufer hingen Äste, Wurzelpflanzen und Lianen herab. Nadia kam in einem Badeanzug aus dem Gebüsch hervor, der längst aus der Mode war. Wie er froh war, dass sie nicht in die öffentliche Badeanstalt gegangen waren. Gekonnt köpfelte sie ins Wasser und crawlte davon.

Danach lagen sie am Ufer, sie blätterte in ihrem Buch, und er döste im Gras neben ihr. Im Schlaf kroch seine Hand auf ihren Bauch, sofort schob sie sie fort.

Ich lasse mich nicht gern von einem Triebtäter begrabschen, nur weil ich nachgegeben habe und mit dir an den Fluss gefahren bin, zischte sie.

Er starrte auf ihren Bauch, den er eben noch berührt hatte. Wie war es gewesen, ihren Bauch zu berühren, jene Stelle, wo sie weich und wehrlos war? Er hatte ihre Stärke gespürt! Dann rieb er seine große Zehe an ihrer Wade. Das war harmloser, als wenn sie ihm über den Kopf strich, aber sie zuckte zusammen. Er drehte sich ihr zu, machte Anstalten, sie zu küssen. Er wusste nicht, was dann wirklich geschah. Mücken schwirrten in der heißen Luft, eine Libelle surrte über sie hinweg. Es roch nach faulem Sand und verdorbenem Holz, es war kein guter Geruch, nicht gut zum Küssen. In dem Moment fiel sein Blick auf den Einband ihres Buches.

Warum darf ich dich nicht berühren? Magst du mich nicht?

Doch, sagte sie.

Dann sei nicht so zickig.

Du machst mich traurig, sagte sie und zog den Rock an.

Was machst du da?

Ich habe deine Übergriffe satt.

Ich kann nicht allein zurückfahren.

Dann geh neben deinem Fahrrad her, dann seid ihr schon zu zweit.

Du hattest noch nie Sex, stimmt's?

Seit wann geht dich das was an?

Nadia, Sex ist das Wichtigste im Leben, frag die anderen!

Du hast keine Ahnung von Frauen!, rief sie, raffte ihre

Sachen zusammen, setzte sich aufs Fahrrad und verschwand.

Warum wollte sie nicht mit ihm schlafen? War das nicht die einfachste Sache der Welt, wenn man sich liebte? Hier in der Solitude kamen doch alle zur Sache. Hatte er etwas falsch gemacht? Was sprach gegen ihn? Glaubte sie vielleicht, dass er mit Veronika, Mira oder Stephanie ins Bett ging? Warum kam sie sonst immer wieder zu ihm, warum lernte sie Nachmittage lang mit ihm zusammen? Sie blieb ein Rätsel.

***

Lisa kehrte beschwingt aus Istanbul zurück, und Luc und sie fuhren in die Bretagne, wo sie, in beliebiger Reihenfolge, Museen, Strände, Gourmetrestaurants und Bars frequentierten. In den ersten Nächten, wenn sie getrunken hatten, führte ihn Lisa wie eine Liebespriesterin ins Hotelzimmer, entledigte sich der Kleider und liebte ihn mit einer ihm unvertrauten Lust.

Erst nach einer Woche, an einer einsamen Strandbar, fragte sie nachdrücklicher, wie er eigentlich die Woche allein zugebracht habe. Er lehnte den Kopf zurück, dachte sofort an den Ausflug mit Nadia, hörte draußen einen Hund jaulen und schwieg. Der Barkeeper kam ihm zu Hilfe und servierte eine neue Runde.

Ob es ihm in der Einsamkeit gelungen wäre, die Stimmen in seinem Kopf zum Schweigen zu bringen?

Ach ja, die Stimmen in seinem Kopf! Er hatte ihr einmal erzählt, dass die Stimmen der Schüler auch zuhause noch in seinem Kopf rumorten. Am schlimmsten, und das hatte er Lisa nicht gesagt, war die eine Stimme, die ihn am Einschlafen hinderte.

Er habe die Einsamkeit in vollen Zügen genossen, sagte er und kaute Luft.

Und trotzdem klage er jetzt wieder über Kopfweh. Ob er selber nicht bemerke, wie zerstreut er sei. Zweimal habe er gefragt, wohin sie die Straßenkarte verlegt habe, sie habe sie aber gar nie in den Händen gehabt. Sie habe sich gewünscht, ihn entspannter vorzufinden. Sie müsse aber gestehen, dass er auf sie noch diffuser wirke als vor den Ferien. Sie wolle den Teufel nicht an die Wand malen, aber wenn das so weitergehe, müsse er Lorenz um einen Urlaub bitten.

Er unterrichte doch gern, sagte er energisch. Er brauche keinen zusätzlichen Urlaub, er habe ja jetzt Ferien.

Vielleicht wäre es gut, die Bücher für eine gewisse Zeit wegzulegen. Sie begreife nicht, wie Bücher ihn dermaßen in Anspruch nehmen könnten; in seinem Inneren müsse es aussehen wie in einem Antiquariat.

Sie leerte ihr Glas und bedachte ihn mit einem liebevollen Blick. Es ging ihr sichtlich besser als noch vor wenigen Wochen.

Sie solle nichts gegen seine Bücher sagen, begehrte er auf. Ein Buch sei allemal komplexer als ein Foto.

Sie schwieg betroffen, und er bereute den Satz. Würden sie sich in Kürze wieder in den Haaren liegen?

Ob er sich von Nadias Suizidversuch habe distanzieren können, fragte sie nach einer Pause. Ob er ihr wenigstens sagen könne, wo die ganze Geschichte heute in ihm stecke?

Er hatte einen trockenen Gaumen und verspürte Lust zu rauchen, schnorrte bei ihr eine Zigarette. Dann blies er den Rauch über die Theke.

Beim Schreibwettbewerb sei sie ja recht munter gewesen, hakte sie nach.

Vieles deute darauf hin, dass es ihr besser gehe, sagte er. Sie lerne, sie sei konzentriert, und er sei froh, dass er die Sorgen um sie langsam los sei.

Dann schwieg er hartnäckig vor sich hin. Sie bestellte ein Glas Tequila, während er an seinem Bier nippte. Sie trank, und er wurde betrunken. Was war nur los mit ihm?

Seitdem nichts mehr von ihr gehört?, fragte sie.

Sie sei im höchsten Maße verhaltensunauffällig, sagte er und war stolz, dass seine Zunge das Wort bewältigt hatte. Dann sagte er, dass er sie in den Ferien zufällig getroffen habe. Sie hätten etwas miteinander geplaudert.

Ihr Blick wurde hart.

Beiläufig fragte er, wie es Katrin gehe.

Katrin?, sagte sie und schlug ihre langen gebräunten Beine übereinander, sodass ein Funken Lust auf ihn übersprang.

Ja, du warst doch mit ihr in Istanbul?

Sie nickte und sagte, Katrin gehe es hundsmiserabel. Max' Affäre habe über zwei Jahre gedauert, in dieser ganzen Zeit habe sie nichts bemerkt. Oder habe, sagte Lisa, wie so oft, nichts bemerken wollen. Statt zu kämpfen habe sie den Kopf in den Sand gesteckt. Schließlich habe Max sie einfach sitzen lassen.

Die beiden seien doch ein gut aufeinander abgestimmtes Paar gewesen, sagte er. Dabei dachte er das Gegenteil, hatte immer das Gegenteil gedacht.

Auf sie hätten sie stets einen glücklichen Eindruck gemacht, nickte Lisa. Ein Paar sei eben eine Blackbox.

Er beendete das Thema mit dem Hinweis, dass er von Rudi Freyermuth die Adresse eines Restaurants bekommen habe, in dem man vorzüglich Austern essen könne.

Lisa lachte. Sie wollten gleich am nächsten Abend dort einkehren.

Zu Lisas neuem Schwung gehörte, dass sie ihre Kamera überallhin mitnahm. Während sie auf Bilderjagd war, setzte er sich oft in eine Kirche, genoss die Kühle und versuchte die Stimmen in seinem Kopf zur Ruhe kommen zu lassen. Abends zeigte sie ihm die Fotos. Profilansichten junger Menschen. Er fand die Studien interessant, ihren Blick eigenwillig und oft überraschend.

Lisa sagte, sie sei in ihrer Arbeit einen Schritt weitergekommen. Sie zeigte ihm eine Serie mit Skinheads. Hinter der Aggressivität in ihren Gesichtern lauerten Unsicherheit und Leere.

Bist du voreingenommen?, fragte sie.

Ich sehe, was du gesehen hast, und lerne von dir, antwortete er.

Lisa legte ihre Hand sanft an seine Wange. Er wollte sie küssen, aber sie entzog sich ihm. Sie waren wieder am gleichen Punkt wie vor den Ferien; erneut verfehlten sie einander in ihrem Begehren.

Dann fegten die ersten Regenschauer über die Küste, und sie wurden immer stummer.

***

Wie jedes Jahr nach den Sommerferien waren die Gänge und Treppen von den neu eingetroffenen Erstklässlern blockiert. Sie gingen durch die falschen Türen, verzehrten ihre Pausenbrote an den falschen Plätzen und rauchten an verbotenen Orten. Nach den ersten Wochen äußerten sich einige Lehrer kritisch zu Karman. Er drücke, hieß es von Seiten der Zeichenlehrerin, die Leistungskurve der Klasse. Rudi Freyermuth konnte sich nicht zurückhalten zu sagen, dass er Karmans arrogante Art unerträglich fände. Er gehöre doch nicht ins Gymnasium.

Als Lucas das Klassenzimmer betrat, steckten Karman und Nadia gerade ihre Köpfe zusammen. Niemand schien ihn zu beachten. Die Meute schaute ihn gleichgültig an. Karman hatte seine Hand auf Nadias Unterarm gelegt. Ihr Tuscheln hielt auch während des Unterrichts an, als er die Prüfungstermine und die neue Lektüre bekanntgab. Lucas meinte, sie könnten vor der Tür weiterreden. Zu seinem Erstaunen verließen Nadia und Karman untergehakt den Klassenraum. Nicht einmal die Tür warfen sie hinter sich zu, sondern zogen sie mit einer die Vorwurfsschärfe konterkarierenden Umsichtigkeit leise ins Schloss. Babs kicherte, und Lucas wusste, er hatte einen Fehler gemacht.

Zwei Wochen danach, als er ihm den Aufsatz zum Thema »Unterforderung macht unglücklich« zurückgab, verlangte Karman eine Begründung für seine schlechte Note. Er hatte auf vier Seiten sage und schreibe zweiunddreißig Rechtschreibfehler. Lucas hatte sich mit der unleserlichen Schrift gequält. Es gab Schüler, die konnten mit ihrer Handschrift Lehrer in die Zerrüttung treiben. Ihnen Fehler nachzuweisen, war fast unmöglich, da man den Text kaum lesen konnte.

Ich habe dieser Verluderung Ihrer Rechtschreibung lange genug zugeschaut, sagte Lucas.

Der deutschen Rechtschreibung, korrigierte Karman.

Lucas stutzte. Dann sagte er, im Ton härter als vorher: Ich muss Ihnen eine ungenügende Note geben, da auch der Inhalt nicht zu überzeugen vermag.

Karman neigte seinen Kopf, markierte Sturheit, trat

einen Schritt vor und stand schließlich so nahe vor ihm, dass er seine inneren Organe beim Arbeiten hätte hören können.

Was wünschen Sie noch?, fragte Lucas.

Karman rührte sich nicht von der Stelle, seine Augen fixierten Lucas. Leise fragte er, ob er für diese Note bitte eine Begründung haben dürfte.

Lucas sagte, dass Karman am Thema vorbeigeschrieben habe, Unterforderung sei eben nicht identisch mit Nichtstun. Dazu wimmle es vor Scheinfragen. Zur eklatanten Gedankenschwäche – er habe wohl keinen sehr guten Tag gehabt – geselle sich das Kauderwelsch einer Sprache, die man nur schwerlich als Deutsch bezeichnen könne. Ohne Nachhilfe werde die Matura in zwei Jahren nicht einfach zu schaffen sein.

Karman wackelte erstaunt mit dem Kopf. Er brachte, noch leiser, die Bitte vor, er möge ihm eine bessere Note geben, da er sonst ins Provisorium versetzt werde. Auf das Argument ging Lucas nicht ein.

Karman rückte noch näher an ihn heran. Es geschah selten, dass ein Schülergesicht einem Lehrergesicht so nahe war.

Er flüsterte, er werde den Aufsatz einem anderen Deutschlehrer zur Prüfung vorlegen.

Wem denn?, entfuhr es Lucas, der eine Sekunde brauchte, um diese Hinterhältigkeit zu begreifen. Karman überspannte den Bogen. Versuchte er ihn etwa zu erpressen?

Lucas versprach, den Aufsatz noch einmal zu prüfen. Zuhause schüttelte Lisa den Kopf und meinte, dass Karmans Fehler sicher seiner Herkunft geschuldet seien. Man dürfe diesen Schüler den anderen nicht einfach gleichstellen, das wäre ungerecht. Rechtschreibfehler bedeuteten nicht einfach, dass einer dumm sei. Er solle die Note ruhig heraufsetzen.

Luc schaute sie mit ungläubigem Staunen an. Sie verstummte.

Du solltest vorsichtiger sein, Luc, sagte sie dann. Was ist, wenn er gegen die Noten rekurriert?

***

Die routiniert warme, in ihrer Beiläufigkeit die eigene Wichtigkeit nicht verleugnende Stimme von Claire, Claire Votier von der Galerie »My Name is your Name«, verdrängte Lisas Sorgen für den Rest des Tages. Katrin hatte sich also nicht abhalten lassen und war mit den Bildern, die sie ihr geschenkt hatte, zu einer Galeristin gelaufen.

Kann ich am Freitag in deinem Atelier vorbeischauen?, hatte sie gefragt, und Lisas Wochenkalender hatte sich sofort in Luft aufgelöst. Jetzt war Dienstag und in größter Aufregung wechselte sie die aufgehängten Bilder im Viertelstundentakt. Was sollte sie Claire zeigen? Die Serie mit den Mädchenbildern? Einige großformatige Ansichten von Deniz? Oder den Jungen vom Fußballplatz? Die Mädchen aus der Disco, die vor dem Spiegel tanzten? Narzissmus und Gewalt? Könnte sie es wagen, die Gesichter der gelangweilten, stumpfen, leeren, ausgehöhlten und angeekelten Jugendlichen zu zeigen, die sie frühmorgens nach einem Rave in einem Zug geknipst hatte?

Eine Stunde später stand Deniz mit entspannten Gesichtszügen in ihrem Atelier, als tauche er gerade aus dem Schlaf auf. Nachdem sie ihm erklärt hatte, worum es ging, führte er ihre Anweisungen ohne Zögern aus. Er tat, was sie wollte. Sie lachte ein bisschen in sich hinein: Vielleicht sollte man Männer nur noch als Models anstellen.

Sie entdeckte Dinge, die sie beim ersten Mal noch nicht gesehen hatte. Das Klicken der Kamera, synchronisiert mit den weißen Blitzen, war das einzige Geräusch, das sie begleitete. Deniz' Gesichtszüge wurden deutlicher und vieldeutiger zugleich. Mit traumwandlerischer Leichtigkeit fand sie die richtigen Einstellungen, es wurden gute Bilder.

Danach stand er verlegen da, erschöpft und glücklich, das Gesicht gehörte wieder ihm. Ihre Hand wanderte zu seinem Kopf, wollte ihn berühren, aber er zuckte in letzter Sekunde zurück.

Du warst gut!, sagte sie. Sie setzte sich an den Tisch und schenkte zwei Gläser Wein voll.

Du weißt immer genau, was du willst. Ich wünschte, ich könnte etwas so gut wie du, sagte er begeistert.

Ja, ich habe gut gearbeitet heute. Aber nur dank dir.

Das freut mich, sagte er. Ich würde das auch weiterhin machen, wenn du willst.

Ich weiß gar nicht, wie Claire Votier meine Bilder findet. Aber ich habe ja noch Zeit.

Sie nahm seine Hand, betrachtete seine Handfläche, als könnte sie dort die Zukunft lesen.

Geht es noch immer nicht besser in der Schule?, fragte sie und warf ihre Haare nach hinten. Ihre Hand umfasste seine Armmuskeln, sie spürte, wie sein Blut pochte.

Dein Mann hat mir eine schlechte Note gegeben.

Sie lehnte sich erschöpft zurück, ihr Blick wurde verwirrt.

Wenn es dabei bleibt, werde ich provisorisch versetzt. Damit wären meine Zukunftspläne in Gefahr.

Du meinst, deine Noten sind so schlecht, dass du von

der Schule fliegst. Ist die Matura denn so wichtig für dich?

Sie ist vor allem für meinen Vater wichtig. Aber es ist nicht das. Es gibt etwas, das mir Sorgen macht.

Was denn? Rück schon raus damit!

Ich bin in Nadia verliebt.

Das ist kein Verbrechen, sagte sie lachend. Dann verstummte sie. Ihr Gesicht verschloss sich, sie stand auf und begann das Atelier aufzuräumen.

Wahrscheinlich hätte er ihr gerne mehr von seinen komplizierten Gefühlen für Nadia erzählt. Er war wie alle frisch Verliebten mitteilungssüchtig und wollte sein Glück teilen. Er suchte ihren Blick. Nach einer langen Pause, in der alle Unmöglichkeiten enthalten waren, sagte er, die halbe Klasse sei in Nadia verliebt.

Warum habe sie dann versucht sich umzubringen?, fragte Lisa mit sarkastischem Unterton.

Er wich ihrem Blick aus. Er würde keine Antwort geben, das begriff sie sofort.

Machen wir Schluss für heute?

Ich glaube ja, sagte sie und schaute mit leerem Blick aus dem Fenster. Etwas rieselte wie Sand durch sie hindurch.

***

Sie stand mit ihrer Kamera an der Kreuzung, wo die Straße aus dem Wäldchen in die Hauptstraße mündete und wo die meisten Schüler zur Busstation drängten. Wie erwartet war auch Nadia unter ihnen.

Hallo, Nadia, rief sie.

Nadia drehte sich um und zögerte.

Guten Tag, Frau Brenner.

Wie geht es Ihnen?

Gut, sagte Nadia, aber Lisa sah auf einen Blick, dass sie nervös war, und lud sie mit freundlichen Worten in ein Café ein.

Lucas hat mir erzählt, dass es Ihnen seit dem Klinikaufenthalt immer besser geht. Wie war Ihr Sommer? Sind Sie fortgewesen?

Nadia verzog weder eine Miene noch ging sie auf Lisas Frage ein. Sie redete über die Klinik, über einige Schwestern, die ihr auf die Nerven gegangen waren. Sie nannte einen Pfleger, der sie in seiner Ordnungswut an Krähenbühl erinnert habe, ein paranoides Arschloch. Ihre Stimme war rau.

Lisa erwähnte den Mailverkehr mit Luc mit keinem Wort, sagte aber, er sei der Meinung gewesen, dass ihr Beitrag für den Schreibwettbewerb eigentlich einen Preis verdient gehabt hätte. Ob es sie enttäuscht habe, dass sie leer ausgegangen sei?

Sie verneinte energisch, bestellte Eiskaffee und verschüttete mit zittrigen Fingern den Zucker über den Tisch. Sie sprach hektisch, verschluckte immer einige Silben, rannte vor die Tür, um eine Zigarette zu rauchen. Ihr Gesicht war verschlossen. Lisa versuchte, das Gespräch auf ihre Mutter zu lenken, aber eigentlich hätte sie gern offen über Luc geredet. Nadia wurde wütend und sagte, von ihr werde man keine Silbe über ihre Mutter erfahren. Nervös zerbröselte sie eine Zigarette auf dem Unterteller. Dann ging sie auf die Toilette, kehrte auf halbem Wege wieder um, weil sie ihre Handtasche vergessen hatte. Als Lisa Anstalten machte aufzubrechen, ging sie nicht darauf ein, sondern blieb sitzen, auch nachdem sie bezahlt hatte, und während Lisa vom Fotografieren erzählte, riss sie sich einen Knopf von der Bluse. Den Knopf steckte sie in die Jeanstasche. Dann klingelte ihr Handy. Weder veränderte sie den Ton noch stand sie auf, um in gebührender Entfernung von Lisa zu telefonieren. Sie quasselte minutenlang mit einer Freundin, und in dieser Zeit kam in Lisa die Wut hoch. Das also war die Flamme ihres Mannes. Dieses hilflose Nervenbündel, das kaum einen interessanten Satz zustande brachte, das mit verschmierten Augen in die Kaffeetasse griente, dessen Inneres so aussah wie ein Zimmer nach einer Hausdurchsuchung. Es schien ihr ausgeschlossen, dass sich Nadia verstellte. Sie war die verschusselte, verwahrloste Tochter einer Alkoholikerin, der der Mann davongelaufen war.

Nadia verabschiedete sich, und Lisa machte sich auf den Heimweg. Wie viele Jugendliche, dachte sie, flüchten vor der Biografie, die die Eltern für sie vorgesehen haben? Die Eltern verlassen und zugleich eine neue Sicherheit finden, warum war das so schwer geworden? Lisa hatte einen Vater gehabt, der sie begleitet hatte, ohne sich dauernd einzumischen. Er war immer dagewesen, ein Leuchtturm und Wegweiser. Nadia fehlte der Vater. Der Mann, der mit dem Koffer in der Hand hinter dem Rücken seiner Familie durch das Wohnzimmer geschlichen war, hatte nur ein Loch hinterlassen.

***

Deniz hatte Angst. Er wusste, dass Brenner nur einen Vorwand suchte, um ihn fertigzumachen. Es ging ihm gar nicht um die Rechtschreibfehler. Deniz wusste, warum er ihn auf dem Kieker hatte. Es ging um Nadia, deshalb setzte er ihn als Ausländer herab. Das hatte er schon einmal erlebt. In Deutschland war es noch viel krasser gewesen, hier verlief alles heimlicher, versteckter, kultivierter und hinterhältiger.

Brenner hatte eine Geschichte mit abgeschnittenem Ende ausgeteilt. »Vor dem Gesetz« von Franz Kafka. Jeder musste eine Variante des Schlusses schreiben, und sie diskutierten nun schon die Ewigkeit einer halben Stunde lang darüber, was unter dem Gesetz zu verstehen sei. Das Gesetz sind die Eltern, die sagen, wo's langgeht, sagte Fabian. Brenner watschelte auf und ab und sagte, Lesen heiße, dem toten Buchstaben Geist einzuhauchen. Wie zu befürchten, behauptete Flurina, das Gesetz sei Gott und der Türhüter prüfe als Abgesandter Gottes, wen er in den Himmel lasse. Nie, antwortete Brenner, sei der Himmel näher, als in Momenten eines solchen Geistesblitzes. Schwachsinn! Seit dem Schreibwettbewerb bemühte sich Brenner geradezu speichelleckerisch um Flurina. Man wusste warum. Nun fragte er, was denn der Leser mit dem Mann vom Lande gemeinsam habe.

Stille. Brenner zeichnete ein Buch und ein Haus an die Tafel. Vorsichtiger als sonst. Sonst fand er seine spontanen Kritzeleien immer großartig. Nun stand er vor der Tafel wie Picasso. Deniz hörte sofort zu denken auf. Denken auf Befehl, das machte er nicht mit. Aber seine schlimmste Befürchtung wurde wahr: Nadia hob ihren Arm.

Wieso hebst du deinen Arm?, dachte er wütend.

Der Mann vom Lande und der Leser sind eigentlich in der gleichen Situation, sagte sie. Sie kommen beide nicht weiter.

Was meinen Sie mit »weiterkommen«? Brenner wippte in den Knien und streckte seinen Arsch nach hinten. Deniz musste sich wegdrehen, er mochte sich das nicht weiter ansehen.

Beide kommen nicht »hinein«, der Mann nicht ins

Gesetz, der Leser nicht in die Parabel, sagte Nadia und senkte den Kopf, als wäre sie ob ihrer eigenen Antwort verlegen.

Brenners Lächeln war süß. Er sah aus wie Fabian nach dem dritten Joint. Besoffen vor Glück. Warum musste ihm Nadia diesen Triumph verschaffen? Theater, nichts als Bildungstheater. Was wollte Nadia damit eigentlich bewirken?

***

Sah sie nicht der Anna Selbdritt von da Vinci ähnlich? Hatten ihre Gesichtszüge nicht dieselbe melancholische Tiefe? Unter Lucs Fingerkuppen, die zärtlich über das Fotopapier des Klassenfotos glitten, gewann ihr Gesicht beinahe Leben.

Was, wenn Lisa Nadia hätte fotografieren können? Aber das war unmöglich! Er verstand Lisas Faszination für Gesichter immer besser. Auch ihm blieben von den Schülern vor allem die Gesichter in Erinnerung. Die Macht der Gesichter – war das nicht eine Idee, die man im Unterricht unbedingt aufnehmen musste? Was versammelte sich nicht alles in einem Gesicht: Charakter, Eigensinn, das Unverwechselbare.

Beschwingt eilte er zum Kopierer, um eine Zusammenfassung des Dramas »Emilia Galotti« auf eine Folie zu kopieren. Dann las er mit der Klasse einige ausgewählte Stellen, jene, in der Emilias Portrait dem Prinzen vorgeführt wird, in der der Despot, ohne mit der Wimper zu zucken, ein Todesurteil unterschreibt, in der Marinelli und der Prinz den Mord an Emilias Bräutigam Appiani besprechen. Schließlich spielte er eine berühmte Inszenierung auf DVD ein. Musikalischer Auftakt, hoher Ton: Der Prinz kommt in einem langen, von hohen Wänden begrenzten, klaustrophobisch anmutenden Korridor auf die Kamera zugeschritten. Ihm folgt Emilia im grünen Kleid; das Gesicht in Großaufnahme, sie bleiben stehen und reden schnell aufeinander ein, Marinelli tritt hinzu. Vieles vom Text ist kaum mehr verständlich, Comicsprache, die den Schülern natürlich gefällt, das Geschehen ist ganz auf die Gesichter und die Gefühle zugeschnitten. Gesichter wie Landschaften. Er versank ganz in den Bildern.

Die Zeit zerrann im Nu. Plötzlich waren sie in der Schlussszene. Emilias Opfer für die Ehre des Vaters, um ihren ermordeten Bräutigam zu sühnen, Opfer, um der Lust des Despoten zu entgehen. Lucas spürte, wie hilflos so ein Vater sein musste, er spürte, dass ihr nicht mehr zu helfen war.

Er saß auf der Fensterbank, wo er die Klasse besser im Blick hatte, als er bemerkte, wie sein Gesicht nass wurde. Auf der Stelle verließ er das Klassenzimmer, schlich zur Tür und trat hinaus ins Spätsommerlicht.

***

Ruth Gimmel fragte, ob er in den Sommerferien wieder wandern gewesen sei. Er nickte und sah den wechselhaften Himmel über der Solitude. Als Rudi Freyermuth am anderen Tisch sagte, »Scherben bringen Glück«, wusste er, was es geläutet hatte.

Man hielt, so schien ihm, unauffällig Distanz, man verfolgte ihn aus den Augenwinkeln, und wenn er sich zu einer Klasse oder zu Schülern äußerte, spitzten alle die Ohren. In den Korridoren ging er den Schülern aus dem Weg. Er ersehnte und fürchtete nichts so sehr wie den Unterricht in Nadias Klasse. Sein Mund trocknete aus, wenn sie ihre Hand auf Karmans Arm legte. Er rief sie nicht mehr auf. Er hielt keine langen Reden mehr vor der Klasse, sondern gab Kurzaufträge und Kommentare in schriftlicher Form. Er stand oft am Fenster. Alle warteten darauf, dass er einen Fehler machte.

Einmal kam er früh nach Hause, ein Dauerregen verhinderte seit Tagen ausführliche Waldspaziergänge. Er war missgelaunt, und Lisa hing am Telefon.

Katrin?, fragte er, nachdem sie aufgehängt hatte.

Ja, sie kommt überhaupt nicht klar mit ihrem neuen Liebhaber. Sie hat sich in einen fünfzehn Jahre jüngeren Mann verliebt.

Furchtbar, sagte er matt. Es geht nicht lang, dann steht sie wieder allein da.

Sie ist mutig, auch wenn es schiefgehen sollte.

Lisa hatte wieder diesen Tonfall einer Zwanzigjährigen, den er verabscheute.

Trotzdem hat das keine Zukunft. Sie wird wieder abstürzen.

Er sagte es heftiger, als er wollte. Eigentlich war ihm Katrin egal.

Aber sie kann wieder ihre Reisen machen, du weißt, wie wichtig das für sie ist. Gespräche, Ausstellungen, Sex.

Kann man nicht ohne Sex leben?

Wenn Katrin für jüngere Männer anziehend ist, warum nicht? Wer sollte ihr da schon!

Könntest du bitte deinen Satz zu Ende sprechen, sagte er giftig. Weißt du, was Goethe über die Ehe gesagt hat? Die Ehe ist der Anfang und der Gipfel aller Kultur.

Sie zupfte einen losen Faden aus ihrem Jackettärmel.

Der Gipfel wovon? Meinst du das im Ernst?

Ich bin zu erschöpft für eine lange Diskussion. Zeigst du mir deine neuen Fotos?

Sie fügte sich und legte eine Reihe Porträts von jungen Männern und Frauen auf dem Boden aus.

Serien? Keine Schnappschüsse mehr? Wer ist das hier?

Er zeigte auf einen jungen Blondschopf, der dem Betrachter entgegenlachte.

Der hat mir gefallen. Diese Unbefangenheit. Er hat sofort mit mir Kontakt aufgenommen und meine Kamera gesucht.

Lucas sah einen aufgeblasenen Wicht, der sich vor Lisas Kamera produzierte.

Der war mutig. Als ich ihn mit der Kamera umkreiste, hat er die ganze Zeit Verbindung zu mir gehalten. Andere, die einem die Agentur schicken, flüchten sich schnell in Posen.

Du hast Models von einer Agentur?

Hab ich dir nichts davon erzählt? Meistens Studenten, die ihr Taschengeld aufbessern wollen. Laien, mit denen ich besser zurechtkomme als mit Profis. Der hier war gut. Sein Blick war klar, er kannte sich selber, im Gegensatz zu anderen, die nicht wissen, wer sie sind. Er hat mich herausgefordert. Wenn du unsicher bist, dann verlierst du dein Objekt. Verlierst den Kampf.

Warum magst du diesen Jungen?

Er hat ein unverdorbenes Gesicht.

Ein Juniorfußballer!

Lisa räumte die Fotos weg. Sie trug seit Neuestem karierte Künstlerhosen, weit ausgeschnittene Blusen, bei welchem man den Brustansatz sah. Sie verwendete einen erdfarbenen Lippenstift, eine Farbe wie getrocknetes Blut. Was war in dem Jahr seit ihrer Entlassung passiert?

Er legte seinen Arm um sie, zog sie zu sich heran, aber sie entzog sich ihm mit einer kleinen Bewegung des Kopfes. Er war zu müde, um Fragen zu stellen, er wollte nur mit ihr schlafen. Miteinander zu schlafen war immer eine Rettung gewesen, ein Ritual, mit dem man sich der Welt entzog. Aber jetzt wollte Lisa nicht mit ihm ins Bett. Sie stand auf, nahm ihre Kamera und verließ das Haus.

Es ist Nacht, rief er ihr hinterher. Es gibt nichts zu sehen und nichts zu fotografieren!

Er ging in sein Zimmer und stellte den Computer an. Er wollte Nadia schreiben. Es war Sonntag, und am Abend vor dem Wochenbeginn pflegte er ihr ein Gedicht zu senden. Aber dazu war er heute zu traurig, und er schrieb ihr einige persönliche Zeilen, auf die postwendend eine Antwort von ihr kam.

Darunter war ein Satz aus dem Buch von Jean Améry, den er überlas.

Danach legte er sich ins Bett und versuchte, sich in den Schlaf zu flüchten. Es war lange nach Mitternacht, als ihm plötzlich klar wurde, dass etwas nicht stimmte. Auf einmal verstand er den Satz.

Aber es war zu spät. Als er am Montag in die Schule kam, wussten es schon alle: Nadia hatte sich am frühen Morgen vor den Regionalzug geworfen.

TEIL II

Lisa nahm den Hintereingang und näherte sich langsam der Trauergemeinde. Sie hatte Luc davon abgeraten, am Begräbnis teilzunehmen. Sie werde für ihn gehen, hatte sie gesagt, Abschied nehmen könne er später. Und besser allein. Er hatte zugestimmt. Die Klasse stand unter bunten Schirmen versammelt, ein verlorenes Häufchen. Leichter Septemberregen fiel, die Tropfen glitzerten in allen Farben des nahenden Herbstes. Einige Schüler trugen anstelle eines Schirms modische Regenjacken, Kinder aus gutem Hause. Ihre Gesichter waren nass und traurig. Lisa stellte sich in den Schutz einer hohen Tanne. Sie erkannte einige Lehrer und Schüler, die Luc ihr auf Fotos gezeigt hatte. Sie sah Rudi Freyermuth wie aus Gips dastehen; bleich, hart und undurchdringlich. Als wolle er die Trauer nicht an sich heranlassen. Durch Peregrinas Stirn hingegen zog sich eine tiefe Sorgenfalte, in der ihre ganze Trauer Platz fand. Flurina merkte man an, dass sie nicht erwartet hatte, so schnell mit dem Ernst des Lebens konfrontiert zu werden; Stephanie stand verloren unter einem mit bunten Herzchen verzierten Plastikschirm.

Diejenigen, die Lisa erkannten, wendeten sich von ihr ab. Sie war die Frau des Lehrers, der unter Verdacht stand. Unter Verdacht, an diesem Freitod mit schuld zu sein.

In der Abdankungskapelle sprach ein Pfarrer Künzli. Die Salbadereien, die Lisa schon vor Jahren aus der Kirche vertrieben hatten, waren ihr auch jetzt wieder unerträglich. Dabei hätte es doch aus theologischer Sicht Einiges zu Jugendlichen zu sagen gegeben; über die

Nöte der Jungen mit sich selber, über ihre Suche nach Orientierung. Aber Pfarrer Künzli kannte sich in jugendlichem Leid nicht aus. Er war Kilometer weit von der Jugend, wohl auch seiner eigenen, entfernt. Nur noch Geistliche konnten es sich heute leisten, ihre Arbeit derart unprofessionell anzugehen. Wäre Pfarrer Künzli Zahnarzt, dachte Lisa wütend, würden alle seine Patienten mit künstlichen Gebissen herumlaufen.

Sie hatte sich in der Kapelle in die hinterste Reihe gesetzt. »Fürchte dich nicht, denn ich habe dich erlöst«, zitierte Peregrina vorne im Chor. »Ich habe dich bei deinem Namen gerufen; du bist mein!« Auf Wiedersehen, Nadia, sagte Stephanie, und dünne Tränen rannen über ihre Oberlippe. Und Cecilia: »Die Liebe höret nimmer auf.« Bei diesem Satz spürte Lisa einen Stich in der Brust.

Dann schritt Deniz Karman, in schwarzem Zwirn, zur Kanzel. Lisa schaute gebannt nach vorne. Er überraschte alle, indem er aus Nadias Text für den Schreibwettbewerb vorlas. Seine Stimme schlüpfte in Nadias Text, ihre Sätze tanzten nach seinem Akzent. Er las so sanft, als würde er ihre Haare streicheln. Zum Schluss sagte er, fast für niemanden mehr hörbar: »Du liebes grünes Tier, ich liebe Dir! Du Deiner Dich Dir, ich Dir, Du mir, – – – wir!«

Lisa ging nach draußen, um sich eine Zigarette anzuzünden. Der bittere, scharfe Rauch tat gut. Sie sah Deniz' Lippen vor sich; sein Murmeln, wie wenn er in ihrem Atelier eine Anweisung wiederholte.

Als sie wieder hineinging, war Lorenz vorgetreten. Sein Blick war verschattet, seine Hand griff zu der Pfeife in seiner Jackentasche, er hob zu reden an. Der Selbstmord, das merkte Lisa sofort, ging ihm näher, als sie gedacht hatte. Erwartet hatte sie den Sermon eines Routiniers, der es gewohnt war, in allen Gefühlslagen die richtigen Worte zu finden, der in sein Mienenspiel Entrüstung ebenso wie Betroffenheit einfließen lassen konnte. Aber Lorenz wollte hier nicht Betroffenheit mimen, er wollte ehrlich sein, und er fand Worte dafür, was es bedeutete, als Rektor eine Schülerin zu verlieren. Das Gymnasium, sagte er, sei heute wichtiger denn je, denn es bilde im Leben des jungen Menschen jene Fähigkeiten und Einsichten aus, die ihn auf ein schwieriges Leben vorbereiten würden. Gerade diese wichtigste, in keinem Lehrplan aufgeführte Aufgabe aber wolle dem Gymnasium heute nicht mehr gelingen. Leider gebe es keine Propädeutik für das Erwachsenenleben mehr, weil es kein Erwachsenenleben mehr gebe, sondern nur eine ewige Jugend. Und deswegen gebe es auch keine Jugend mehr, sondern nur noch Halbfertiges hier, Gefährdungen da.

Lorenz' Hand griff wieder nach der Pfeife. Er blickte zu der kargen Decke der Kapelle hinauf, und als es ihm einfiel, dass er jetzt nicht rauchen durfte, nahm er die Hand wieder aus der Tasche. Er sprach von Nadias Opfer, aber nicht in einem christlichen Sinne. Er sprach von einem Opfer für die Klassengemeinschaft. Jeder, der in einer Gemeinschaft sterbe, leiste dieser einen Dienst, sagte er, einen traurigen, aber nichtsdestotrotz wichtigen Dienst, er bringe ihr ein Opfer.

Ein Raunen ging durch die Trauergemeinde, denn es war schwer zu verstehen, von welchem Opferdienst hier die Rede war. Und noch schwerer zu akzeptieren, dass man Nadia etwas schulden sollte.

In einer Gemeinschaft den Tod zu wählen, fuhr Lorenz unbeirrt fort, sei nicht nur ein einsamer, isolierter, sondern eben auch ein sozialer Akt, der Sinn machen könne für diese Gemeinschaft. Nicht für Nadia selber, und das sei das Skandalon an ihrem Freitod.

Das war starker Tobak, diese eigenwillige Theorie hätte ihn als Rektor leicht in ein falsches Licht setzen können. Die Behauptung, Nadia sei stellvertretend für uns alle gestorben, sei ihm zu ungenau. Nein, jeder Einzelne von uns sei fähig, diesem Tod, der weder zu erklären noch zu bewerten sei, eine Bedeutung zu verleihen, indem er Nadia erkenne. Indem jeder und jede diese unverwechselbare Schülerin mit ihrem herausragenden Talent nicht aus seinem Gedächtnis verschwinden lasse.

Lorenz nahm die Pfeife hervor, steckte sie sich kalt zwischen die Lippen und trat ab. Weiß man mehr über einen Menschen, wenn er einem gleichgültig ist oder wenn man ihn liebt?, fragte sich Lisa.

Die Trauergemeinde gruppierte sich neu vor der Kapelle, einige rauchten mit gesenktem Kopf, andere weinten, und Lisa, die jede Unterhaltung fürchtete, blieb im Schutz der Tanne und beschloss, sich davon zumachen. Da sah sie Luc unter einem großen Regenschirm mit einer dunklen Sonnenbrille über den Kiesweg daher kommen. Er blieb in einiger Entfernung stehen. Lisa wusste, dass sie nicht das Recht gehabt hatte, ihn davon abzuhalten, sich zu verabschieden.

Aus einem Grüppchen tuschelnder Schülerinnen löste sich eine dunkle Gestalt. Ihre Gesichtszüge hatten eine entfernte Ähnlichkeit mit Nadia; es musste ihre Mutter sein. Sie hatte Luc im gleichen Moment entdeckt wie Lisa. Lisa hätte ihm am liebsten zugerufen, dass er verschwinden solle.

In ihrem viel zu schweren, bis auf die Knöchel reichenden Mantel näherte sie sich Luc, der sie unter seinem Regenschirm und hinter seiner Sonnenbrille nicht kommen sah. Neben Frau Breitenmoser ging ein großer, gebückter Mann, wohl Nadias Vater, aber er hielt sich abseits, während die Mutter direkt auf Luc zusteuerte. Auch Lisa eilte auf Luc zu und hörte gerade noch, wie Frau Breitenmoser sagte: Mein Gott, wie können Sie einfach weiter unterrichten? Wieso haben Sie ihr diesen Schund zum Lesen gegeben?

Luc nahm unbeholfen seine Sonnenbrille ab. Frau Breitenmoser und er standen einander gegenüber, aber Luc sagte nichts. Er schien erstaunt, wenn nicht gar verblüfft. Damit hatte er jedenfalls nicht gerechnet.

Sie sind ein Monster, sagte Frau Breitenmoser und entfernte sich mit schlurfenden Schritten.

Lisa nahm Luc am Arm und zog ihn fort. Kennst du sie?, fragte Lisa.

Nie gesehen, sagte er, gerade so, als würde er seine Stimme nicht mehr ertragen.

Lisa erschrak. Sie hatte das Gefühl, einen gebrochenen Mann abzuführen. Als ginge es nicht um ein Begräbnis, sondern um ein Gericht, das sein Urteil gefällt hatte. Die Blicke des Kollegiums begleiteten sie bis an die Pforte des Friedhofs.

***

Einige Wochen später war Lisa auf dem Weg in den Süden, in das Bergdörfchen im Tessin, in dem Luc Zuflucht gefunden hatte. Er war gegen ihren Willen geflohen. Du hast dir nichts vorzuwerfen, hatte sie zu ihm gesagt, aber er war nur dagesessen, den Kopf wie eine schwere Schüssel in den Händen, und hatte sie abgewehrt. So lange, bis sie von ihren Worten selber nicht mehr überzeugt gewesen war. Am dem Morgen, nachdem sein Kurzurlaub abgelaufen war, war er aufgestanden und hatte gesagt, er könne nicht mehr an die Schule zurück. Er hatte mit Lorenz telefoniert, sie hatte das Gespräch aus einiger Entfernung mitverfolgen können. Luc erging sich in Ausflüchten, jeder Satz schien ihm peinlich.

Lorenz habe ihm geraten, von der ganzen Sache Abstand zu nehmen. Er habe ihn für drei Monate beurlaubt. Das Wort »Abstand« fiel auch, als er sie zwei Tage später verließ. Abstand wovon? Oder von wem?

Drei Tage danach hatte er angerufen und erklärt, wo er zu finden sein würde.

Sie fuhr aus dem endlosen Tunnel in das helle, milchige Herbstlicht der Magadinoebene. Sie dachte zurück an den letzten Herbst, die erste Zeit nach ihrer Entlassung. Damals der Job, jetzt der Mann! Mit überhöhter Geschwindigkeit wechselte sie auf die Überholspur und bremste dann bei der Ausfahrt stark ab. Lange Zeit fuhr sie auf einer Überlandstraße, nahm dann die Abzweigung hinauf in ein enges Tal, trat das Gaspedal durch, aber der Wagen stotterte, als würde er vor dem Ziel scheuen. Sie hatte nur den Namen des Dörfchens am Ende des Tals, keine Straße, keine Hausnummer.

Nach einem weiteren Stück auf einer schmalen, kurvenreichen Straße erreichte sie ein Hundertseelenkaff, wo man sie in ein anderes Dorf verwies, und dort in ein nächstes und dann zu einer Abzweigung, die wieder steil den Berg hinaufführte. Ich werde dort warten, wo du nicht mehr weiter kannst, hatte er gesagt. Sie hatte das Navigationsgerät, dessen künstliche Frauenstimme ihr auf die Nerven ging, längst abgestellt. Die labyrinthische

Route war wie aus Lucs Kopf entsprungen; sie fuhr, als führe sie seine Hirnwindungen entlang, immer tiefer hinein in sein von Schuldgefühlen verfinstertes Wesen.

Ich werde ihn aufspüren und zurückholen!

Nach sieben Jahren Ehe war der Mann ins Gebüsch gelaufen, und sie drohte zur Witwe zu werden. Wer ist denn zuerst aus der Beziehung gegangen?, hörte sie einen imaginären Paartherapeuten fragen. Sein Geist hat sich mir entzogen, ohne dass ich es merkte, antwortete sie. Sein Körper ist geblieben. Die Küsse vor dem Abendessen aber wurden seltener, zum Tanzen spätnachts beim Whisky kamen wir kaum noch. Das letzte innige Erlebnis war jene Nacht gewesen, nachdem sie ihren Job verloren hatte. Oder nein, im Sommer in der Bretagne. Aber waren sie da nicht wie zwei Hungrige übereinander hergefallen, weil sie die nahende Gefahr spürten?

Mit ihm zu schlafen, hatte sie lange geglaubt, gebe ihr Lebensenergie zurück. Sex gehörte in ihrer unausgesprochenen Paarphilosophie zu den Heilmitteln. Ein Fick gegen eine Absage. Er war immer der Meinung gewesen, sie beim Sex besser verstehen zu können, ihr Schweigen zu durchstoßen. Wenn er in ihr war, hörten auch seine Stimmen im Kopf auf, sagte er. Katrin beneidete sie um diese »pralle Lebenslust«, dabei war sie nur die Kehrseite der fiebrigen Angst, in der Sprachlosigkeit zu verschwinden. Wenn sie zu lange schwiegen, pflegte er in Panik Gedichte zu rezitieren. Am Anfang war sie genervt gewesen und hatte gedacht, er wolle sie belehren. Im Laufe der Jahre hatte sie gemerkt, es war sein Tick, mit seinen Dichtern zu leben, als teilten sie mit ihnen den Haushalt.

Auf einmal wurde die Straße enger und brach ganz ab.

Wie ein Gebärmutterhals, dachte sie und stieg aus. Weiße Schmetterlinge flatterten um ihren Hals, als wären sie von ihrem Geruch angezogen, hohes Gras zitterte um ihre Beine. Betäubt nach dieser stundenlangen Fahrt stand sie plötzlich im Nirgendwo, hatte weder etwas zu trinken noch Essen dabei. Das Handy hatte keinen Empfang, es war später Nachmittag, in vier Stunden würde es stockfinster sein.

Dann sah sie ihn den Weg herunterkommen, leicht hinkend, das karierte Hemd schlotterte um die Hüften, bereits ein Fremder. Er winkte, wenn auch nicht gerade fröhlich. Keine Umarmung, sondern Küsschen.

Gut, dass du da bist.

In der Viertelstunde, während sie hinter ihm den Berg hinaufkraxelte, wurde ihr klar, dass sein Redebedürfnis verschwunden war. Nach einer halben Stunde gelangten sie auf einen Kamm, wo ein Weg sie zu einer Hütte, einem ausgebauten Stall führte, dessen Tür offenstand. Ein großer Raum, der durch eine dünne Holzwand in ein Schlafzimmer und einen Wohnraum mit Kochnische unterteilt wurde. Dunkles, rohes Holz, das noch immer etwas nach Ziegenmist roch. Natürlich, er wohnte ja nicht im Grand-Hotel am Lago Maggiore! Lisa war durstig, wütend und erschöpft. Sie ging zum Brunnen und hielt ihr Gesicht unters kalte Wasser.

Nun werkelte er mit einem Taschenmesser am Hals einer Weinflasche herum, bis der Korken brach und er ihn mit den Zähnen herausziehen musste. Früher hatte er beim Öffnen einer Flasche Wein einen halben Roman analysiert, jetzt saß sie fremdelnd vor einem unbeholfenen, einsilbigen Stümper. Vergeblich schaute sie sich nach einem Fernseher um, nach einem Radio, da war nichts. Doch, neben dem Küchentrog stand ein kleiner, batteriebetriebener Empfänger. Keine Bücher. Er bemerkte ihren Blick und sagte, er sitze gerne zum Nachdenken am Tisch und lasse das Radio laufen. Auszeit vom Ich.

Sie stellte sich vor, wie er den Fliegen nachschaute, die über seine Teller und Tassen tanzten.

Du musst hier oben schlafen. Du kommst heut nicht mehr ins Tal, sagte er, und sie hörte das Rascheln einer Maus im Gebälk. Du kannst mein Bett benutzen, ich schlafe unter freiem Himmel.

Ich denke jetzt nicht ans Schlafen, sagte sie, ich bin ja eben erst gekommen.

Er schwieg.

Ich möchte wissen, wovor du davonläufst?

Ich denke darüber nach, was passiert ist.

Warum hier?

Ich habe drei Tage lang ein Zimmer im Tal gesucht, aber es war überall zu lärmig. Stimmen, Schülerstimmen. Dann hat mir einer in der Osteria erzählt, es gebe hier oben ein freistehendes Rustico. So bin ich hier gelandet, aber einfach ist es nicht.

Das sehe ich, sagte sie und ließ ihren Blick über die Sense, die Schaufeln und Spaten, die Bottiche und Schubkarren schweifen, die im Halbdunkel neben der Hütte standen. Wollte er Kleinbauer werden? Sie war hier, um ihn zurückzuholen.

Er machte ein Feuer.

Es raschelte im Gebüsch, das Feuer knackte, es hätte romantisch sein können. In ihrer Kniekehle brannten Mückenstiche. Natürlich hatte er keinen Insektenspray. Eine Zahnbürste, einen Rasierer, den er aber offenbar nicht benutzte. Verwilderung, er strebte eine Art Verwilderung an, sicher nach einem literarischen Vorbild.

Was hat dir Nadias Mutter vorgeworfen?

Ihr hat offenbar mein Unterricht nicht gepasst.

Deswegen nennt man jemanden noch nicht Monster.

Sie hat nichts von ihrer Tochter verstanden.

Lisa nahm einen großen Schluck Wein aus der bauchigen Flasche.

Frau Breitenmoser lebt in ihren Fantasien, sie hat sich seit dem Weggehen ihres Mannes aus der Realität verabschiedet. Vielleicht glaubte sie, ich hätte Nadia und Karman zusammengebracht, was weiß ich.

Für mich klang es eher so, als wüsste sie etwas, das ich nicht weiß.

Sie weiß nichts, sagte er entschieden.

Lucas, wie nahe war dir Nadia?

Er schwieg. Ein Schweigen, mit dem man den Himmel verriegeln konnte. Vielleicht stand er noch immer unter Schock.

In der Nacht standen sie draußen, um zu rauchen. Im Tal flackerten die Lichter wie verirrte Sterne, ein kühler Wind strich um ihre Beine. Wie einsam muss man sein, Tag und Nacht hier oben. Da stand er nun mit seiner vermeintlichen Schuld und wartete, dass sie geringer wurde.

Wer war Nadia für dich?

Er hustete. Aber er bemühte sich, zu antworten.

Sie war sicher kein Erfolgskind, keine Blenderin. Sie fiel mir auf, als sie diesen Satz aus der »Klugen Else« zitierte. Weißt du, da redest du jahrelang auf diese Köpfe ein, ohne dass etwas passiert, und eines Tages kommt jemand, der dafür empfänglich ist, den du mit deinen Worten erreichst, den die Geschichten bewegen, der gerne liest und dessen Seele sich von der Literatur ernährt. Sie hielt einen Vortrag, der mich überraschte.

Ihre wütende Weigerung, selber einmal Kinder haben zu wollen, erschreckte mich. Steckte dahinter ihre Sorge um die Welt, ihr Engagement, oder hatte sie einfach Angst vor dem Leben? Ich fragte mich, wie viel Zukunft sie in sich hatte, ob ihr Leben mehr war als ein Überleben von Monat zu Monat. Sie schrieb einen Aufsatz, in dem sie ihren Selbstmord ankündigte. Da ging meine Sorge vielleicht zum ersten Mal in Zuwendung über, wer will das letztlich auseinanderhalten.

Das mag ja sein. Aber es erklärt nicht, warum du dich jetzt vor mir und der Welt verkriechst.

Sie hörte, wie er Luft durch die Nase einsog. Warum nur saßen sie hier draußen im Finstern mit Wolldecken um die Schultern wie die letzten Mohikaner, anstatt sich in einem geheizten Raum wie zwei zivilisierte Menschen zu unterhalten?

Sag mir, warum du an ihrem Tod schuld sein solltest.

Er zog ein kariertes Taschentuch hervor und putzte sich die Nase.

Hat Nadia Medikamente gegen ihre Depressionen genommen? Gewisse Medikamente erhöhen die Suizidgefahr.

Nein, nein, Depressionen, Medikamente, nichts davon hat sie umgebracht.

Du sagst mir nicht alles!

Plötzlich schreckte sie das trockene Flattern einer Fledermaus auf. Das Tier hatte sich in der Hängematte verfangen, die er zwischen zwei Holzpfosten aufgespannt hatte.

Wieder dieses Biest, rief er, rannte zur Tür und fuchtelte mit seiner Taschenlampe herum, bevor er das verängstigte Tier aus dem Netz befreite.

Weißt du, es gibt im Tessin mehr Fledermausarten als

im Norden, sagte er. Das eben war mein kleiner Abendsegler, der sonst gern in den Selven unterwegs ist.

Was sind Selven?

Kastanienhaine. Bei meinem Kleinen hat das Radarsystem ausgesetzt. Er weiß nicht mehr, wo er hingehört. Den ganzen Tag hängt er in meinem Schlafraum an einem Balken, und wenn es dunkel wird, flattert er los. Mich faszinieren seine großen Ohren, mit denen er die Schallwellen abfängt. Er kann mit diesem Echolot sogar feinste Drähte und fliegende Insekten orten. Er kalibriert seinen inneren magnetischen Kompass nach der Position des Sonnenuntergangs.

Luc, für Momente wieder in seiner Lehrerpose! Und alles andere war wie weggewischt.

Und wie geht es deinen Fotoarbeiten?, fragte er fast fröhlich.

Ich arbeite hart. Erinnerst du dich an das Modell, das ich bestellt hatte?

Er schenkte zwei neue Gläser Wein nach.

Ich habe jetzt einige Zeit mit ihm gearbeitet. Es ist jemand, den du kennst: Karman. Er hat sich bei mir gemeldet.

Luc starrte einen Moment ins Gebüsch, als würde ihn im nächsten Augenblick ein Tier anfallen.

Ich wusste gar nicht, dass der sowas macht.

Er braucht Geld, seinem Vater wurde die Lizenz entzogen.

Er hat Nadia besser gekannt als ich. Ich hielt ihn immer für arrogant. Dabei hat er diese seltene Krankheit, Narkolepsie. Auch das war ein Irrtum.

Luc schien sich nicht weiter für Karman zu interessieren. Und auch nicht mehr für sie.

Bist du müde?, fragte er

Sie wollte jetzt noch nicht schlafen gehen, aber seine Einsamkeit schien plötzlich so groß, dass eine Verlegenheit zwischen ihnen entstand. Er wusch das Geschirr ab, und es wäre unmöglich gewesen, ihm zu helfen. Sie waren nicht zusammen im Urlaub hier, das hier war ausschließlich seine Welt. Sie legte sich ins Bett und schlief ein. In der Nacht wurden ihre Träume von Tieren ohne Gesicht bevölkert. Sie grasten stumm neben ihr auf einer Weide.

Am Morgen erwachte sie früh, aber sie stand nicht auf. Sie war wie gelähmt. War ihre Beziehung wirklich am Ende? Halfen auch die Gewohnheiten nicht mehr? War dieser Selbstmord, der sich in ihr Leben fraß, die letzte Erschütterung gewesen, die ihre Ehe wie ein falsch konstruiertes Gebäude einstürzen ließ?

Als sie aus dem engen Raum hinaustrat, saß er am Tisch. Er hatte ihn liebevoll gedeckt, mit Brot, selbstgebacken, und Eiern, dazu Tee, auch Ziegenmilch. Heroisch, wie sie fand, ein Zeichen von Liebe. Aber er ging jeder Berührung mit ihr aus dem Weg, stand immer mindestens einen Meter von ihr entfernt. Aus Höflichkeit, aus Respekt.

Bald einmal tanzten Fliegen über den Tellern.

Sie frühstückten, dann brach sie auf. Sie musste gehen, musste ihn zurücklassen. Sie hatte nichts erreicht.

***

Als sie zuhause ankam, bemerkte sie, dass ihr Fahrrad nicht mehr im Vorgarten stand. Man musste es gestohlen haben! War der Dieb möglicherweise auch ins Haus eingebrochen?

Sie wollte die Polizei rufen, schloss aber dann doch

vorsichtig die Tür auf. Wie war sie erleichtert, als alles an seinem Platz war. Sie war empfindlich geworden gegenüber Verlusten.

Drei Tage später klingelte es an der Haustür. Ein Junge mit hochgeschlagener Kapuze stand mit ihrem Fahrrad vor der Tür.

Bringe Ihr Fahrrad zurück. Heiße Fabian, sagte er.

Ich wusste nicht, dass ich es ausgeliehen hatte, sagte sie.

Er stellte das Fahrrad in den Vorgarten, dann hob er eine im Gebüsch liegende Sporttasche auf und hängte sie sich über die Schulter.

Ist Herr Brenner da?

Herr Brenner ist im Urlaub, antwortete sie in weniger ironischem Ton.

Er fragte, ob er hereinkommen dürfe. Sie erinnerte sich an seine Geschichte, an den Vorfall auf dem Bahnhof, bei dem er niedergeschlagen worden war. Luc hatte ihr davon erzählt. Auch von seinem Lauf über die Gleise, den Kamin hinauf, davon hatte Luc nach seinem Besuch im Spital berichtet. Sie bat ihn herein. Er setzte sich auf die Kante des Küchenstuhls, fuhr sich alle dreißig Sekunden nervös durch die Haare, sie schenkte ihm ein Glas Mineralwasser ein.

Wie geht es Ihnen, sind die Verletzungen ausgeheilt?

Geht prima, erwiderte Fabian und hob mit zitternder Hand das Glas.

Warum wollten Sie Lucas sprechen?

Die Sache ist die.

Sein Blick huschte in eine Zimmerecke.

Bin von zu Hause ausgezogen. Meine Eltern. Und Herr Brenner war der einzige Lehrer, der mich im Spital besucht hat, da dachte ich.

Ihre Eltern? Lisa fragte vorsichtig.

Nun, ich wollte Herrn Brenner fragen, ob ich ein paar Tage bei ihm wohnen könnte. Aber jetzt ist er nicht da.

Fabian war achtzehn geworden, und sein Vater hatte ihn vor die Tür gesetzt. Er war der Meinung, dass ein Volljähriger seinen Lebensunterhalt selber verdienen müsse. Sein Vater, Kantinenkoch und im Nebenberuf Abwart, hatte Fabian ein Ultimatum gestellt, dass er neben der Schule arbeiten müsse, um zuhause für Zimmer und Essen einen Beitrag zu leisten. Da erinnerte er sich an Lucas Brenner, den er eigentlich immer in Ordnung gefunden hatte. Grundsätzlich, sagte er, verstehe er seinen Vater, dessen Argumenten auch die Mutter beipflichte. Andererseits fehle ihm im Moment die Zeit, neben der Schule noch Geld zu verdienen.

Wie geht es in der Schule?

Suboptimal.

Sein Blick versank in einer Ritze des Holztisches.

Lisa wollte Fabian nicht abweisen. Seine Anwesenheit würde das Haus beleben und seine Gesellschaft würde sie ablenken. Sie zeigte ihm die wichtigen Vorrichtungen im Haus, das Bad, den Kühlschrank. Er versprach mehrmals, sie nicht zu stören, dann ging sie ins Atelier. Als sie am Abend vom Einkauf kam, stand Fabian in der Küche und wusch seine Socken, seine Unterwäsche und seine Haare mit dem Geschirrspülmittel. Sie zeigte ihm, wie er die Waschmaschine im Keller zu bedienen hatte, und fragte sich, auf welchem Wissensstand in Haushaltsdingen sich der Junge befand. Fabian hatte über hundert Apps auf seinem Handy, konnte aber keine Karotte schälen.

Er nahm ihre Zurechtweisungen entgegen, bedankte sich, wo es nur ging, und versuchte zu lernen. Er genoss ihre Ratschläge als eine besondere Form der Zuwendung. Sie machten eine Pizza. Mit umgebundener Schürze flatterte sie durchs Haus und stellte fest, dass die Möbel wieder nützlicher wurden. Fabian schnitt Tomaten. Sie öffnete eine Büchse Artischocken. Fabian staunte, er habe nicht gewusst, dass es Artischocken in Büchsen gebe.

Danach fragte sie ihn, ob er gern Science-Fiction-Filme schaue. Fabian nickte ernst, es war zehn Uhr abends. Sie konnte ihn nicht ins Bett schicken, obwohl sie schnell merkte, dass er Science-Fiction-Filme hasste.

***

Sie kam meistens erfrischt und voller innerer Bilder aus dem Atelier zurück, sie arbeitete gut. Sie war bei einem Fußballmatch gewesen und hatte dort fotografiert. In der Fankurve in der aufgeheizten Schlussphase eines Spiels. Eine Mutprobe, die sie bestanden hatte. Sie war inmitten dieser verzerrten Gesichter gesessen, junge Männer außer sich. Dabei war ihr ein Doppelporträt geglückt, das sie nun im Atelier überarbeitete. Zwei Jungs, die ihre Köpfe aneinanderschmiegten, als wären sie ein Liebespaar. Erschöpft in ihrer Wut, erschöpft im Willen, ihren Frust loszuwerden.

Sie kochte vor, später würde Fabian vom Training nach Hause kommen und Hunger haben. Plötzlich stieß sie in einer Schublade auf einen Zettel: »Gewaltig endet so das Jahr Mit goldnem Wein und Frucht der Gärten.« Der Zettel, die Schrift von Luc, die Worte, alles brachte sie durcheinander. Wann hatte er das geschrieben, für wen, und warum war es hier vergessen worden? »Es ist der Liebe milde Zeit. Im Kahn den blauen Fluss hinunter. Wie schön sich Bild an Bildchen reiht. Das geht in Ruh und Schweigen unter.«

Sie stand vor dem angeschnittenen Laib Brot und war ergriffen.

Der Liebe milde Zeit? Um sie war laues Wasser. Ein Schritt, und sie drohte zu ertrinken. Er legte seine Arme um ihre Hüften, während er ihr leise das Gedicht ins Ohr flüsterte.

Der Liebe milde Zeit?

Sie heulte. Heulsuse! Sie musste sich zusammennehmen, sie war immer stolz gewesen auf ihre Contenance. Wie sie stets auf ihre Kleidung achtete, so wollte sie sich auch nicht mit undeutlichen Gefühlen herumschlagen.

Sie ließ den Brotlaib liegen, rief ihre ältere Schwester an und verabredete sich mit ihr zum Abendessen. Natalie ließ sie nie hängen. Gerettet kehrte Lisa zum Gedicht in die Küche zurück. Sie konnte die erste Strophe bereits auswendig.

Natalie trug eine neue Frisur, sie hatte sich die schwarzen Haare kurz schneiden lassen.

Da Alexander zu viele Haare hat, habe ich meine abgeschnitten, sagte sie und drückte ihrer Schwester einen dicken Kuss auf die Wange.

Lisa kletterte auf den Barhocker neben Natalie, die mit übergeschlagenen Beinen Calvados trank und Lisa mit der Frage, wann sie Luc endlich verlasse, vor den Kopf stieß.

Weswegen sollte ich?

Wegen der Affäre mit dieser Schülerin, von der du mir vor ein paar Monaten am Telefon erzählt hast.

Die Schülerin ist tot, sagte Lisa. Sie hat sich umgebracht.

Ach so, sagte Natalie fast etwas enttäuscht. Als Ärztin hatte sie ein routiniertes Verhältnis zum Tod.

Luc wird aus dem Tessin zurückkommen.

Wichtig ist doch nicht, was Luc macht oder nicht, sondern was du machst.

Erstens weiß ich nicht, ob es wirklich eine Affäre war. Zweitens hängt mein Verhalten doch davon ab, was es für ihn bedeutete, und drittens ist durch den Selbstmord eine neue Situation entstanden.

Meine Güte, sagte Natalie. Sie lehnte sich zurück. Du veränderst dich nie.

Warum sollte ich?

Sie fühlte ihren Körper hart werden wie einen Insektenpanzer. Immer hatte ihre Schwester ihr vorgemacht, dass sie besser wisse, wer Lisa sei, was Lisa zu tun, was sie zu lassen habe. Ein Grund, weshalb Lisa auf Distanz gegangen war.

Gestern hat mir eine Patientin einen Witz erzählt: Was macht eine Frau, wenn ihr Mann beim Kartoffelholen die Kellertreppe runterfällt und sich das Genick bricht?

Lisa schaute sie fassungslos an.

Nudeln!

Natalie lachte.

Was wäre, wenn er sich um dich bemühen würde?

Das ändert doch nichts, Natalie. Wer sich um wen bemüht, soll das über eine langjährige Ehe entscheiden?

Woher kommt dann dein schlechtes Gewissen?, fragte Natalie nun mit bohrendem Blick. Du hast doch ein schlechtes Gewissen, sonst würdest du sein Verhalten nicht tolerieren.

Ich weiß nicht, was zwischen ihm und ihr war. Er leidet, aber ich könnte nicht einmal genau sagen worunter.

Wenn man schon an der Ehe festhält, dann sollte man auch an ihr arbeiten. Du solltest ihn zwingen, mit dir eine Therapie zu machen.

Natalies Lieblingsvorstellung. Vor zwei Jahren waren sie bei einem Paartherapeuten gewesen, um den Redeanteil zwischen sich auszugleichen. Die Adresse hatten sie von Natalie, die über Beischlafblockaden und Abnutzungserscheinungen in Partnerschaften Bescheid wusste. Trotzig hatten Luc und sie die rustikale Altbauwohnung des Therapeuten betreten, waren über farbige Kissen, Schaumgummiwürste und weiche, gepolsterte Möbel gestolpert und hatten sich inmitten der verletzungsfreien Zone niedergelassen. Jeder hatte sein »Paargefühl« ausformulieren müssen, und sie, Lisa, hatte gesagt, eigentlich sei es ein gutes, starkes und lebendiges Gefühl, es gebe nicht wirklich Probleme, sie rede halt wenig. Sie rede den ganzen Tag, wenn sie abends nach Hause komme, wolle sie nicht noch weiter reden. Es gebe ein Menschenrecht auf Schweigsamkeit. Der Therapeut, Doktor Karst, hatte immerzu zustimmend genickt. Sie saßen alle drei auf niedrigen Schaumgummipflöcken, und bei jeder Bewegung sanken sie tiefer in die Schieflage. Der Therapeut in weißen Turnschuhen, weißem T-Shirt und beiger Cordhose blieb stets mit ihnen auf Augenhöhe. Alle zehn Minuten zog er den Rotz in der Nase und seine schwarzen Kniesocken hoch. Lisa versank immer tiefer in ihr Schweigen, ihre Worte steckten wie Brotbrocken im Hals fest, und sie konnte Karst kaum ertragen.

Nach der ersten Therapiestunde waren Luc und sie rauchend ins Freie getreten und hatten sofort erbittert zu streiten begonnen. Plötzlich waren die Worte nur so aus ihr herausgesprudelt. Jeder hatte dem anderen vorgeworfen, den Therapeuten für seine Zwecke einzuspannen. Sie waren getrennt nach Hause gefahren, aber zuhause hatten sie gleich wieder losgelegt. Sie hatte ihn in den Unterarm gekniffen, er hatte sie beschimpft, sie hatte die himmelblaue Tasse von der Côte d'Azur an die Wand geschmissen. Am Abend hatte er ihr zur Versöhnung ein Gedicht von Erich Kästner vorgelesen, »Sachliche Romanze«, und als das Paar ins kleinste Café am Ort ging und in den Tassen rührte, weil ihnen die Liebe abhandengekommen war, hatten sie einander geküsst.

Damit war das Kapitel abgeschlossen, weder sie noch Luc mochten sich gerne an die Paartherapie erinnern. Immerhin hatte Luc in einem Recht behalten: Worte konnten etwas auslösen, das Menschen einander näherbrachte oder voneinander entfernte.

Soll ich heute Nacht bei dir schlafen? Mein Puh ist auf Reisen, und das Bett ist kalt. Aber zuerst möchte ich sehen, was du für Arbeiten machst.

Du kannst im Atelier schlafen, auf meiner Matratze. Im Gästezimmer hat sich ein Junge aus Lucs Klasse eingenistet.

Nach Mitternacht gingen sie im Atelier die Fotos durch. Lisa legte Bild um Bild auf dem Boden aus und kommentierte, Natalie stand rauchend daneben, kniff die Augen zu und lachte zwischendurch laut. Lisa liebte ihre Schwester und spürte an diesem Abend doch wieder die alte Konkurrenz. Als Kind war es immer Natalie gewesen, die vorschlug, was man spielte. Natalies erste Puppe, nichts hatte sie sich heißer gewünscht. Natalies erste sexuelle Erfahrungen mit einem Jungen im Wald. Monatelang hatten sich ihre Gedanken damit beschäftigt. Und jetzt schaute Natalie ihre Arbeiten mit Verwunderung an, gar mit etwas Neid.

Kennst du das Mädchen auf diesem Bild? Kennst du seine Geschichte?

Ja, aber es ist eine Geschichte, die ich nicht verraten möchte. Ich will, dass sie alle ihre Geschichten behalten, nur das Bild zählt.

Sie zeigte ihr weitere Fotos. Letzte Woche wollte ich Langeweile fotografieren. Das Mädchen hier hatte wie üblich ein Handy vor sich, es starrte aufs Display, und das Gesicht war nach innen gefaltet. Diese Entspanntheit interessiert mich, weil sie nirgends ihren Ort hat, weder bei sich noch sonstwo. Viele Jugendliche haben dieses Gesicht. So viele, dass man meinen könnte, es sei das Jugendgesicht. Alle stellen sie dieses Gelangweiltsein aus.

Lisa legte das Bild weg.

Dieser Junge hier gefällt dir, nicht wahr?, fragte sie nach einer Weile. Ich meine, so wie er dich anschaut?

Lisa drückte ihre Zigarette aus.

Nein, um Himmels willen. Das ist ein Schüler aus Lucs Klasse.

Natalie schaute sie mit langem Blick an.

***

In der folgenden Woche griff Lisa zum Telefon, um Nadias Mutter um ein Treffen zu bitten. Sie solle zu ihr nach Hause kommen, sagte Frau Breitenmoser, sie gehe nicht gern außer Haus. Als Lisa klingelte, erschien eine alterslose Frau in einem modischen Hosenanzug und mit einem um den Kopf geschlagenen Frottétuch in der Tür. Die Wohnung war verdunkelt und, so viel sah Lisa, mit Nippes, Bildern, einem breiten Sofa und Kissen vollgestopft. Während Frau Breitenmoser, die sich für ihre Migräne entschuldigte, einen Kaffee kochte, studierte

Lisa die Fotos von Nadia und ihren Eltern, Momentaufnahmen aus einem offenbar glücklosen Familienleben. Frau Breitenmoser wartete nicht darauf, Lisas Anliegen zu erfahren. Sie zündete sich im Dämmer der Wohnung eine Zigarette an, leerte den Kaffee, schenkte sich ein Gläschen Likör ein und wanderte unruhig die Wände entlang. In seufzendem Ton zählte sie auf, was sie alles versucht hatte, um Nadia von ihrer absurden Neigung, aus dem Leben zu verschwinden, abzuhalten. Seit sie in die Pubertät gekommen sei, sei Nadia immer schwieriger geworden. Sie habe sich geritzt, dann wieder die Nahrung verweigert, sie habe nur Probleme gemacht. Ihre schulischen Leistungen seien zwar stets überdurchschnittlich gut gewesen, aber Nadia habe auch in der schweren Zeit, da ihr Vater ausgezogen sei, nie zu ihr gehalten. Nadia habe sich schon lange von ihr abgewandt, die Einsamkeit, in der sie lebe, sei unerträglich.

Die Frau redete, als wäre der Suizid ihres Kindes eine persönliche Kränkung. Lisas Blick schweifte verlegen durch die Wohnung. Überall hingen Bilder von Landschaften, in die man keinen Fuß setzen mochte.

Frau Breitenmoser stellte ein Foto von Nadia auf den Tisch, zwischen Likörglas und Flasche.

Nadia ist das einzige Kind, das ich unter meinem Herzen getragen habe.

Warum haben Sie auf der Beerdigung meinen Mann beschimpft?

Weil er meine Tochter noch tiefer in ihre düsteren Gedanken hineingetrieben hat. Erst seit sie ihn als Lehrer hatte, las sie diese Bücher über Suizid und hatte diese Vorstellungen von einem freien Leben im Kopf. Vielleicht hat sie sich deswegen das Leben genommen. Um ihm etwas zu beweisen.

Und Ihnen, hatte sie Ihnen nicht auch etwas zu beweisen?

Nach dem Suizidversuch hat sich Nadia mehr und mehr von ihren Freundinnen entfernt. Sie hat sich Leuten angeschlossen, die am Stadtrand ein Haus besetzt haben: Abschaum. Dorthin ist sie mit den wenigen Sachen gezogen, die ihr am Herzen lagen. Können Sie sich vorstellen, wie das ist, wenn die einzige Tochter mit ihrem Teddybären von zu Hause weg in ein Abbruchhaus zieht? Frau Brenner, ich stamme ursprünglich aus dem Osten, aus Polen. Ich bin als Flüchtlingskind mit meinem Vater in dieses Land gekommen. Dass meine Tochter einmal vor mir fliehen würde, ist für mich unbegreiflich.

Lisa hörte den Akzent erst jetzt.

Was ist eigentlich Nadias Vater von Beruf?

Versager.

Trotzdem war er ihr Vater. Sie hing offenbar an ihm.

Frau Breitenmoser zündete sich eine Zigarette an. Sie rauchte so gierig wie andere Leute aßen. Ihr Gesicht war leer, ihr Blick schob alles, was sich in der Nähe befand, zur Seite. Sie suchte nach einem Taschentuch, rutschte aus dem Polstersessel und ging zur Kredenz, um sich eine neue Likörflasche zu holen.

Vielleicht wollte Nadia frei sein, ein eigenes Leben ausprobieren, warf Lisa ein. Das ist normal für eine Achtzehnjährige.

Nadia war doch ein Kind. Achtzehn, was heißt das schon? Vollgestopft mit Ängsten und Hemmungen. Manchmal hatte ich den Eindruck, dass sie gar nichts mit mir zu tun hatte, so verschieden war sie von mir.

Lisa wusste nicht, was sagen. Frau Breitenmoser schenkte auch ihr das Glas voll. Sie sah Frau Breitenmoser eine Sekunde lang tot neben dem Sofa liegen.

Ich habe ihr geholfen, ich war ihr Halt. Sie brauchte mich mehr als alles auf der Welt, verstehen Sie? Männer hätten sie nie verstehen können. Dieser Junge, ich weiß nicht, was sie mit ihm wollte. Ein unheimlicher Kerl.

Frau Breitenmosers Gesicht zerfiel. Lisa fror, die Wohnung war schlecht geheizt, die Gegenstände tot.

Nochmals, Frau Breitenmoser, ich bin hier, weil Sie beim Begräbnis vor aller Augen meinen Mann beschimpft haben. Warum haben Sie das getan?

Ihr Mann, Frau Brenner, hat Nadia gegen mich aufgebracht. Plötzlich hat sie gesagt, wie schrecklich ihre Kindheit gewesen sei. Seit mein Mann weg ist, habe ich Nadia versorgt und getröstet, ich habe alles getan, was ich konnte.

Man weiß nicht, sagte Lisa, wie Jugendliche vom Kindsein ins Erwachsenenalter kommen, durch wie viele Minenfelder sie hindurch müssen. Das war nicht nur für Nadia so. Es gibt einige, die auf diesem Weg ins Erwachsenenland tödlich verunfallen. Trotzdem muss man sie loslassen.

Loslassen?

Frau Breitenmosers Augen weiteten sich.

Was wissen Sie von den Ängsten einer Mutter, Sie wissen nichts. Sie kommen daher und plappern wie die im Fernsehen. Loslassen, wenn man vor Angst fast umkommt.

Frau Breitenmoser beugte sich wieder zum Zigarettenpäckchen vor.

Ich bin immer eine starke Raucherin gewesen, und es gibt keinen Grund, damit aufzuhören. Sagen Sie mir, wenn der Rauch Sie stört.

Nein, keineswegs, entgegnete Lisa. Hatten Sie Angst

davor, dass sich Nadia mit einem Mann einlässt, ich meine sexuell?, fragte sie in die Stille hinein.

Frau Breitenmoser schien die Frage zuerst gar nicht zu begreifen.

Nadia war noch ein Kind, ich habe es Ihnen gesagt. Sie war noch keine Frau. Dieser Karman und auch Ihr Mann, Frau Brenner, haben das nicht begriffen. Sie wollten, was alle Männer wollen: aus den Mädchen Frauen machen. Aber es gibt Mädchen, die können nicht Frauen sein. Nadia war noch ein Kind, sie war mein Kind. Ich habe sie zur Reinheit erzogen, das musste auch mein Mann akzeptieren. Deswegen ist er ja dann gegangen, weil er sich neben uns schmutzig vorkam. Aber jetzt ist Nadia tot. Jetzt muss man vergessen.

Lisa spitzte die Ohren. Was lag hinter den Worten »Reinheit« und »schmutzig«?

Aber Frau Breitenmoser schwieg und ließ ihren Tränen freien Lauf.

Lisa verließ fröstelnd die Wohnung.

***

Am nächsten Tag erhielt Lisa eine SMS von Deniz. Er fragte, ob sie ihn nochmals als Model brauchen könne, er habe Zeit und brauche Geld. Lisa strich mit dem Finger über die Nachricht, als könnte sie damit ihren Hintersinn erfassen. Warum sollte sie ihn nicht wieder engagieren, da Katrin es sich nicht nehmen ließ, sie finanziell zu unterstützen. Aber sie hatte ihn seit dem Begräbnis nicht mehr gesehen, nicht mehr gesprochen, sie hatte jeden Kontakt gemieden, weil sie nicht wusste, wie sie ihm begegnen sollte. Er trauerte um Nadia, sie trauerte um ihre Ehe. Sie schickte eine SMS zurück und schlug ihm den kommenden Tag für ein Shooting vor. Zunächst musste sie sich aber um den anderen jungen Mann kümmern, Fabian. Der saß in der Küche, versunken in ein Buch über den Ramadan.

Willst du fasten?

Nein, denke nur darüber nach, zum Islam überzutreten.

Lisa wollte Fabian in seiner ganzen Verwirrtheit ernst nehmen und verwickelte ihn in ein Gespräch. Fabians Ideen zum Islam und zur Zukunft waren ziemlich bunt. Irgendwann wiegte er seinen Kopf und sagte, in seinem Schädel herrsche eine Bruthitze. Es stellte sich heraus, dass er seine Hausaufgaben nicht bewältigte. Er starrte auf sein Smartphone, das zwischendurch wie eine wild gewordene Biene surrte. Prinz schickte Lösungen, gegen Entgelt. Lehrer, sagte Fabian und wählte einen Ton, als spräche er von Irrenhäuslern, hätten keine Ahnung, wie gut man sie mit dem Smartphone bescheißen könne. Für Geometrieprüfungen fotografiere er die Unterrichtsmaterialien, die er so abrufbar auf dem Phone habe. Mira habe eine Grammatikapp für Englisch, mit der sie alle Aufgaben mühelos schaffe. Dürfe man während einer Prüfung Musik hören, dann lasse man sich einfach von jemandem anrufen, dem man die Aufgaben vorher per SMS gesendet habe. In den Fremdsprachenfächern gehe gar nichts mehr ohne Smartphones.

Ob er bei Lucas auch gespickt habe?

Fabian sagte, das sei bei Herrn Brenner nicht nötig gewesen, erstens habe er kaum Wissen abgefragt, zweitens hätte er es sofort gemerkt.

Katrin rief an, um zu fragen, ob Lisa Fotos von ihr machen könne. Lisa war froh um jede Ablenkung, sie merkte, wie sehr das Treffen mit Deniz sie nervös machte. Also sagte sie ihr für den nächsten Morgen zu, schließlich hatte ihr Katrin mehr als genug geholfen.

Natürlich wollte Karin in der Ausstellung vorkommen. Sie war eine intelligente, verwöhnte und unsichere Frau von zweiundvierzig Jahren. Ihr Vater ein Drahtindustrieller, ihre Mutter eine überzeugte Calvinistin. Katrin hätte gerne etwas aus sich gemacht, indem sie Lisa unterstützte; außer für Lisa tat sie nie für jemanden etwas. In der ersten Zeit nach Maxens Auszug entwickelte Katrin Allergien, mit denen sie sich die Männer vom Leibe hielt. Sie lebte in einem mageren Körper, den sie gern neben üppige Blumensträuße stellte. Es gab Männer, die stürzten sich auf ihr apartes Gesicht, ohne ihren komplizierten Körper zu beachten. Einige arbeiteten sich bis zur Erschöpfung an ihr ab; Katrin war geizig, das sah man an ihrem Knochenbau.

Ihr Gesicht war schön und klar, aber nicht einfach zu fotografieren. Feine Züge, fast mädchenhaft weich, elegant und dennoch sparsam. Aber es zeigte keine Gefühle. Lisa scheiterte, sie brachte in Katrins Gesicht nur ein snobistisches Selbstmitleid zum Vorschein. Das war unfair und hatte nur mit ihr, Lisa, zu tun. Sie hätte gerne jene Frau gezeigt, die verletzlich war, aber mit Stil. Die mit Würde über Verluste hinwegschritt. Aber das gelang ihr nicht. Und dazu kam noch etwas, das Lisa überraschte: Katrin kannte sich selbst nicht. Sie lief vor ihrem Bild davon. Sie sah sich selber jünger oder tougher oder was auch immer. Nach den ersten Aufnahmen, die sie sich zusammen am PC anschauten, weigerte sich Katrin, weiterzumachen, und erging sich in Ausflüchten.

***

Kaum war Katrin gegangen, stand Karman ungeduldig in der Tür des Ateliers. Er fragte, ob sie die neue Serie, von der sie damals gesprochen hatte, mit ihm heute beginnen wolle.

Damals?, fragte Lisa, obschon sie gleich wusste, dass Deniz die Zeit meinte, als Nadia noch lebte. Ja, ich habe noch immer eine Porträtserie im Sinn, sagte sie in mildem Ton. Ich möchte deinen Kopf aus allen Blickwinkeln aufnehmen, wie wenn es sich dabei um einen Globus mit einer eigenen Geografie handelte. Deniz lachte, die Idee schien ihn zu amüsieren. Lisa nahm das Lachen als Einverständnis: sein Einverständnis, hier zu sein und hart mit ihr zu arbeiten.

Wie geht es Herrn Brenner? Kannst du ihm ausrichten, dass ich für die aufgerundete Note danke? Warum unterrichtet er nicht mehr? Man sagt, er sei krank?

Sie nahm seinen Kopf in ihre Hände, rückte ihn ins Licht und befahl ihm, sich zu entspannen.

Er macht einen Studienaufenthalt im Ausland, sagte sie. Bis Anfang März muss ich die Ausstellung auf die Beine gestellt haben. Das heißt, ich muss mich ganz auf meine Arbeit konzentrieren! Dann trat sie hinter die auf dem Stativ befestigte Kamera.

Sie fotografierte ihn, bis er erschöpft zu Boden ging. Sie frohlockte, ihn so zu sehen. Die letzten Wochen hatte sie öfters Schlafende geknipst und war hinterher beim Betrachten der Bilder fasziniert gewesen, was diese Gesichter alles offenbarten. Halbwüchsige im Zug, in der Straßenbahn, auf Bahnhöfen, in Parks; sie zogen sich wie in einen Uterus zurück. Sie hatte sich die Mühe gemacht, so lange zu bleiben, bis die Schläfer erwachten. Unter den Schläfern hatte sie Könige ohne Reich entdeckt, Fische, die an Land geworfen wurden, Kinder, die nicht zur Welt kommen wollten, Mumien, eingesargt in den tiefsten Wunsch des Menschseins, den des Vergessens. Sie sah Jugendliche in den Schluchten ihrer Enttäuschung, in ihrem Ungenügen an sich selber, in ihrem frischen und schrillen Narzissmus, der den Selbstekel nur leicht überdeckte. Diese Serie wollte sie mit Deniz weitertreiben.

Nach drei Stunden, in denen er mehrmals kurz eingenickt war, waren sie beide erschöpft. Sie verabschiedeten sich glücklich, froh, dass sie nicht über Nadia hatten sprechen müssen.

***

Als er nach Hause kam, stand sein Vater mit zwei gepackten Koffern in der Küche. Seine Mutter war erkrankt und lag im Spital. Eine komplizierte Frauengeschichte, nichts Lebensgefährliches, doch der Vater musste nach Istanbul. Wann er genau zurückkehren würde, wusste er nicht. Die Mutter musste unters Messer. Der Vater stellte die Koffer neben den Kühlschrank.

Wie soll ich so an die Milch herankommen, fragte Deniz, wenn du alles verstellst?

Sein Vater trug die Koffer wieder zurück ins Schlafzimmer.

Warum hast du zwei Koffer gepackt? Ich komme nicht mit.

In einem sind Kleider, im anderen Geschenke, sagte Mezil.

Aber die haben doch alles, was wir hier haben. Bald sind die in der EU und wir nicht.

Die Waren hier sind von besserer Qualität, sagte sein Vater.

Bist du bis zum Elternabend zurück?

Ich weiß es nicht, mein Sohn.

Am nächsten Elternabend würde sicher bereits das Wort »Matura« fallen. Sein Vater würde ihm fehlen. Er würde ihn morgens nicht mehr am Küchentisch antreffen, wo er schwarzen Kaffee trank und Kreuzworträtsel löste. Er würde den Duft der Zigaretten vermissen, sein Schimpfen, wenn etwas nicht nach seinem Kopf ging. Diese wunderbare, bunte, ungeordnete Wohnung mit den vielen Aufklebern von türkischen Fußballklubs, von Bildern der Schweizer Alpen, von Özel und Pinar und der restlichen Verwandtschaft an den Wänden würde ohne seinen Vater zu einer kleinen Schuhschachtel ohne Fenster werden. Und wenn er die Schule nicht schaffte, weil er niemanden mehr hatte, der mit ihm lernte, dann würde auch die Aussicht auf die Dächer der Stadt trostlos werden.

Sein Vater hatte mit Onkel Alper gesprochen. Zweimal die Woche, am Mittwoch und am Sonntag, würde er bei ihm, Alper, zu Abend essen. Man werde die Woche besprechen, die Schulleistungen überprüfen, man werde die kommende Woche planen. Bis sein Vater zurückkomme, werde ihm Onkel Alper finanziell unter die Arme greifen. Aber er werde sich einschränken müssen.

Deniz wurde traurig. Er wollte seinem Vater Kaffee nachschenken, aber es war nur noch Satz in der Kanne.

Wann genau wird Mutter operiert?

Kann ich die Zukunft sehen?

Mezil schaute auf das Foto, auf dem die Mutter mit dem großen Kopf zu sehen war.

Wenn sie operiert ist, überdenkt sie vielleicht ihre Entscheidung und kommt mit. Nach einer Pause fragte er: Spielen wir hier eine Rolle? Geht es uns hier gut?

Deniz fand, dass der Umzug der beste Schachzug in ihrem Leben gewesen war.

Die frühere Schule und die Schule hier, sagte Deniz, sind nicht zu vergleichen.

Ich habe die deutschen Kunden lieber gehabt, sagte sein Vater. Mit denen konntest du die ganze Fahrt lang quatschen. Hier hocken alle auf dem Mund und geben kein Trinkgeld. Welche Rolle spielen wir hier? Im Vergleich zu den Leuten hier sind wir übrigens immer etwas rückständig, ist dir das auch aufgefallen? Kannst du dir vorstellen, moderner zu sein als die Leute hier?

Wir müssen nicht modern sein, entgegnete Deniz. Sondern wir selber. Ich könnte nicht in der Türkei leben, nie.

Du hast eine Braut dort, die auf dich wartet, lachte sein Vater. Lass uns einen Schnaps trinken. Viele auf der Welt sind rückständig. Die halbe Welt ist rückständig, also wir auch. Lass uns einen auf unsere Rückständigkeit trinken.

Sein Vater, der eigentlich das Zeug zu einem Ingenieur oder Professor gehabt hätte, verdrehte beim Herunterwürgen des Schnapses die Augen.

Dann stellte er sich ans Fenster. Erst jetzt fiel Deniz auf, dass er seinen besten Anzug trug, den dunkelbraunen mit den Streifen, als würde er heute gar nicht mehr ins Bett gehen. Sein Vater hatte sich unmittelbar nach dem Anruf aus der Türkei reisefertig angezogen, schon bevor er den Flug gebucht hatte. Jetzt stand er am Fenster und sah aus wie einer, der nur kurz vom Flughafen hierhergeeilt war, weil er etwas vergessen hatte.

Ich muss nochmals mit dir diskutieren, bevor ich deine Mutter sehe, erklärte er fast förmlich. Die Sache mit der Heimat ist doch eine schwierige Sache für uns.

Weißt du, wenn ich in der Türkei neben Mutter stehe, dann fühle ich mich nicht türkisch. Nicht so richtig türkisch wie hier.

Deniz merkte, dass sein Vater über etwas reden wollte, worüber sie seit ihrer Ankunft in der Schweiz nur gewitzelt hatten.

Und woran merkst du hier, dass du richtig türkisch bist?, fragte Deniz deshalb.

Indem ich in meinem Taxi nach Knoblauch stinke und an meinem Schnurrbart drehe. Vor meinen Kunden kann ich nach Herzenslust und Laune den Türken geben.

Du könntest es aber auch sein lassen, entgegnete Deniz.

Das ist kein Problem, Junge. Nur wenn ich neben Mutter stehe, weiß ich nicht mehr, ob ich wirklich zu ihr gehöre. Deswegen muss sie herkommen.

Deniz versuchte sich vorzustellen, wie es wäre, mit der Mutter in der kleinen Wohnung zu leben. Bis vor kurzem hatte er es für möglich gehalten. Heute konnte er sich nicht vorstellen, dass sich die Mutter hier zurechtfinden könnte. Aber seinem Vater sagte er das Gegenteil:

Menschen können verschiedenen Ländern angehören und doch zusammen sein, meinte er bestimmt. Es ist besser, wenn die Mutter zu uns kommt. Wenn ich türkisches Fernsehen schaue, dann würde ich lieber hier bleiben.

Eben, sagte der Vater, deshalb ist Heimat eine schlechte Idee für Leute wie uns. Wir haben unser Leben auf zwei Länder verteilt, und keines kann eine Heimat sein. Du wirst nach der Matura in ein anderes Land gehen, um Medizin zu studieren. Nach London, sage ich dir, oder nach Los Angeles, und dann ist Heimat eine noch schwierigere Sache. Du hast dich in dieses Mädchen verliebt, Nadia, und wenn die Sache nicht so herausgekommen wäre, dann hättest du sie geheiratet. Und wo hätten eure Nachkommen ihre Heimat gehabt?

Und während sein Vater weiterredete, verkrampfte sich Deniz' Herz. Ihre Liebe, davon war er überzeugt, war seine Heimat. Aber was war Nadias Heimat gewesen? Sie war nicht in ihrem Körper daheim, dachte er. Aber das war ein komplizierter Gedanke.

Sein Vater und er saßen die halbe Nacht zusammen. Am nächsten Morgen um neun ging der Flug nach Istanbul. Der Mercedes war schon bei Onkel Alper eingestellt, sein Vater wollte nicht, dass Deniz ihn zu Schrott fuhr, wenn er seine Mädchen ausführte. Sein Vater hatte keine Ahnung. Das einzige Mädchen, das er je ausgeführt hatte, war tot, und das Lebendigste, was er von ihr hatte, war ein Duft in einem veilchenblauen Taschentuch. Am Morgen sagte sein Vater nochmals, wie stolz er auf ihn sei. Er solle sich weiter Mühe geben, das sei die Zukunft.

Dann trug Deniz seinem Vater die Koffer nach unten. Ein Koffer voller Geschenke, der andere voller Kleider. Er dachte wehmütig an seine Mutter, er hoffte, dass man seiner Mutter die türkische Heimat herausoperieren würde, er wollte seine Mutter endlich neben sich haben.

Er fühlte die Einsamkeit wie Raureif an den Waden. Als Erstes kaufte er Vorräte ein, Tiefkühlpizzas, Schokolade, Konserven, Bier. Er putzte, und er kochte für sich, denn fehlende Disziplin wäre jetzt verheerend gewesen. Als sein Vater am nächsten Tag anrief, konnte er behaupten, dass die Wohnung in einem tadellosen Zustand sei. Besser in Schuss als vorher, sagte er. Plötzlich dachte er an Lisa. Wie wohl er sich fühlte, wenn sie ihm ihre ganze Aufmerksamkeit schenkte, ihn zum Objekt werden ließ, egal ob er wach, schlau, faul oder aufmerksam war. Er hatte Zutrauen zu ihr, sie war seine Fotografin.

***

Lisa öffnete die Tür und schaute sich nach Fabian um. Sein Schulranzen lag im Wohnzimmer, sein Zimmer war wie immer tadellos aufgeräumt. Auf seinem Nachttisch entdeckte sie Haufen von Schokoladenpapier. Sie suchte ihn im ganzen Haus, und als sie in der Küche am Fenster seine Nummer in ihr Telefon tippte, sah sie ihn plötzlich: Er stand auf einem Bein auf Frau Meierhans' Mauer. Die Backsteinmauer war drei Meter hoch und von Hans Meierhans, dem verstorbenen CEO von »Meierhans' Küchen und Santitäreinrichtungen«, als Blickschutz hochgezogen worden. Die Mauer war oben nur fußbreit, so breit wie jener Fuß, auf dem Fabian nun balancierte.

Wie oft schon hatte sich Lisa über diese Mauer aufgeregt. Als Hans Meierhans gestorben war, war Lisa nicht zum Begräbnis gegangen, sondern hatte Luc geschickt. Sie wollte sich die Kränkung, Meierhans' Antlitz auch noch im Sarg verdeckt zu wissen, nicht antun. Wir leben in der Stadt, weil wir die Menschen aus der Nähe sehen wollen, hatte sie zu Luc gesagt. Luc hatte den Kopf geschüttelt, ihre Sehnsucht nach Menschen komme letztlich aus ihrer Einsamkeit. Wer nicht rede, der sei primär einsam, und der erste Schritt zum Mitmenschen sei nicht das widerrechtliche Niederreißen einer Backsteinmauer, sondern das Reden.

Für sie war hinter der Mauer Niemandsland, und genau in dieses Niemandsland drohte Fabian nun zu fallen. Sie stand vor der Haustür und rief ihn an, um ihn nicht zu erschrecken. Als er sie sah, verzog er sein Gesicht zu einer freundlichen Grimasse.

Komm runter und hör auf mit diesem Theater!

Fabian stellte den einen Fuß vor den anderen und schaute sie misstrauisch an.

Total heiß hier!, rief er.

Null Grad, und du hast für deinen Ausflug nicht einmal einen Pullover angezogen.

Seine langen Arme schlackerten gefährlich.

Hier oben ist die Luft angenehm kühl, rief er.

Nun komm endlich runter, Junge! Ich kann nicht den ganzen Tag hier stehenbleiben!

Zu ihrer Verwunderung tänzelte er die Mauer entlang und schwang sich über den Baum, auf dem er gekommen war, in den Garten hinab.

Willst du dich auch noch umbringen?

Er zuckte mit den Schultern.

Kriegst du zu wenig zum Essen? Du isst ja kiloweise Schokolade.

Das kommt vom Kiffen, sagte Fabian.

Du hast mit Kiffen begonnen? Ausgerechnet jetzt, wo es dir mies geht?

Runterfahren, sagte Fabian, das hab ich von Nadia gelernt. Nadia hat immer gekifft, um runterzufahren. Sie war dann in so einem Aggregatzustand mittlerer Sensibilität, wie sie gesagt hat. Spürte nicht mehr jeden Nagel, den man ihr in die Haut schlug.

Wie gut hast du Nadia gekannt?

Lisa schaufelte die dampfende Lasagne auf den Teller, Fabian gab zu, dass er ziemlich in Nadia verknallt gewesen sei. Das sei ganz am Anfang gewesen, noch bevor Karman die Klasse aufgemischt habe. Er habe versucht, ihr seine Gefühle klarzumachen, später habe er sich auf hässlichere Mädchen konzentriert, was ja bekanntlich auch nicht geklappt habe. Nadia sah toll aus, sagte Fabian. Wahnsinnig schön. Und einmal hab ich sie singen hören. Sie stand in einer Garageneinfahrt, ich kam gerade auf dem Fahrrad vorbei, es war Sommer, Juni. Sie stand da und sang. Aus ihrem Mund kamen wahnsinnige Töne.

Fabian grinste.

Mit meinem Aussehen kriegst du nur Mädchen aus der zweiten oder dritten Reihe. Prinz sagt immer, ich sähe aus wie ein Elektrikerlehrling. Der hat Recht. Das Aussehen ist die Schiene, auf der fährst du durchs Leben.

Und Nadia, was hat ihr das Aussehen geholfen?

Sie wollte Opernsängerin werden. Nun ist sie's nicht geworden.

Hattest du denn das Gefühl, dass sie sich für dich interessiert?

Er schüttelte nachdenklich den Kopf: Sicher nicht! Nadia hätt' ich nie gekriegt, die wollte ja keinen. Samuel hat sich einmal an sie rangemacht, Samuel der Aufreißer. Ich hab Ihnen von dem erzählt, sein Vater ist Chefarzt und macht eine Menge Kohle, seine Mutter sieht toll aus. Die haben einen Swimmingpool im Untergeschoss, da hat er Nadia und mich eingeladen. Nicht weil er mich mochte, sondern weil Nadia sonst nicht mitgekommen wäre. Und da sind wir dann geschwommen, um Mitternacht, mit null Klamotten. Das hat mir ganz schön zu schaffen gemacht, Nadia nackt. Samuel hat immer gesagt, ich sei schwul, das sehe man mir an. Und später haben wir einen Joint geraucht, und er hat sich an Nadia herangemacht. Aber sie ist aufgestanden und ist allein nach Hause, mitten in der Nacht, allein durch das Wäldchen, und Samuel hat sich total aufgeregt und mir die Schuld gegeben. Aber Nadia war so, die hat auch Karman auf Distanz gehalten. Alle glaubten, die hätte einen Freund auswärts. War aber nicht so.

Lisa mochte Fabians Stimme, die trauriger wurde, je länger er erzählte. Sie sagte, seine Mutter habe angerufen, sie wolle, dass er heimkomme.

Will nicht. Wenn ich an zu Hause denke, krieg ich Kopfweh.

Von mir aus, sagte sie. Aber erklär das deiner Mutter bitte selber.

***

Weihnachten näherte sich, und sie hatte es nicht geschafft, Luc vom Berg zu holen. Er hatte ihr geschrieben, dass er einen Ofen gekauft habe und das Rustico sich ganz gut heizen ließe. Sie solle doch kommen. Letzte Weihnachten kamen ihr in den Sinn, der Aufenthalt im Ferienhaus, die Silvesterfeier. Sie konnte ihm die Bitte nicht abschlagen, obwohl sie am liebsten die Feiertage durchgearbeitet hätte. Aber es würde das letzte Mal sein, sagte sie sich, und fuhr am nächsten Tag los.

Wieder stand er auf dem Parkplatz, ruderte indes überschwänglich mit den Armen, als er sie heranfahren sah. Er umarmte sie, wie man eine langjährige Freundin umarmt, herzlich, und fuhr ihr mit der flachen Hand über den Rücken. Zusammen stiegen sie zur Hütte hinauf. Als sie ihn mit routinierten Gesten Kaffee kochen und danach versonnen an seinem Tisch sitzen sah, mit der Bedächtigkeit eines Korbflechters eine Zigarette drehend, wusste sie, dass er in seinem neuen Leben angekommen war.

Wann hat die Geschichte mit Nadia begonnen, Luc?

Hat sie je begonnen?

Er lehnte sich zurück.

Wir haben uns nie außerhalb der Schule gesehen. In den Pausen sind wir uns manchmal zufällig über den Weg gelaufen. In den Lektionen war sie oft nicht anwesend. Nur einmal, da sind wir zusammen auf eine kleine Wanderung gegangen.

Er stockte. Schaute sie für einen kurzen Moment so offen und erwartungsvoll an wie ein Junge, der erzählt, dass er eine Katze ertränkt habe.

Eine Wanderung? Ihr zwei allein?

Es war ein leerer Sommertag. Erinnerst du dich an die Woche, als du mit Katrin in Istanbul warst? Ich traf sie zufällig auf der Straße, sagte er und zündete sich die erloschene Zigarette an.

Seit wann rauchst du wieder so viel?, hätte sie gern gefragt, weil sie den Fortgang seines Geständnisses fürchtete. Du hast mir doch von Semestervorbereitungen erzählt, Gedichte am Morgen, Klassiker am Nachmittag.

Ich habe mir Sorgen gemacht, als sie sagte, sie habe die ganzen Sommerferien nichts vor. Stell dir vor, sechs Wochen, in denen du Tag und Nacht frei hast und auf die dümmsten Gedanken kommen kannst.

Sie wusste, wovon er redete. Sie war jetzt auch schon über zwei Monate allein.

Aber das fällt doch nicht in deine Zuständigkeit! Nadia war nicht deine Tochter!

Mag sein, gab er zu. Auf jeden Fall habe ich ihr eine Wanderung vorgeschlagen. Und am nächsten Tag sind wir los. Durch die Wälder der Solitude, am Fluss entlang, dann am Nachmittag bis zur Eggfluh hinauf.

Sie sah ein ungleiches Paar, das sich neckt. Sie rennt davon, er hinterher, sie fällt hin, er hilft ihr hoch.

Dann habt ihr gebadet?

Ja, jeder für sich.

Und welche Farbe hatte ihr Bikini? Ihre Frage klang spöttischer als beabsichtigt.

Er senkte den Blick auf die Tischplatte.

Wie nah seid ihr euch gekommen?

Luc gab sich einen Ruck und schaute ihr unsicher in die Augen: Also, wenn du schon alles hören willst. Es kam zu einem kleinen Zwischenfall, bei dem sie in eine Scherbe trat; ich habe ihr die Scherbe herausoperiert.

Und danach ging der Mailverkehr erst richtig los.

Du liest meine Mails?

Er schaute weg, als wollte er sagen, dass es damit genug sei. Es fiel ihr schwer zu glauben, dass es auf dem Ausflug zu keinerlei Annäherungen und Berührungen gekommen sein sollte. Lass es, sagte sie sich, es gibt doch keine Wahrheit, es gibt nur Versionen, erträglicher die eine, unerträglicher die andere.

Ich wollte nie etwas anderes, als Nadia vor dem Selbstmord schützen, sagte er. Es ist furchtbar, dass mir das nicht gelungen ist. Vielleicht habe ich sie dabei zu lieben begonnen, das kann passieren.

Du lügst, platzte sie entnervt heraus. Du hattest doch ein Verhältnis mit ihr. Aber wie hätte das auf die Dauer funktioniert? Hättest du sie nach der Schule heimlich getroffen? Wärst im Urlaub aus dem Restaurant geeilt, um ihr eine SMS zu senden? Hättest du Sitzungen, Kollegenausflüge erfunden, um dich mit ihr treffen zu können? Hättest du nicht darauf gedrängt, dass ihr zusammen Urlaub macht? Hättest du bei jedem Telefonat mit mir gelogen? Die Lüge zersetzt jede Beziehung.

Ich lüge nicht, beharrte er trotzig.

Warum glauben dann offenbar alle an der Schule, dass du mit ihr ein Verhältnis hattest? Warum ziehst du dich in den letzten Winkel zurück? Warum unterrichtest du nicht einfach weiter? Gut, dein Ruf ist angeschlagen.

Was geht mich mein Ruf an! Mein Versagen wiegt schwerer.

Du verschweigst mir etwas Wesentliches, ich kenne dich.

Wer könnte vom anderen sagen, dass er ihn kennt? Ist nicht das der Tod jeder Beziehung?

Er drehte sich von ihr ab, ging hinaus, um Holz zu hacken. Als es dunkel wurde, aßen sie zusammen, wie früher. Aber er hatte keine Gedichte mehr gegen ihr Schweigen. Das Schweigen war ihm jetzt willkommen.

***

Am nächsten Tag, dem Weihnachtstag, spannte sich der Himmel wie ein polaroidblaues Tuch über die Berge. Alles war wie hingemalt.

Sie saßen in der Sonne und frühstückten. Er fragte, ob sie Lust auf einen Spaziergang habe. Durch die Kastanien. Sie wollte eigentlich zurück in die Stadt, um zu arbeiten. Sie müsse arbeiten. Er überhörte ihre Worte, obwohl es die Gelegenheit gewesen wäre, sich einmal nach ihrem Alltag zu erkundigen. Aber er hatte schon einen Aussichtspunkt mit einer Kapelle im Kopf. Sie hatte keine Ahnung, was er im Schilde führte, aber sie hatte gutes Schuhwerk mitgenommen.

Er ging in flottem Tempo voran. Sie lauerte auf

Worte, auf Bemerkungen, die seine wahre Entfernung zu den Menschen anzeigten. Das Weltgeschehen schien ihm gleichgültig. Auch fragte er nicht nach seiner Klasse, achtete stattdessen auf seltene Blumen, legte seine Hand im Vorübergehen kurz an Baumstämme, um, wie er sagte, ihre Kraft zu spüren.

Sie gelangten auf eine Lichtung, wo sich unter einer Gruppe vergreister Bäume eine kleine Kapelle duckte. Mit sichtlicher Verlegenheit trat er vor den Altar, entzündete eine Kerze und kniete nieder. Verfiel in eine Andachtspose. Nach längerem Schweigen erhob er sich.

Ich wünschte manchmal, ich könnte noch richtig beten, wie früher.

Und wofür würdest du beten?

Dafür, dass die Toten uns Lebenden gut gesonnen bleiben, dort drüben im Nirgendwo.

Schließlich machten sie sich auf den Rückweg zu seiner Hütte, die verschneiten Berggipfel traten ringsum hervor, kalte, eisige Zungen, und sie sagte, bei Schnee-einbruch wäre ihm im Notfall in seiner Hütte kaum mehr zu helfen.

Er schüttelte den Kopf und ging zügig voran. Je länger sie in den Spätnachmittag hinein wanderten, desto lockerer wurde die Stimmung. Jetzt interessierte er sich auch für ihre Fotoarbeiten. Sie erzählte ihm von Katrins Kommentaren. Er hörte zu, neigte den Kopf, fragte, wie sie ihren Fortschritt, ihre Entwicklung zusammenfassen würde. Sie wich seiner Frage aus, sie wollte das, was noch frisch war, nicht zerreden. Sie erwähnte, dass sich Katrin bei einer Galerie für sie eingesetzt habe. Der Ausstellungstermin sei Anfang März. Bis dahin müsse sie versuchen, den Bildern eine Ordnung zu geben. Je länger sie redete, desto mehr wurde ihr bewusst, dass sie ihm von einer Verwandlung erzählte, die sie durchmachte.

Auf halber Wegstrecke, wo man eine Aussicht auf den Lago Maggiore wie auf die Maggia und die Melezza hatte, legten sie Rast ein, und sie spürte, dass er etwas erzählen wollte. Er druckste herum, schließlich kam er auf seine Kindheit im Tessin zu sprechen. Er sei eigentlich gern in diese Gegend zurückgekehrt, sagte er und erzählte von seinen Urlauben mit seinem Vater und der Mutter in einer kleinen Holzhütte, einem Rustico, so einem, wie er jetzt eines bewohne. Schon damals sei er gerne durch die Kastanienwälder gestreift. Sein Vater, ein schmächtiger Musiker, habe ihn gescholten, wenn er ausgerissen sei. Aber eigentlich sei er immer nur von seiner Mutter bestraft worden. Und zwar mit Schweigen. Sie konnte ihn allein dadurch bestrafen, dass sie tagelang kein Wort mehr an ihn richtete. Natürlich war es nicht das erste Mal, dass er von seiner Mutter erzählte. Aber diesmal weckten seine Worte ein anderes Interesse bei ihr als früher. Sie wollte mehr hören von seiner Mutter.

Seine Mutter sei eine große, knochige Frau mit langem schwarzem Haar und einem harten Blick gewesen, mit dem sie Steine zertrümmern konnte. Er lachte grimmig, hob einen Stein auf und wog ihn in der Hand. Steine zertrümmern sei auch ihr Beruf gewesen, da sie damals als *Steinmetzin* gearbeitet habe. Die weibliche Form gebe es zwar nicht, aber die Dominanz seiner Mutter lasse ihn noch heute alles verbiegen, um es ihr recht zu machen.

Lisa hatte seine Mutter noch kennengelernt, während sein Vater vor ihrer Zeit gestorben war. Allerdings hatte das gekrümmte, auf ein eindrückliches Gesicht geschrumpelte Mütterchen im Altersheim nichts von seiner früheren Stärke erahnen lassen. Nur die langen Haare hatte sie noch getragen.

Ich erinnere mich noch an ihre Haare!

Ihre Haare, lachte er. Sie habe viele Haare gehabt, sogar unter den Achseln lange schwarze Haare, etwas, das man sich heute nicht mehr vorstellen könne. Sein Vater, ein Sprödling, habe manchmal seine Nase in ihre Achselhöhle gesteckt, wenn sie, nachts am Feuer in den Himmel hinaufstarrend, mehr als eine Flasche Merlot getrunken hätten. Wenn seine Mutter Durst gehabt habe, dann habe sie mehr gesoffen als getrunken. Er erinnere sich, wie er vielleicht vier oder höchstens fünf Jahre alt gewesen sei, in einem Alter auf jeden Fall, in dem man noch auf den Arm genommen werde, wie er seiner Mutter den Zeigefinger in die Achselhöhle gesteckt habe. Er habe sie gekitzelt, bis sie loslachte, aber in Wahrheit wollte er nur ihre langen Achselhaare berühren.

Wieder lachte er, amüsierte sich. Natürlich seien ihm, da sie die ganzen Sommerferien und manchmal auch die Herbst- und Frühlingsferien zusammen in dieser Hütte auf engstem Raum verbracht hätten, auch ihre Schamhaare nicht verborgen geblieben. Mutter habe sich auch nie die Mühe gemacht, sie vor ihm zu verbergen, auch später nicht, als er in die Pubertät gekommen sei. Im Sommer sei sie am Morgen nackt an der Wasserstelle gestanden und habe sich mit eiskaltem Wasser am ganzen Körper gewaschen. Danach sei sie zu ihren Steinen gegangen. Nachmittags oder abends seien befreundete Paare mit ihren Kindern zu Besuch gekommen, und man habe zusammen gegessen, getrunken und gesungen. Seine Mutter sei religiös gewesen, aber nicht im Sinne einer Landeskirche. Sie habe sich von der

Natur verzaubern lassen, eine Art Naturreligion, habe in den Steinen, Bäumen und Bergen Gesichter gesehen. Ihr Pantheismus.

Ob er im selben Bett mit seinen Eltern geschlafen habe, fragte Lisa.

Sein Vater habe ihm ein Zimmer angebaut, und er habe diesen Raum ganz nach seinen Vorstellungen einrichten dürfen. Niemand habe ihn je betreten, ohne vorher anzuklopfen. Ein Bubentraum, sagte er und warf sich den Rucksack um, Zeichen dafür, dass sie weitergehen mussten. Die Wände voller eingefärbter Hühnerfedern, ein prächtiger Federschmuck für den Kopf, bei dem ihm seine Mutter geholfen habe. Köcher mit Pfeilen an den Wänden. Tagsüber habe er Karl May verschlungen, nachts habe er sich in Winnetou verwandelt und sei mit seiner Silberbüchse auf der Lauer gelegen. Er habe die Geräusche in der Nacht gut auseinanderhalten können. Schnell habe er herausgefunden, wie nah der Feind war und um wen es sich handelte. Und einmal sei doch tatsächlich einer eingebrochen, ein Fuchs ins Hühnergehege. Dem habe er mit seinen Pfeilen aber Zunder gegeben.

Ach ja, Tiere! In der Hütte hätten sie Tiere gehabt, jede Menge Hühner, die zwar dem Nachbarn gehörten, mit dem der Vater aber ein Abkommen getroffen habe, wonach sie sich jederzeit bei den Eiern hätten bedienen dürfen. Und einmal im Monat habe er dem Bauern ein Huhn zum Schlachten abgekauft. Er habe auch eine eigene Ziege besessen. Für die habe er das Jahr über etwas von seinem Taschengeld abgezweigt, ein Betrag, der dem Bauern ausgehändigt worden sei. Deshalb sei es seine Ziege gewesen. Sie habe auch sein Indianerhaus betreten dürfen. Als sie gestorben sei, habe er das Ziegenfell geerbt. Auf dem habe er dann, lachte er, zum ersten Mal onaniert.

Lucs Jugend, dachte sie, vielleicht wollte er schon immer dahin zurück. Ja, er hatte nie etwas anderes gewollt, als wieder jung zu sein. Auch die Art, seine Schüler wie Gleichartige zu behandeln, ging auf diesen Wunsch zurück. Er wollte am liebsten ein Junge unter Jungen sein. Er weigerte sich, älter zu werden. So schnell würde er nicht von hier weggehen.

Am Endes des Nachmittags bestand sie noch einmal darauf, dass er bald nach Hause kommen sollte.

Er flüchtete sich in Formeln, die sie kränkten. Irgendetwas in ihm schien ihm eine Rückkehr zu verbieten. Bevor sie schlafen gingen, entdeckte sie in der Ecke seines Zimmers Dutzende von leeren Weinflaschen. Und einen selbstgemachten Bogen mit einem Pfeil aus Haselnussholz.

***

Sie lag in Decken gehüllt unter dem Fenster, als ihr der Wind ins Gesicht fuhr. Mitten in der Nacht packte sie leise ihre Sachen, schlich an ihm vorbei und machte sich auf den Weg. Ein ungewöhnlich milder Dezemberwind begleitete sie, sie würde nie mehr wiederkehren. Noch war es dunkel, sie stieg in ihr Auto und fuhr langsam auf der gewundenen Straße talwärts. Jeder Kilometer, den sie sich weiter von ihm entfernte, tat gut. Sie stellte das Radio laut und hörte ein Stück neuer Musik, atonal, erinnerte sich an ihre Arbeit und freute sich auf das Atelier. Auf einmal sprang ein Etwas vor ihr auf die Straßc. Augen wie glühende Knöpfe, das Ungeheuer blieb mitten auf der Fahrbahn stehen. Sie zog die Schultern ein wie ein Kind, das sich vor einem heranfliegenden Ball duckt. Es galoppierte mit Leuchtaugen direkt auf sie zu. Statt auf die Bremse trat sie aufs Gas, bis ihr das Wesen ins Gesicht sprang. Die Windschutzscheibe färbte sich rot, kirschrot, zerlief purpurrot. Sie stoppte, das Ding rutschte mit einem plumpen Geräusch von ihrem Auto, und sie blieb sitzen. Die Schweinwerfer leuchteten in den Wald, auf bleiche Baumstämme, Nebelschwaden. Vor ihr, von der Schnauze der Kühlerhaube verdeckt, keuchte und kämpfte ein Tier um sein Leben. Sie betätigte die Scheibenwischer. In dem Moment, wo sie das Tier sah, musste sie sich übergeben. Es war ein junges Wildschwein, dem sie eine Seite aufgerissen hatte; es war auf der Flucht, ein Fleischlappen hing herab. Lisa begann zu weinen. Weit und breit kein Mensch, es dämmerte, halb sieben in der Früh.

Es wird ein milder Wintertag mit Nordföhn auf der Alpensüdseite, Sonnenschein. Die Radiosprecherin fügte an, dass Griechenland kurz vor der Zahlungsunfähigkeit stehe. Noch selten hatte Lisa das Versprechen von Sonne so leer empfunden. Sie sah die Blutspur, die sich bis zum Waldrand hinzog, legte den ersten Gang ein und fuhr zitternd weiter. Im Tal unten suchte sie eine Polizeistation auf, man schickte eine Patrouille hinauf, sie konnte weiterfahren.

Zuhause hatte sie einen Anruf von Lorenz auf dem Anrufbeantworter; er erkundigte sich nach Lucs Befinden. Seine Stimme, der warme Ton, klang fürsorglich. Sie reinigte das Wageninnere und fuhr dann in eine Waschanlage. Sanft kuppelte sie aus, schloss die Augen und vermisste Lucs Zärtlichkeiten. Die des anderen Luc, der noch immer zu ihr gehörte.

***

Nach den Weihnachtsferien machte sie sich auf den Weg zum Schulhaus, fuhr mit dem Fahrrad den Hügel hinauf, kahle Bäume säumten den Weg, die Kälte ließ sie die Jacke fester zusammenschnüren. Dann erschien der bleiche Sandstein zwischen den Stämmen, aus den Fenstern der Bibliothek drang dickes gelbes Licht, von dort, wo Luc mit Nadia gesessen und über Tod und Leben geredet hatte. Als sie die Gänge des alten Schulgebäudes durchschritt, atmete sie den Geruch von Linoleum, Staub und dem Schweiß Jugendlicher ein.

Lorenz empfing sie mit einem breiten, verständnisvollen Lächeln. Verständnis dafür, dass Lucas vorerst nicht an die Schule zurückkehren konnte.

Viele im Kollegium sind davon ausgegangen, dass Lucas mit der Schülerin ein Verhältnis gehabt hat, sagte er. Sein Engagement für Nadia war auffallend. Aber erst der unselige Artikel in der Schülerzeitung hat viele auf diese Vermutung gebracht; einem Lehrer, der es in Sachen Sexualität locker nimmt, traut man eben viel zu.

Lorenz' Mund wurde zu einem Strich.

Ich halte das alles für Unsinn, sagte er, und schon wieder klebte ein komplizenhaftes Lächeln in seinen Mundwinkeln. Ich bin aber froh, dass Lucas selber um Urlaub gebeten hat. Einen Lehrer aufgrund von Gerüchten zu beurlauben, ist nicht meine Sache.

Lisa horchte auf, und Lorenz fügte mit leicht verändertem Ton hinzu, dass sich eine Abklärung angesichts des tragischen Todes der Schülerin nicht einfach gestalten würde.

Ein Unwohlsein erfasste sie. Sie hatte den Verdacht, dass man Luc loswerden wollte. Am liebsten hätte sie seine Rückkehr angekündigt. Lorenz zog ihr einen Kaffee.

Rahm? Zucker? Lorenz zeigte Sorge, auch um sie. Sie konnte unmöglich zugeben, dass es ihr schlecht ging. Sie erzählte von der bevorstehenden Ausstellung. Lorenz fragte nach dem Namen der Galerie.

»My Name is your Name«, sagte Lisa leicht verlegen und wechselte schnell das Thema. Wie denn Lucs Kolleginnen mit dem Todesfall umgingen?

Lorenz bohrte seinen Blick in die Tapete. Wer lange genug unterrichtet hat, dem ist nichts Menschliches fremd, sagte er. Auch nicht das Tragische.

Sie schaute zu dem Bild von Géricault, von dem ihr Luc so oft erzählt hatte. Sah seinen nackten, verwundeten Körper auf dem Floß.

Lucas war ein ausgezeichneter Lehrer, sagte er. Man hat mir zugetragen, wie er sich einmal vor der Klasse auf den Boden geworfen hat, um den Werther zu geben. Es ist ja eine schwierige Klasse, ein richtiger Problemhaufen, aber er hat sie damit für sich eingenommen. Das hat mich beeindruckt. Da steckt viel Mut und Empathie drin. Lucas' Fähigkeiten als Lehrer sind unbestritten. Ich werde ihm ein gutes Zeugnis ausstellen können, falls er an einer anderen Schule unterrichten möchte.

Lisa merkte, dass er wie von einem Ehemaligen redete, milde, gütig und verzeihend. Hatte er ihm denn überhaupt etwas zu verzeihen? War es wirklich besser, wenn Luc nicht mehr zur Schule kam?

Der schwarze Kaffee tat gut. Die Figur rechts auf dem Bild rutschte rücklings vom Floß.

Lisa sagte, Luc hätte schon seit einiger Zeit Zeichen von Überarbeitung gezeigt. Sie log, offenbar war das Lügen wie immer die beste Art der Verständigung. Lorenz klopfte die Pfeife aus und hustete. Burnout, das Wort stand im Raum. Lorenz redete von Überlastung, aber ein kleines Zucken in seinen Mundwinkeln verriet, dass er nicht wirklich daran glaubte. Er schaute ihr in die Augen und sagte, dass sie beide sich alle Zeit der Welt nehmen sollten, bis die Dinge wieder im Lot seien. Er werde tun, was möglich sei.

Wenn ich dir behilflich sein kann, Lisa, dann lass es mich wissen.

Ich weiß nicht, ob Lucas je wieder unterrichten kann, hörte sie sich sagen. Das hatte sie auf keinen Fall aussprechen wollen.

Lorenz nickte und schaute plötzlich etwas verloren zum Géricault hinauf.

Auf dem Weg aus dem Schulhaus begegnete ihr Ruth Gimmel. Auch sie erkundigte sich nach Lucas' Befinden. Sie neigte ihren Kopf wie ein Vogel, noch bevor sie eine Antwort erhielt. Ihr, Ruth Gimmel, sei klar, dass Lucas jetzt mit den Nerven durch sei. Komplett durch die Wand, nach dieser Geschichte. Wenn man wüsste, worauf man sich einlasse, würde man früher die Notbremse ziehen, sagte sie. Sie habe ihm immer gesagt, man müsse sich abgrenzen. Man sei ja kein Therapeut und auch kein Pfarrer. Lucas brauche jetzt ein Timeout.

Lisa ärgerte sich über diesen arroganten Auftritt. Sie hörte sich sagen, dass Luc ein Semester an der Schweizer Schule in Rom unterrichte, das sei schon lange geplant gewesen. Ruth Gimmel entgegnete überrascht, davon habe er gar nie erzählt. Aber das sei ja großartig, sagte sie, man sei sich im Lehrerzimmer einig gewesen, dass ihm ein Tapetenwechsel nicht schlecht tun würde.

Das Pausenzeichen erklang, Ruth Gimmel musste sich von Lisa verabschieden. Man werde sich wiedersehen, sagte sie, und ganz herzliche Grüße bitte an Lucas, er fehle im Lehrerzimmer, ihr besonders.

***

In der folgenden Woche arbeitete sie fieberhaft. Die Ausstellung Anfang März wollte und wollte keine Gestalt annehmen. Sie brachte Ideen zu Papier und legte die Bilder im Atelier aus. Allmählich begannen die einzelnen Fotos miteinander zu kommunizieren, überraschende Bezüge stellten sich her. Sie probierte weitere Konstellationen aus, bis sie am späten Nachmittag erschöpft aufgab, das Joggingdress anzog, in den Wald fuhr und sich die Lunge aus dem Leib rannte.

Gegen Ende der Woche erlebte sie, wie sich die Bilder zu ordnen und zu gruppieren begannen. Sie kaufte sich auf dem Heimweg einen Blumenstrauß und stellte ihn auf den Küchentisch. Gewiss, sie war noch keine Künstlerin, das hätte sie nie von sich behauptet. Dazu bedurfte es einer ganz anderen Rücksichtslosigkeit; die Kunst musste einen zu Dingen zwingen, von denen man vorher nichts gewusst hatte. Aber die Devise lautete: arbeiten, nichts als arbeiten.

Bevor sie zu Bett ging, gönnte sie sich ein Glas Whisky und eine Zigarette. Sie hörte den Igel im Garten schmatzen, als würde er ihre Zufriedenheit parodieren. Entspannt schlief sie ein, wachte aber nach Mitternacht in Panik auf. Ihr Körper fühlte sich modrig an, wie trockene Erde, als wäre sie dabei auseinanderzufallen. Sie fuhr sich mit der Hand über die Brüste, Apfelbrüste, aber keiner war da, um das zu sagen. Sie schwitzte und wehrte sich gegen die Hitze im Unterleib.

Sie hatte einen Traum gehabt. Darin spazierte sie mit

Nadia einen wild schäumenden Fluss entlang. Nadia trug ein weißes Shirt, dessen Träger bei jedem Schritt herunterfielen. Um ihre Brüste spannte sich der an den Rändern vom Schweiß bräunliche Stoff des Leibchens. Ihre langen Beine steckten in Shorts. Es war Sommer, schwül, und sie führte Nadia an der Hand, als wäre sie ein Mädchen, das sich im Wald verirrt hatte. Lisa musste sie davor beschützen, in den reißenden Fluss zu steigen, dessen Wasser immer mehr anschwoll. Dann machte der Traum einen Sprung, und Lisa lag mit ihr am grünen Flussufer. Die Sonne stach ihr in die Augen, die Stimmung wurde heiter, unbeschwert und undeutlich. Nadia trug einen knappen Bikini. Lisa näherte sich ihr mit den Lippen, küsste sie. Der Kuss war begleitet von einem Gefühl durchdringender Lust.

Lisa wälzt sich, bis das fahle Licht des Morgens durch die Jalousien brach. Ein Gedanke steuerte von weit her auf sie zu und drang ihr wie eine Nadelspitze ins Gehirn. Sie wälzte sich im Bett und verlor den Gedanken. Sie schloss noch einmal die Augen, und der Satz tauchte wieder in ihrem Kopf auf: Er hatte sie geschwängert!

Wieso hatte sie die ganze Zeit ein Brett vor dem Kopf gehabt? Warum war sie nicht früher draufgekommen?

Sie zitterte. Konnte kaum mehr schlucken.

Es musste Anfang Juli gewesen sein, als sie in Istanbul war. Was hatte er ihr gesagt, wo er da war? Bei den Klassikern! Gedichte am Morgen, Romane am Nachmittag? In Wahrheit war er mit ihr in der Solitude baden!

Sie wählte Lucs Nummer, die Stimme auf der Combox antwortete: Nein danke. Und ja, bitte später. Der Rauch der Zigarette zog nicht durchs Fenster ab, sondern kehrte zurück in ihr Schlafzimmer. Die Bitterkeit im Mund tat gut. Sie musste sich beruhigen. Der Verdacht wurde tagsüber schwächer, ohne ganz zu verschwinden.

***

Für die Arbeit am Nachmittag hatte sie Deniz zu sich bestellt. Pünktlich um sechzehn Uhr, als das Licht im Atelier einen samtenen Saum um die Dinge legte, stand er vor der Tür. Sie erklärte kurz, worum es ging. Aber er brauchte nicht viel zu wissen, um das Richtige zu tun. Sie setzte ihn auf einen Schemel, umkreiste ihn vorsichtig mit der Kamera. Sein Kopf war wie eine Landschaft, er veränderte sich, je nachdem, welchen Winkel, welchen Filter und welche Tiefenschärfe sie wählte. Sie holte seine Kanten heraus und ließ einen Teil des Gesichts verschwinden. Sie musste dabei nicht viel denken; sie konnte Deniz einfach so fotografieren, wie sie ihn sah. Folgsam begab er sich in eine andere Pose, stützte den Kopf mit einer Hand, ließ den Blick in die Ferne schweifen, schläfrig, gehorsam, träge wie ein Reptil. Er war schön, besaß eine reine, unantastbare Schönheit. Je länger es dauerte, desto mehr schien sein Kopf ihr zu gehören. Er wurde ihr vertraut. Manchmal fasste sie sein Kinn und rückte den Kopf in die Schräglage.

Fotografieren ist ja wie Tanzen, sagte er und sie lachte. Er musste aufstehen und die Arme verschränken, er musste direkt in die Kamera schauen und dabei an etwas Schönes denken. Seine Augen waren grün und unruhig. Dachte er an sie? Sie wollte, dass er nur an sie dachte.

Schließlich machte sie Schluss, weil das Licht abnahm. Sie gab ihm das Geld. Aber er wollte nicht gehen. Rückte schließlich damit heraus, dass er gerne mit ihr essen gehen würde. Sie schaute auf die Uhr. Dachte an zuhause, wo niemand sie erwartete. Er bestand darauf, sie in das türkische Lokal einzuladen. Sie lachte und sagte, das sei unmöglich. Warum?, fragte er. Wenn schon, sagte sie, dann müsste sie ihn einladen, sie sei um Einiges älter als er. Wenn sie einwilligte, nähme er das in Kauf, sagte er keck.

Sie gingen in das kleine türkische Restaurant. Dicke Butzenscheiben und pilzförmige Lämpchen mit Quaddeln schufen jene Vertraulichkeit, die sie immer als klebrig empfunden hatte. Auf einem Tisch in einer Ecke stand noch immer ein Weihnachtsbäumchen für die Gäste, blinkten elektrische Lampen. Deniz erzählte, dass sein Vater abgereist war. Dann wollte er mehr über ihre Arbeit erfahren. Sie erzählte von der Vernissage, von den ausgewählten Bildern, unter denen auch seine Porträts sein würden. Sie probte das Reden über die eigene Arbeit. Merkte, dass ihre Sicherheit im Praktischen weitaus größer war als ihre Fähigkeit, genau Auskunft geben zu können. Vielleicht würde sie nie richtig über das reden können, was sie machte. Es gab berühmte Künstler, die konnten vor ihren Bildern nur stammeln. Sie trank viel. Eigentlich wollte sie mit ihm gar nicht über ihre Arbeit reden. Er war ihr Model. Wenn er wusste, worauf sie aus war, wäre er nicht mehr brauchbar.

Warum hat sich Nadia umgebracht?, fragte sie.

Obwohl sie sich vorgenommen hatte, nicht über Nadia zu sprechen, schien ihr die Frage unvermeidlich. Er stockte, trank Wein, ließ vom Essen ab.

Ich weiß es nicht, behauptete er.

Aber du hast sie doch so gut gekannt wie niemand sonst.

Sie war das erste Mädchen, das ich geliebt habe.

Hast du mit ihr geschlafen?

Er stockte, die Schlafwellen zuckten in seinem Gesicht, ihre Frage schien ihn aufzuregen.

Lisa wusste, dass sie mit ihrer Frage zu weit gegangen war. Sie lenkte vom Thema ab. Dann strich sie rasch über seinen Kahlkopf. Pulsierende Wärme blieb in ihren Fingern.

Rasierst du deinen Kopf?

Fast täglich.

Sie bezahlte die Rechnung. Lud ihn auf einen letzten Drink ins Atelier ein, das erste Mal, dass er hier war, ohne zu posieren. Sie schliefen miteinander, auf der Matratze in ihrem Atelier. Sie wollte seinen Körper besitzen. Es war, als müsste sie nach seinem Kopf auch seinen Körper erobern. Er war unerfahren, sie musste mit seiner Unsicherheit zurechtkommen. Plötzlich schüttelte er den Kopf, schien fast in Tränen auszubrechen. Schien aus dem Atelier flüchten zu wollen. Sie musste ihn besänftigen. Dabei war sie selber auch unsicher. Erst als sie miteinander wie bei der Arbeit umgingen, erst als sie behutsam und routiniert Anweisungen gab, kamen sie zu einem guten Ende.

Als er gegangen war, dachte sie darüber nach, warum sie jetzt ein Verhältnis begonnen hatte. Nein, es war kein Verhältnis, es würde kein zweites Mal geben. Aber es war im Moment richtig gewesen. Sie hatte gegenüber Luc etwas ins Lot gebracht. Sie konnte jetzt viel freier über ihn und Nadia nachdenken. Es war, als hätte sie das Land betreten, in dem Luc sich herumtrieb, als könnte sie ihn jetzt wieder einholen. Vielleicht hatte er genauso mit Nadia geschlafen wie sie jetzt mit Deniz.

***

Nun, da sein Vater weg war, war es bedrohlich still in der Wohnung. Deniz saß auf dem Sofa und dachte an Lisa. Warum hatte sie das getan? Hatte er es nicht auch gewollt? Es war gut gewesen. Aber lieber als mit Lisa hätte er einmal, nur einmal so mit Nadia geschlafen. Und er vergaß Lisa. Er sah Nadia an jenem Morgen, als ihm sein Vater den Mercedes überlassen hatte und sie fröhlich in den Wagen gestiegen war. Ich bin dein Fahrer, hatte er zu ihr gesagt.

In der Nacht hörte er ihre Stimme im Halbschlaf: »Rot ist die Farbe Deines grünen Vogels.« Damals, als sie »Anna Blume« vortragen mussten, war er in eine kurze Absenz gefallen. Als er den Kopf wieder von der Bank hob, leitete Brenner zu ihm zurück und ließ ihn das Gedicht zusammen mit Nadia zu Ende sprechen: »Du liebes grünes Tier, ich liebe Dir! – Du Deiner Dich Dir, ich Dir, Du mir, – – wir.« Sie passten gut zusammen. Hatte nicht Brenner sie damals zu einem Paar gemacht?

Er schaute sich die Fotos von ihr auf seinem Handy an. Nadia im Schnee liegend. Sie schien ihren Mund zu bewegen. Es sah aus, als würde hinter ihrem Lächeln bereits die Totenmaske sichtbar. Eine tonnenschwere Trauer erfasste ihn, und er ging auf den Balkon hinaus und starrte wie sein Vater von oben auf die kahlen Bäume hinab.

Tage danach summte sein Handy, es ging schon gegen Mitternacht. Er erkannte die Nummer von Lisa, aber er nahm nicht ab. Seit dem Abend im Atelier hatten sie einander nicht mehr gesehen. Deniz wusste mittlerweile gar nicht mehr, wohin mit dieser Erinnerung. Bisweilen dachte er, dass gar nichts stattgefunden hatte, dass er nur träumte. Dann erinnerte er sich, dass er einen Punkt hatte überwinden müssen, etwas, das mit Nadia zu tun hatte. Aber ansonsten hatte es ihm gefallen, er hatte sich in Lisas Hände begeben dürfen. Es war anders, mit einer erwachsenen Frau zu schlafen. Es ging alles so leicht, so selbstverständlich. Er wälzte sich im Bett. War Lisa eine Lösung für die Lücke, die Nadia hinterlassen hatte? Sie erlöste ihn doch nicht von seiner Einsamkeit. Zwischen ihnen gab es nur das Fotografieren. Deswegen hatten sie überhaupt miteinander schlafen können. Fabian – plötzlich kam ihm Fabian in den Sinn. Er wohnte bei Lisa. Warum eigentlich? Hatte es Lisa auf junge Männer abgesehen? Der Gedanke machte ihn nervös. Er war eifersüchtig, wenn er daran dachte, dass sie die ganze Zeit um ihn herum war. Aber seine Eifersucht war dumm. Eigentlich mochte er Fabian sehr. Er hatte sich geraume Zeit um ihn bemüht, um ihn, der schwitzend in der Schulbank vor ihm saß. Fabian baggerte Mädchen an, die ihn nicht zur Kenntnis nahmen. Weil Deniz selber weder rücksichtslos noch brutal war, sondern ein sanfter Verlierer, wie ihn Lisa einmal genannt hatte, hatte er einen Riecher für das, was bei Fabian lief. Er wäre immer gerne mit ihm über die Gleise, Mauern und Dächer gezogen, aber das war mit seiner Krankheit nicht zu machen. Deswegen hatte es ihn fertiggemacht, als Fabian gestürzt war.

Er beschloss, ihm eine SMS zu senden.

Fabian besuchte ihn am Samstag und erschrak über die Sauberkeit, die in der Wohnung herrschte. Er erzählte von Lisas dauerndem Wegsein, er fühle sich nicht mehr wohl in dem Haus, die Geschichte mit Brenner sei schon irgendwie komisch. Wenn er bei Deniz wohnen könnte, würde er auch einen Beitrag zur Miete leisten können. Seine Mutter wäre froh, wenn er bei der einsamen Strohwitwe ausziehe. Beim Wort »Strohwitwe« zuckte Deniz zusammen.

Fabian kam schon am nächsten Tag mit seinen sieben Sachen, und sie begannen ihre Männerwohngemeinschaft mit einem gekauften Döner vor dem Fernseher bei einem Fußballspiel und einigen Büchsen Bier. Die Türken im heimischen Team spielten stark, das konnte Fabian nicht abstreiten.

***

Mezil Karman rief an und teilte mit, dass die Mutter nochmals operiert worden war und nun auf dem Weg der Besserung sei. Sie weigere sich aber noch immer, mit ihm in die Schweiz zu kommen. Sie glaube, außerhalb der Türkei gebe es für sie kein Glück. Er habe ihr Fotos von schweizerischen Einkaufszentren mit vollgefüllten Regalen gezeigt. Sie habe nur die Hände zusammengeschlagen und gerufen: man verschone sie mit diesen geraden Kanten überall. Er habe also beschlossen, dass er erst in einem halben Jahr zurückfliegen werde. Er werde versuchen, sie in dieser Zeit umzustimmen. Danach würden sie beide nachkommen, allerdings nur bis zu seiner Matura. Danach werde auch er endgültig in die Türkei zurückkehren.

Deniz traf die Nachricht unerwartet. Aber das Zusammenleben mit Fabian vertrieb ihm bald die Sorgen. Fabian fand sich schnell zurecht in der kleinen Wohngemeinschaft, wo niemand anderer das Sagen hatte außer sie selber. Keiner holte sie zur Unzeit aus den Federn, keiner kommandierte sie herum, keiner quetschte sie aus, wenn sie spät nach Hause kamen. Das Erstaunen, dass alles auch ohne Befehlsgeber und Besserwisser gut ging, versetzte sie in allerbeste Stimmung. Der Kühlschrank füllte sich auf der linken Seite mit

Yoghurt und Schafskäse, auf der rechten mit Schokoladendessert, Wurst und Senf. Für lange Zeit würde kein Erwachsener mehr einen Fuß über die Schwelle dieser Wohnung setzen. Gelegentlich rief Onkel Alper an, verlor aber sein Interesse, als er hörte, dass Deniz' Schulleistungen besser waren als erwartet. Deniz log, in Wirklichkeit waren sie noch nie so miserabel gewesen.

Eines Tages schleppte Fabian Deniz in eine Zoohandlung, und sie kauften zwei Wellensittiche. Fabian sagte, er würde von nun an lieber Vögel halten, als Parcours laufen. Deniz fand die Idee cool.

Nadia fände unsere Vögel krass, sagte Fabian.

Wie kommst du darauf?

Nehme an, dass sie uns irgendwie sieht. Frage mich, wie es ihr geht. Ob sie schon im Himmel ist.

Fabians dauerndes Interesse an Nadia ging Deniz allmählich auf die Nerven. Seine naive Verliebtheit hatte in seiner Geschichte nichts verloren.

Ich nehme an, dass sie im Himmel ist, auf jeden Fall an einem besseren Ort als wir hier, sagte er, damit Fabian endlich Ruhe gab.

Fabian lag auf dem Sofa und baute einen fetten Joint.

Könnte mir gut vorstellen, dass die beiden Wellensittiche eine Art Botschafter zwischen ihr und uns sind. Wir könnten den grünen Fabian und den blauen Deniz taufen.

Von mir aus, sagte Deniz. Aber was willst du mit dieser Riesenlunte?

Mit dir teilen, Alter.

Vergiss es, mein Hirn würde total aus dem Ruder laufen. Lass mich den Vogelkäfig putzen!

Deniz kam sich in diesem Moment mit seinem Sauberkeitswahn vor wie Mezil.

Nimm mal einen Zug, Kollege, das bringt dich nicht um.

Deniz sah, wie Fabians Blick nach innen rollte. Er hob vorsichtig den Käfig vom Boden ab, und die beiden Vögel, Deniz und Fabian, flatterten aufgeregt durchs Zimmer. Während Fabian die Topografie des Zimmers sehr schnell verinnerlicht hatte, torkelte Deniz wie eine angeschossene Minidrohne ziellos durch die Möbellandschaft, verfing sich in den Vorhängen und knallte gegen die Fensterscheibe. Zuletzt ließ er sich erschöpft auf dem Fernseher nieder und setzte Angstschiss ab.

Karman trug die Wasserschale in die Küche, um sie mit frischem Wasser zu füllen. Als er zurückkam, saß Fabian auf dem Sofa neben Fabian, und Deniz steckte eingeklemmt unter der Kredenz und flatterte um Hilfe.

Du putzt den Käfig, sagte Fabian, und in der Zeit, in der du den Käfig putzt, verscheißen sie unsere Wohnung. Käfigputzen, Wohnungputzen, den halben Tag läuft hier nix anderes. Wir sollten mehr unternehmen, Party machen!

Als der Käfig blitzblank war, warf sich Deniz erschöpft neben Fabian. Irgendwie war er neidisch auf Fabian, der in den Seilen hing und Musik hörte.

Rauch doch mit, du Pfeife, versuch's! Und rück endlich raus, was mit dir und Nadia los war.

Fabian bettete sich auf die Couch, als wollte er die ganze Nacht zuhören. Die Vögel flatterten weiter durch die Wohnung.

Was meinst du, was mit uns los war? Wir waren zusammen, ich habe sie geliebt.

Fabian hustete und reichte ihm kommentarlos den Joint. Deniz nahm einen einzigen Zug, und ein weiches Gefühl zog durch seine Muskeln und flutete seinen

Schädel. Ein Lustgefühl breitete sich aus, wie er es seit langem nicht mehr gespürt hatte. Nadia und die Vögel. Er versuchte Fabian zu fixieren.

Warum sollte Nadia unsere Vögel gern haben? Was meinst du? Nadia wollte nie vögeln.

Was – ihr habt nie gebumst?, fragte Fabian, halb schläfrig, halb auf der Lauer. Komm schon, erzähl!

Ich kann nicht, sagte Deniz. Ich glaube, da ist etwas echt krumm gelaufen.

Feigling. Ich sterbe hier vor Langeweile.

Lass uns Party machen.

***

Luc rief an. Er war nicht mehr auf dem Berg, sondern im Spital. Am Telefon wollte er nicht sagen, was passiert war.

Sie fuhr umgehend ins Krankenhaus, in dem er auch Fabian besucht hatte und in dem sie auch vor acht Jahren den Verlust ihres Kindes betrauert hatte. Während sie rätselte, ob er sich ein Bein gebrochen oder einen Zahn ausgeschlagen, ob er einen entzündeten Blinddarm oder eine Grippe geholt hatte, blieb sie prompt im Stau stecken. Sie verwünschte seine Einsilbigkeit. Wollte er sie abstrafen? Jetzt hatte er es also doch geschafft: Sie war wieder auf dem Weg zu ihm.

Im Stau nachzudenken war gar nicht so einfach. Sie dachte immer vorwärts, jetzt sowieso, vierzehn Tage vor der Ausstellung, und vorwärts dachte es sich am besten auf freier Fahrt. Sein Anruf hatte widersprüchliche Regungen bei ihr ausgelöst. Angst, Ärger, Unruhe, Hoffnung, Erleichterung. Wollte er zu ihr zurückkehren und getraute es sich nicht zu sagen? Wäre das auch für sie eine Möglichkeit? Passte er denn noch in das Leben, das sie vor über einem Jahr begonnen hatte? Sie wollte keine Entscheidung treffen. Es war an ihm, er sollte sich entscheiden, sie wünschte sich Klarheit. Sie hoffte nur, dass er nicht in Gips lag und wochenlanger Pflege bedurfte. Im Moment hatte sie wirklich keine Zeit.

Endlich kam die Wagenkolonne wieder in Gang. Unfall, Blaulicht. Der tägliche Tod. Das, was sie am meisten fürchtete. Jahrelang hatte sie Angst gehabt, dass er auf seinem Fahrrad verunfallen könnte. Er war immer unaufmerksam, hatte den Kopf in den Wolken. Nun war die Katastrophe aus einer anderen Richtung gekommen, und ihre Beziehung löste sich langsam auf. Sie erschrak, diesen Gedanken in aller Klarheit denken zu können.

Die Miene der zuständigen Schwester am Empfang deutete nicht auf eine schwere Krankheit. Als sie die Tür zum Krankenzimmer öffnete, saß er auf der Bettkante und drehte ihr das bärtige Kinn zu. Sie war befremdet, es sah aus wie das Gesicht eines anderen.

Sie blieb in der Tür stehen, um auf alles gefasst zu sein.

Was hast du?

Hörsturz, sagte er.

Sie atmete auf. In seinem Blick lag etwas Hysterisches.

Und wie ist es dazu gekommen?, fragte sie kühl.

Lisa, sprudelte es aus ihm heraus, ich sitze oben auf dem Berg und denke und denke und plötzlich bemerke ich, wie ich links nichts mehr höre. Es knackt, als ob ich aus zehntausend Metern in den Sinkflug gehe. Ich warte. Es wird immer schlimmer, eine Viertelstunde lang, dann vermindert sich das Rauschen. Kehrt aber zurück. Und hat seither nicht aufgehört. In der Nacht ist es am schlimmsten. Die ganze Zeit dort oben hatte ich Probleme in der Nacht, weißt du, in der Nacht ist alles da, du rennst mit einem Scheinwerfer durch dein Unbewusstes. Du siehst, was du versäumt hast, was du anders hättest machen müssen, was du auf keinen Fall hättest machen dürfen.

Sie horchte auf. Vielleicht war der Hörsturz ein Vorwand, um ihr etwas Wichtiges zu sagen.

Im Morgengrauen mache ich mich auf den Weg ins Tal, Hörsturz, Tinnitus, meint der Arzt. Ich glaube ihm nicht, fürchte zuerst, es handle sich um etwas Schlimmeres, Gehirntumor oder etwas in der Art. In der Einsamkeit bin ich ängstlich geworden. Aber er sollte Recht behalten, ich habe den globalen Guerillakrieg im Ohr. Zuerst war's ein leises Wimmern, dann wurde ein Wummern daraus, Maschinengewehrsalven. Offenbar hatte ich das schon einige Wochen, nur dachte ich, die Geräusche kämen vom Trafo unweit von meiner Hütte.

Beide Ohren?

Das linke Ohr.

Bei den meisten verschwindet der Tinnitus wieder, sagte sie beschwichtigend.

Er fasste ihre Hand, zog Lisa näher zu sich heran. Nicht so nahe, dass ihre Körper sich berührten. So war sie noch nie von ihm angefasst worden, wie eine Blinde, die man führt. Ihr war, als würde sie von einem anderen berührt.

Das schöne Flüstern der Verliebten, Rilkes orphischer Urton, das Summen der Insekten, der Gesang der Nachtigallen, all das hat sich in diesen grausigen Ton verkehrt, Lisa. Sinnauflösung, verstehst du? Was mir ins Ohr geht, bleibt als Unsinn in meinem Kopf stecken.

Das Flüstern der Verliebten? Dachte er wieder an die Tote? Wann hatte es zuletzt ein solches Flüstern zwischen ihnen gegeben?

Und wie sieht die Therapie aus?

Ich werde gefäßerweiternde Tabletten nehmen müssen.

Das war doch keine Therapie!

Und was ist mit deiner Hütte im Tessin?

In dem Zustand war es unmöglich, weiter in der Einsamkeit zu hausen.

Ich muss mich mit dem Maschinengewehrfeuer anfreunden.

Du kommst also nach Hause?

Sie wusste selber nicht, warum sie ihm diese Brücke anbot. Er musste sie nur noch beschreiten. Es war denkbar einfach, zu nicken und zu ihr zurückzukehren. Es brauchte keine langen Auseinandersetzungen, sondern nur Klarheit. Die Wunden würden heilen, die Körper wieder zusammenfinden. Vielleicht könnte er eines Tages wieder unterrichten. Der Alltag würde sich ohnehin verändern, sie wäre nicht mehr so viel zuhause. Sie hatte ihr Atelier, sie würde reisen.

Ich muss zurück auf den Berg, sagte er verzweifelt.

Du bist bleich, sagte sie und fuhr mit der Hand über seine Wange. Du solltest jetzt einfach mal einige Monate zuhause bleiben und dich erholen.

Er ließ ihre Hand auf seiner Wange, bis sie sie zurückzog.

Viel Ruhe, hat der Arzt gesagt. Daher ist es besser, ich gehe auf den Berg. Dann werden wir weitersehen.

***

Zwei Tage später holte sie ihn im Spital ab. Bevor er wieder in den Süden verschwand, wollte sie mit ihm übers winterliche Land fahren und in einem Landgasthof zum Essen absteigen, wie sie es früher oft getan hatten. Ein letzter Versuch, ihn umzustimmen. Es war eines der Rituale, zu dem sie in Streitfällen griffen, um die Dinge wieder ins Reine zu bringen. Sie setzte auf die Macht der Gewohnheit. Sie war sich selber unheimlich in ihrem Eifer, die Beziehung retten zu wollen.

Sie kamen stockend voran. Kurz vor der Stadtgrenze bog sie wortlos in eine Garage ein. Er fürchtete, sie würde sich in die Warteschlange zur Waschanlage einfügen. Aber sie wollte nur auftanken.

Danach fuhren sie aus der Stadt hinaus, vorbei an der Solitude. Lisa liebte es, wenn die Sonne tief über den schlafenden Feldern lag. Sie jagte den Wagen mit hoher Geschwindigkeit über die schnurgeraden Straßen.

Ich habe das Gefühl, dass du mich heute Abend umbringen willst, sagte er.

Sie lächelte, strich sich eine Haarsträhne hinter das Ohr.

Musik ist immer gut, um mich vom Kriegslärm in meinem Ohr abzulenken. Bitte schau auf die Straße, Lisa!

Wie ängstlich du geworden bist! Hast du denn über deine Pläne nachgedacht? Offiziell bist du noch immer krankgeschrieben.

Wenn ich an die Schule zurückkehren würde, würden sie sofort wieder über mich reden. Ich müsste eine andere Klasse übernehmen und zuschauen, wie Gesine meine Schüler verbiegt.

Er schüttelte den Kopf und schwieg.

Und eine andere Schule?

Muss ich Lehrer bleiben, Lisa?

Du warst ein guter Lehrer. Du warst immer im eigenen Auftrag unterwegs, eigenwillig und eigensinnig. Viele Schüler haben das gemocht. Für Schüler wie Fabian und Deniz warst du der Häuptling.

Ich wollte ein guter Pädagoge sein, der Schüler führt, auf dass sie selber gehen lernen. Ich wusste immer, wer andere entflammen will, muss selber ein Feuer in sich haben.

Das willst du alles aufgeben?

Sie stellte die Scheinwerfer ein. Es kam ein Waldstück, wo sie das Tempo drosselte. Die Erinnerung an den Unfall mit dem jungen Wildschwein im Morgengrauen steckte ihr noch in den Knochen.

Ich wollte den Schülern die Angst vor dem Erwachsenwerden nehmen.

Und den Schülerinnen!

Er drehte den Kopf zur Seite und griff sich ans Ohr.

Nach einer Weile sagte er: Ich bin mir einfach nicht sicher, ob ich noch an die Wissensverpflanzung in Schülerhirne glaube.

Wegen Nadia?

Sie waren vor dem Landgasthof angekommen. Lisa wartete vor dem Wagen, bis er ausgestiegen war. Sein Gleichgewicht war instabil, aber als sie ihn mit mehr oder weniger geraden Schritten auf das Restaurant zugehen sah, war sie beruhigt.

Was hast du vor?, fragte sie nach der Vorspeise.

Sie versuchte, munter zu klingen. Lucs Leben war ihr eigentlich ein Rätsel geworden. Was sollte er auch tun? Er sah sie nachdenklich an. Gott sei Dank kam bald das Essen, Rehrücken mit Preiselbeeren.

Erinnerst du dich, das hast du mir einmal gekocht, als wir uns kennenlernten? Du sagtest, ich würde dich mit meiner Schüchternheit an ein Reh erinnern. Dabei war ich gar nicht schüchtern, sondern nur abwartend.

Ich wollte dich provozieren.

Erinnerst du dich auch, dass du mitten im Essen aufgestanden und verschwunden bist, um im Nebenzimmer ein Zitat zu suchen? Ich dachte, du würdest nie mehr zurückkommen.

Rehrücken, sagte er. War es schlimm mit mir all die Jahre?

Schlimm waren die letzten Monate, sagte sie und spürte zugleich eine Unlust, sich nochmals da hineinzubegeben. Deine Zitate haben mich amüsiert, aber oft auch genervt. Verändert aber hat mich immer nur das Leben. Zum Beispiel meine Entlassung.

Eine Veränderung ist keine, wenn sie nicht bewusst erfahren wird. Ich erinnere mich, wie du dich in einen Kollegen bei der Arbeit verliebt hast.

Ich habe mich einen flüchtigen Augenblick verguckt!, protestierte sie.

Sie hörte sich weitersprechen in jenem Tonfall leichten Geplänkels, der erst in der letzten Zeit zum handfesten Streit ausgeartet war. Zugleich hörte sie etwas Neues aus dem Gespräch heraus: ein leises Abschiednehmen. Die Gewohnheiten, die Krisen, das Glück, alles wurde zum Teil einer vergangenen Geschichte.

Ist das unser Ende, Luc?

Auch dass er jetzt einfach stumm da saß und offenbar um eine Antwort rang, machte ihr Angst. Sie kannte ihn nicht mehr. All diese Jahre der Gemeinsamkeit waren verschwunden. Vielleicht war es nur noch ihrer beider Angst vor der Trennung, die sie zusammenhielt.

***

Brenner hatte Deniz eine Mail geschickt. Ob ein Treffen möglich sei? Deniz war erschrocken. Brenner hatte eine bekannte Waldlichtung vorgeschlagen, er wartete. Er trug einen schweren Mantel. Sein Händedruck war nicht fest, sondern fahrig. Er hatte ein schiefes Lächeln im unrasierten Gesicht. Wie selbstsicher Brenner immer gewesen war. Wie überlegen er sein Wissen zur Schau gestellt hatte.

Wie geht's in der Schule?, fragte er.

Deniz wackelte mit dem Kopf. Es sollte bedeuten, dass er nicht gern über die Schule redete.

Und die neue Deutschlehrerin, wie heißt sie noch mal?

Sie meinen Frau Zieper?

Wieso fragte er nach ihr? Natürlich war Frau Zieper im Vergleich zu ihm der reinste Alptraum. Wollte er sich mit ihr vergleichen? Deniz sagte, sie habe es nicht leicht.

Brenner räusperte sich zufrieden und schlug ihm das Du vor. Deniz war darauf nicht vorbereitet, Brenner rückte ihm damit unangenehm nahe. Er sagte, Frau Zieper würde ein Gedicht nie als Mikrochip bezeichnen, das würde ihr nicht im Traum einfallen.

Brenner wechselte das Thema und sagte, dass sie einander beim Begräbnis das letzte Mal getroffen hätten. Der Rektor habe damals das Wort »Skandal« benutzt. Nadias Tod sei ein Skandal. Ob er das verstanden habe?

Deniz nickte, aber Brenner beachtete ihn gar nicht. Er zweigte von der Straße auf einen Pfad ab, der von der Nässe der letzten Tage morastig geworden war.

Es gibt, sagte Brenner, Antworten auf das Grundproblem des Selbstmords. Platon spricht im Phaidon vom ehrenhaften Suizid. Hast nicht auch du damals den Selbstmord als Akt der Freiheit verteidigt?

Deniz nickte wieder, konnte sich aber nicht mehr genau erinnern. Er hatte Nadia einfach nur schützen wollen. Aber Brenner wartete weiter auf eine Antwort.

Ich habe gemeint, sagte Deniz endlich, dass es keine Pflicht gibt, unter allen Umständen am Leben zu bleiben. Das habe ich schon als Kind gedacht, als sich ein Onkel in der Türkei aufgehängt hat, weil sein Geschäft pleiteging. Heute finde ich das alles völlig falsch.

Wie konnte er nur so daherreden? Wen interessierte der Onkel in der Türkei? In Wahrheit hatte der sich gar nicht erhängt, sondern war an einem Schlaganfall gestorben.

Und Nadia?, fragte Brenner und blieb stehen. Wie gut habt ihr euch gekannt?

Deniz starrte auf einen Vogel, der wie ausgestopft auf einem Ast hockte. Frauen denken ganz anders als Männer, sagte er ausweichend.

Lisa hat Nadia auch anders gesehen als ich, sagte Brenner.

Wollte er nun doch über Lisa reden? Wann würde er seiner Wut nachgeben? Brenner neigte seinen Kopf.

Mein Gehör ist nicht mehr gut. Früher habe ich mich im Wald entspannen können, heute pfeift's mir mitten im Gehölz im Ohr. Ich höre mich reden wie einen Taucher, der durch einen Schnorchel spricht.

Deniz wehrte einen Müdigkeitsanfall ab.

Wittgenstein hat gesagt, Selbstmord sei immer eine Selbstübertölpelung. Interessante Behauptung. Man könne seine eigene Vernichtung ja nicht wollen. Er hatte zwei Brüder durch Suizid verloren. Ich widerspreche ihm trotzdem. Nadias Entscheidung war wohlüberlegt und vielleicht sogar geplant.

Brenner war in die Pose des Lehrers zurückgekehrt, aber bald würde er ihn erledigen. Deniz konnte vor Angst kaum mehr schlucken.

Ein Protest gegen die Absurdität des Daseins, sagte

Brenner. Ich habe mit meiner Frau lange darüber geredet.

Wütend knickte Brenner einen Zweig ab, der ihm ins Gesicht geschnellt war. Deniz achtete darauf, Abstand zu halten. Wie oft war er dagegen neben Nadia gegangen und hätte gerne ihre Wange berührt, hätte ihr gerne ins Haar gegriffen. Aber er hatte es nie getan, weil sie Berührungen fürchtete. Wobei sie ihm über den Kopf fahren, ihn an den Ohren ziehen und ihn in die Rippen boxen durfte.

Lisa, meine Frau, sagte Brenner, hat Fotos von dir gemacht. Du kennst sie, nicht? Was für eine tolle Fotografin sie geworden ist. Ich freue mich sehr darüber.

Deniz hatte einen sauren Gaumen vor Angst. Nun wusste er auch, warum sich Brenner mit ihm im Wald hatte treffen wollen.

Hat Nadia von deiner Arbeit als Fotomodell gewusst?, fragte er.

Deniz schüttelte verwirrt den Kopf. So einfach war es nicht. Er spürte, wie ihn ein Gefühl der Trauer überschwemmte.

Nadia hatte keinen Freund. Ich meine, ich war nicht ihr Freund, nicht in diesem Sinn.

Brenner schaute irritiert ins Unterholz.

Nicht in welchem Sinn?

Das ist kompliziert, sagte Deniz entschlossen. Keine weiteren Bekenntnisse mehr.

Sie bogen auf eine Waldstraße ab, auf der ihnen jemand auf seinem Pferd entgegenkam. Der Reiter nickte zum Gruß, und Deniz hatte das Gefühl, er halluziniere. Er schaute ihm nach, versuchte das Klacken der Hufe zu überprüfen, wagte es aber nicht, Brenner zu fragen, ob der Reiter echt gewesen sei.

Brenner starrte weiter auf den Boden. Seine Hosenstöße waren verkrustet. Er redete über Nadia, gestand seine Ängste ein, die ihn Tag und Nacht verfolgt hätten, weil er nie gewusst habe, wie ernst sie es meinte. Ihr Elternhaus sei zerrüttet gewesen, die Mutter eine Hexe. Wenn man all das zusammenzähle, ergebe es aber nie und nimmer genügend Gründe für ihre Todessehnsucht. Aber sie habe an die Literatur geglaubt, davon sei er noch heute überzeugt. Niemand in dieser Klasse habe das Gewicht des Fiktiven so deutlich empfunden wie sie.

Deniz sah Nadia in der Bibliothek sitzen. In ihren Haaren ein Schimmer spätherbstlichen Lichts. Ihr dünner blauer Pullover spannte sich über den Rücken, ihre Wirbelsäule und die Schulterblätter traten darunter hervor. Er war neben sie getreten, und sie hatte gesagt, sie lese »Faust«, Faust eins. Er hatte gesagt, dass er das Buch nicht kenne. Du solltest es lesen, Deniz, hatte sie gesagt und ihm vorzulesen begonnen. Kauderwelsch, gestelzt. Aber das ist ja gar nicht Stoff, hatte er gesagt. Statt einer Antwort las sie weiter, und er hörte ihr zu. Danach wollte sie die Rollen verteilen, er als Mephisto, sie als Gretchen, natürlich. Er hatte sich geweigert. Geh schön für deinen Vater einkaufen, hatte sie gesagt, und dieser Satz hatte ihn mächtig geärgert. Sie hatte in ihrer Tasche gekramt und ihm ein Reclam-Heft zugesteckt. Lies das heute Nacht und denk an mich, damit hatte sie sich verabschiedet.

Brenner setzte sich erschöpft auf eine Bank.

Glaubst du, dass man euch mit Literatur noch erreichen kann?, fragte er.

Ja, sagte Deniz erleichtert, denn der erwartete Angriff blieb aus.

Brenner neigte den Kopf, wobei nicht ersichtlich war,

ob er seinem Tinnitus nachlauschte oder einem Tier im Wald.

Wo sind wir eigentlich?

Keine Ahnung.

Haben wir uns verlaufen?

Brenner war verwirrt. Er zog sein Handy hervor, aber er hatte zu wenig Empfang. Er erinnerte Deniz an seinen Vater, der die Eingänge immer als Ausgänge und die Ausgänge als Eingänge benutzte. Orientierungslos in einer Welt, in der sogar die Stromstecker zum Rätsel geworden waren.

Brenner rannte nun mit kurzen Schritten durch den finsteren Wald. Deniz war überzeugt, dass sie im Kreis gingen, aber Brenner hörte nicht auf ihn.

Hier zu übernachten wäre verdammt ungemütlich, sagte Brenner.

Der Himmel war dämmrig und verschlossen. Deniz roch Brenners Schweiß. Ältere Menschen rochen anders, Brenner war ein alter Mann. Er war immer ein wenig peinlich gewesen, nun schien er gar nichts mehr im Griff zu haben.

Soll ich meine Frau anrufen?, fragte er.

Ich glaube nicht, dass sie uns helfen kann, parierte Deniz sofort.

Brenner fluchte. Sie waren wirklich im Kreis gegangen und würden nie aus dem Wald herausfinden. Zwischen den gelichteten Baumkronen sank die Nacht herab. Sterne funkelten.

Warum geht Ihnen Nadias Tod noch immer so nahe?, fragte Deniz. Jeden Tag bringen sich Menschen um.

Brenner atmete schneller, dann brach es aus ihm heraus:

Nach den letzten Sommerferien habe ich Nadia jede

Woche ein Gedicht geschickt. Um sie zum Nachdenken zu bringen, zum Schutz vor ihren zerstörerischen Gedanken. Ich habe sie gebeten, mir zurückzuschreiben, so wollte ich sie am Leben erhalten. Meine Gedichte habe ich immer am Sonntagabend abgeschickt, sie hat nie etwas dazu gesagt. An dem Abend vor ihrem Tod habe ich ihr einen Brief gemailt. Einen blödsinnigen Liebesbrief. Ich war mit den Nerven am Ende. Sie hat mir nur einen Satz zurückgeschrieben. Von Améry. Beim Einschlafen ist mir plötzlich klar geworden, was der Satz bedeutete. Ich lag im Bett und wusste, wenn sie sich jetzt etwas antut, dann wegen meinem Liebesgeständnis. Als ich in die Schule kam, wussten bereits alle von ihrem Selbstmord. Bis heute komme ich nicht darüber hinweg, dass ich sie mit diesem Brief vielleicht in den Tod getrieben habe.

Deniz saß auf einem Baumstamm und senkte den Kopf. Brenner stand schweigend auf der Straße. Sein Schweigen war tiefer als alle Wälder. Und dennoch hatte er Unrecht, das wusste Deniz. Denn nur er kannte den Grund für Nadias Tod.

Aus dem Schwarz zwischen den Stämmen und Büschen tauchten plötzlich zwei Lichter auf, ein Auto. Brenner fragte den Fahrer, ob er sie mitnehmen könne. Wortlos saßen sie im Fonds des Wagens.

***

Liebe Lisa,
in zwei Wochen ist der große Tag deiner Vernissage! Ich werde verreisen, also nicht da sein. Ich bin zum Entschluss gekommen, dass ich mehr Zeit brauche. Ich, dein unzuverlässiger, sprunghafter Ehemann mit dem lästigen Pfeifton im Kopf, fahre für einige

Wochen nach Kanada. Ich habe eine mehrwöchige Zugreise durch die Wälder Kanadas gebucht. Schlafwagen. Ich habe von Kanada keine Ahnung, ich weiß nicht einmal, wo es anfängt und aufhört. Aber es gibt keine kanadische Klassik, keinen kanadischen Sturm und Drang.

Mir ist alles fragwürdig geworden, deshalb halte ich mich an die Bäume. In Kanada soll es Wälder geben, die zu Musik werden.

Ich werde dir von meinem Schlafwagen aus weiterschreiben, wenn ich vor lauter Bäumen den Wald nicht mehr sehe.

In Liebe

Lucas

***

Am ersten März räumte Claire Votier noch einmal den Schnee vor der Galerie weg, bevor sie die Tür öffnete. Bereits eine halbe Stunde später drängelten sich die Besucher im hellen Licht der Räume vor Lisas Fotos. Bis zuletzt hatte sie an der Ordnung und Abfolge gearbeitet, hatte Querverweise, Bezüge und Spiegelungen hergestellt, hatte noch am Vortag mit unterschiedlichen Formaten experimentiert. Bis knapp vor Mitternacht hatten sie gehängt, bis das Klacken von Claires Absätzen einen ultimativen Klang annahm und sie Lisa mit in ihre Penthousewohnung nahm, wo sie von Serge bekocht wurden. Seine elementare Küche und der schwere Wein hatten ihre Angespanntheit etwas gelöst, und ihre Selbstzweifel hatten sich für kurze Zeit verflüchtigt. Sie war auf der Couch eingeschlafen. Claire hatte ihr liebevoll eine Decke über die Schultern gezogen, während sie, schon in ihren Träumen, versuchte, ihre Bilder größer oder kleiner werden zu lassen und den Reißverschluss ihres Kleides zu schließen. Am Morgen hatte sie sich dann noch Sätze über ihre Arbeit notiert. Sie fürchtete nichts so sehr wie Kunstkenner, die ihr Löcher in den Bauch fragten.

Im spiegelnden Fensterglas sah sie sich jetzt mit verrutschtem Gesicht und aufgerissenen Augen, einen Sektkelch mit lauem Mineralwasser zwischen den Fingern. Sie redete mit einem Mann, von dem nicht klar war, ob er mehr an ihren Fotos oder an ihr interessiert war. Sie trat von einem Fuß auf den anderen. Sie hatte bis heute nicht gelernt zu reden, ein aufmerksames Gesicht zu machen und gleichzeitig Häppchen zu essen. Gequält schob sie sich Karottensticks mit Currysauce in den Mund, und schon zierte ein Saucentupfer ihre rote Bluse. Die Stammkundschaft der Galerie war zahlreich aufmarschiert, angelockt durch einen Artikel einer Kunststudentin in der Lokalzeitung, der Lisa leider einen Teil ihrer Notizen überlassen hatte. Die Studentin hatte ausführlich zitiert, aber so, als wären es ihre Gedanken. Lisa hatte nicht gewusst, dass man die Künstler an Vernissagen wie Manegentiere vor den eigenen Bildern vorzuführen pflegte. Sie war auf vieles vorbereitet gewesen, aber auf eines nicht: dass es ihr unmöglich war, ihre Fotos anzusehen, während Fremde sie anschauten. Es entstand ein Riss zwischen ihr und den Arbeiten, und sie beschloss, so zu tun, als wären die Bilder wie von Zauberhand an die Wand gekommen, ohne ihr Zutun. Darüber konnte sie schließlich lächeln, so wie Serge es empfohlen hatte. Ohne Serge und Claire hätte sie's nie geschafft! Die beiden blieben in ihrer Nähe, falls sie Hilfe brauchte. Sie durfte alles tun, nur keine kaufwilligen Besucher vergraulen. Tagelang hatten sie um einen Ausstellungstitel gerungen. »In meinen Augen«, Lisas erster Vorschlag, hatte wegen seiner Doppeldeutigkeit keine

Gnade gefunden. »Still faces, still love« hatte sich schließlich durchgesetzt.

Erschöpft begab sie sich vor die Tür der Galerie und tat für eine Zigarettenlänge so, als wäre sie nichts weiter als eine Ausstellungsbesucherin. Plötzlich entdeckte sie Fabian auf dem Balkon des gegenüberliegenden Altbaus. Er hatte sich als Mickey Mouse verkleidet und lag flach auf dem Boden. Seine großen schwarzen Ohren waren zwischen die eisernen Balkonstäbe geklemmt, seine rote Hose leuchtete in die Nacht hinaus. Lisa legte zwei Finger an die Lippen und pfiff, aber Fabian bewegte sich nicht einen Millimeter. Doch musste er sie gehört haben. Es war gut, dass er nicht in Begleitung von Deniz war.

Als sie in die Galerie zurückkehrte, schickte sich Claire gerade zur Eröffnungsrede an:

Geschätzte Anwesende, die Ausstellung »Still faces, still love« ist die erste Ausstellung von Lisa Brenner. Als ich die Bilder einem Freund, dem Kunstkritiker M. L. Kusch zeigte, war er so sehr davon angetan, dass er einen kleinen Essay zu Lisas Arbeiten geschrieben hat. Darin führt er aus, dass …

Lisa entfernte sich leise von der Schar der Zuhörenden. Vielleicht würde Deniz bald einmal eintreffen. Sie mochte sich nicht vorstellen, wie er auf die Bilder reagieren würde.

Lisa Brenners Bilder sind nicht laut und schreierisch, hörte sie Claire sagen. Es ist vielmehr eine stille Liebe, die die Künstlerin und ihre Objekte verbindet. Die Gesichter zweier Jungs am Morgen auf dem Bürgersteig nach einer durchzechten Nacht. Dazu notiert Lisa in ihr Arbeitsheft: »Unter der Asche ein Leuchten, das bis zum nächsten Wochenende halten muss.« Oder das Gesicht einer jungen Frau –

Lisa ertrug es nicht, dass Claire aus ihren Arbeitsheften zitierte. Unerträglich war auch, dass die Leute sich über ihre Bilder zu unterhalten begonnen hatten. Ihr war, als würden sie tuscheln, und sie fühlte sich wie nackt.

Langsam überschritt Claire die Schwelle zum zweiten Raum. Die Leute standen eine Weile schweigend im Halbdunkel, in dem die beleuchteten Porträts wie Fenster in einen astralen Raum erschienen.

Willkommen im Reich der Poesie, hob Claire mit feierlicher Stimme an. Hier gibt es nur schlafende Gesichter. Friedliche Gesichter, die von innen leuchten. Ihre Träume sind ihr Sehen, ihr Vergessen ist ihr Erinnern. Mein persönliches Highlight sind diese fünf großformatigen Porträts von einem »Schläfer«. Lisa fotografiert seinen vierschrötigen Schädel, als sei er ein Kind, ein Säugling … Das alles ist mit einer Zärtlichkeit gemacht, die dem Jungen eine stille Präsenz gibt. Gerade diese Bildserie verdient den Titel »Still love« am meisten.

Lisa flüchtete sich nach draußen, um Claire nicht weiter zuhören zu müssen. Leiser Schneefall hatte eingesetzt, eine Taube watschelte über den Gehsteig und hinterließ schwarze Kratzer. Plötzlich tauchte Deniz aus dem Schneegestöber auf. Nach einer flüchtigen Begrüßung eilte er an ihr vorüber. Was hätte sie jetzt dafür gegeben, wenn er sich ihre Bilder nicht anschauen würde! Sie flüchtete sich in die Garderobe, von wo sie sein Gelächter vernahm. Er stand vor seinen Porträts und schüttelte sich vor Lachen. Er ging von einem Bild zum anderen und lachte immer lauter. Er bog in den Korridor ein, der zu den Waschräumen führte. Kaum jemand hatte bemerkt, dass da noch ein Bild hing. Ein kleines Bildchen, das sie ins Halbdunkel verbannt hatte. Ein Bild, zu dem weder Claire noch Serge je Stellung genommen hatten. Deniz verstummte und stand wie angewurzelt davor. Dann erschlafften seine Glieder, er setzte sich auf den Boden, legte den Kopf auf das Parkett und schlief ein.

Das Bild war eine Variation von Gerhard Richters Gemälde aus dem Jahre 1988, auf dem man den Kopf der toten Ulrike Meinhof sah. Ihr Foto war in der für Richter typischen Unschärfe gehalten, eine Unschärfe, die sie allerdings nicht durch malerische, sondern durch fotografische Mittel erzeugt hatte. »Tote«, so der Titel von Richters Original, stellte selber die Kopie eines Polizeifotos dar. Bei ihr trug das Bild den lapidaren Titel »Nadia«, denn anstelle von Ulrike Meinhofs Gesicht hatte sie Nadias Kopf eingesetzt. Das Bild mit der schlafenden Nadia hatte sie Deniz vom Handy gestohlen.

***

Der Winter war noch einmal mit aller Kraft zurückgekehrt. Es schneite, als sich Lisa auf den Weg in die Stadt machte. Deniz hatte sie um ein Treffen gebeten. Nach langem Zögern hatte sie zugesagt, denn sie musste das Arbeitsverhältnis endlich beenden. Bei der Begrüßung waren ihre Haare noch feucht vom Schnee. Sie gab ihm die Hand, blieb auf Distanz, sie wollte ihm nicht mehr zu nahe kommen. Sie setzten sich, und sie erzählte gleich von den Reaktionen auf die Ausstellung, die mehrheitlich positiv gewesen waren. Er hörte zu und saß wie angenagelt auf seinem Stuhl.

Wie geht es in der Schule?, fragte sie, als er nichts sagte.

Schlechte Noten, sagte er knapp. Warum hast du das Bild mit Nadia gemacht?

Ich möchte lieber über die Porträts sprechen, die ich von dir gemacht habe, antwortete sie ernst. Ihre Antwort war, nach dem ersten Erschrecken, kühl, fast kalt. Sie musste sich schützen.

Dieses Bild gehörte dir nicht, du hast es mir gestohlen. Ich habe gegoogelt, wer diese Ulrike Meinhof gewesen ist. Eine Terroristin, findest du das in Ordnung? Weißt du, dass sich Nadia für Occupy engagiert hat? Du hast Nadia doch gar nicht gekannt!

Er ließ seine Faust auf die Tischplatte fallen und schien gleichzeitig über seine Wut zu erschrecken.

Du musst das Bild im Zusammenhang mit deinen Porträts sehen. Du hast deine Bilder gar nicht richtig angeschaut. Erkennst du dich wieder? Sagt dir mein Blick nichts Neues über dich?

Ich sehe ja aus wie ein pennendes Monster! Das bin auf jeden Fall nicht ich.

Sie versuchte sich zu erklären.

Dann geht es also um deine persönlichen Interessen?, fragte er enttäuscht. Diese Bilder haben nichts mit mir zu tun. Was dir über den Weg läuft, klaust du für deine Kunst.

Kunst hat ihre eigenen Gesetze, Deniz. Kunst ist nie Abbildung, sondern Entwurf.

Scheiße, sagte er. Ich dachte doch, dass mein Kopf mehr ist als nur ein Entwurf.

Deniz, sagte sie jetzt ungeduldig, ich habe dir immer gesagt, warum ich dich fotografiere. Ich habe dich gut bezahlt.

Die Porträts sind doch in Zusammenarbeit entstanden, die Posen, der ganze Zauber mit dem Licht, haben wir das nicht gemeinsam gemacht?

Du warst mein Modell. Du hast mich zu den Bildern inspiriert, aber letztlich war jedes Bild meine Idee. Dein

Kopf war wichtig. Aber jetzt werde ich meine Arbeitsweise ändern müssen, um weiterzukommen. Ich darf mich nicht wiederholen. Lass uns aufhören damit, du zerstörst alles, was zwischen uns war. Hast du eine Zigarette?

Ich rauche nicht, hast du das vergessen?

Ich fahre übermorgen nach Mailand. Ein Galerist dort hat die Ausstellung gesehen und interessiert sich für meine Arbeiten. Danach werde ich ein halbes Jahr als Stipendiatin in einem Künstleratelier in Paris sein. Ich weiß noch nicht genau, wie es dann weiter geht und wann ich zurückkomme.

Zurück zu wem? Zu deinem Mann?

Vielleicht, sagte Lisa nach einigem Zögern. Wir sind ein Ehepaar mit einer langen Geschichte. Diese Geschichte verschwindet nicht von einem Tag auf den anderen. Du hast dein Leben, mach was draus, Deniz.

Sie wollte bezahlen, aber er wehrte ab und beglich die Rechnung.

Weißt du, warum dich alle mögen, Karman? Nein? Dann werde ich es dir sagen. Nicht, weil du Türke bist. Auch nicht, weil du an einer Schlafkrankheit leidest. Sondern weil alle spüren, dass eine große Reinheit in dir ist. Etwas unzerstörbar Reines, auf das die Welt kein Recht hat.

Sie wollte ihn zum Abschied küssen, aber ihm war nicht danach, sich zu verabschieden

Kann ich nochmals dein Bild von Nadia sehen?

Du hasst es doch.

Ich möchte es nochmals sehen. Bitte.

Ich weiß nicht, wozu das gut sein soll, sagte sie. Aber wenn du willst, gehen wir ins Atelier.

***

Willst du wirklich alles wissen, fragte Deniz Lisa im Atelier. Dann hör zu. Es war an einem Sonntag im September. Es hatte die ganze Zeit geregnet, dann hörte es auf einmal auf. Noch einmal Spätsommer. Mücken in der Luft. Ich hatte mich mit ihr zum Baden verabredet. Sie wollte mit dem Fahrrad wieder zur Solitude, es sei der letzte Badetag im Jahr oder so. Ich packte meine Badehose und radelte los. Sie war gut drauf, foppte mich wegen dem Damenrad. Wir fuhren auf der Landstraße, die Sonne brannte im Rücken. Blätter lagen auf der Straße, ich sah überall die Farbe Rostbraun. Alles war damals rostbraun, in meiner Erinnerung meine ich. Ich war sicher, dass wir nun ein Paar würden. Dann machten wir Pause, Nadia nahm ihre Flasche mit Grüntee hervor, streckte ihre Beine aus, rekelte sich, und ich bekam Lust, sie zu küssen.

Aber mit einem Kuss hätte ich den ganzen Tag verdorben. Wir küssten uns also nicht, fuhren stattdessen weiter. Aber ich hatte ein Ziehen im Unterleib, ich hatte Lust auf sie. Ich schaute auf ihre flatternden Haare und hatte eine Wut, dass sie mich wieder auf meinen Wünschen sitzen ließ.

Am Fluss gingen wir zu einer Stelle, wo das Wasser tief war. Sie hatte einen neuen Bikini an. Das Oberteil war durch eine Kordel über dem Nacken befestigt. Wir schwammen nebeneinander, wenn sie auftauchte sah ich unter dem Stoff ihre Brustwarzen. Ich zog davon, crawlte gegen die Strömung, ich wollte ihr imponieren. Ich war das erste Mal glücklich und schoss wie ein Delphin unter ihr durch. Nach dem Schwimmen döste ich weg. Auf einmal hatte ich ihre nassen Haare im Gesicht. Mein Gott, wie oft hatte ich mir das gewünscht. Ich küsste sie, ohne aufhören zu können, so lange, bis wir außer Atem waren. Ich hatte mir nächtelang alles ausgemalt, und jetzt war es so weit. Der Bikini, der Kuss, ich konnte es nur noch versieben. Wenn der Kuss das Vorspiel zu mehr war, dann wartete sie jetzt ab. Saß hochmütig im Schneidersitz neben mir und machte keine Anstalten, mir näher zu kommen. Ich werde ein Floß bauen, sagte ich ihr. Ich hatte am Fluss unten einen Stapel Baubretter gefunden, die ich mit einer Schnur verknüpfte, während sie in ihrem Buch las. Keiner von uns dachte ans Heimgehen, als die Sonne schräg durch die Bäume schien. Es war klar, wir hatten etwas angefangen, das wir zu Ende bringen wollten. Ich baute ein Floß, es war mir auch schon besser gelungen. Aber es schwamm ganz gut, obwohl es aussah wie der Boden einer Hütte. Wir versteckten unsere Kleider im Gebüsch und bestiegen das Floß. Sie rauchte einen Joint, dann legte sie ihren Kopf an meine Schulter und erzählte, wie es gewesen war, als ich vor einem Jahr in die Klasse kam. Furchterregend habe ich auf alle gewirkt, sagte sie, aber irgendwie auch geheimnisvoll. Als wir den Froschkönig durchgenommen hätten, habe sie die ganze Zeit gedacht, dass ich der Frosch sei. Irgendwann werde sie mich küssen.

Ich blickte zum Himmel hinauf, weil ich sie nicht anschauen konnte. Ich entdeckte den Tagmond, eine bleiche Scheibe. Mir schwindelte. Es konnte doch nicht sein, dass sie gekifft hatte und ich einen Flash verspürte! Ob sie den Mond auch gesehen habe, fragte ich. Sie schüttelte den Kopf und sagte, dass sie nie das sehe, was die anderen sähen. Ob sie gern Single sei, fragte ich. Es sei zum Kotzen. Aber sie habe keine Panik, immer allein zu bleiben. Eines Tages werde einer kommen, der sie liebe. In meinem Hals steckte ein Kloß. Natürlich hätte ich ihr sagen müssen, dass ich es war, der gekommen war. Ich, Karman, der Frosch mit dem großen Kopf. Stattdessen sagte ich, dass ich in meinem ganzen Leben nie etwas anderes als allein gewesen sei. Man werde von niemandem verstanden, wenn man allein sei, sagte sie. Ich schaute aufs Wasser. Lichtflecken schwammen an der Oberfläche, es sah aus wie ein Leopardenfell. Der Fluss wurde blau. Die Vögel hörten auf zu zwitschern, die Dämmerung kam, und ich wusste nicht mehr, wo wir waren. Das Floß trieb immer weiter flussabwärts. Möchtest du mit mir sterben?, fragte sie plötzlich. Ich erschrak. Ich fragte mich, was beim Sterben passiert. Ging man irgendwohin, in ein anderes Zimmer, und lebte dort weiter? Was spürte man? War die Haut kalt oder heiß? Gab es Zeiten, in denen man Hunger oder Durst hatte? Konnte man noch einen Orgasmus haben? Welchen Geschmack hatte man auf der Zunge, zogen Farben hinter den Lidern durch? Tat es weh? Zusammen sterben? Nein, ich wollte nicht sterben. Es wäre für mich eine Niederlage gewesen zu sterben, bevor ich meine Ausbildung abgeschlossen hatte. Zuerst wollte ich mich noch einmal der Verwandtschaft in der Türkei zeigen. Wo bist du, Karman? Sie nahm meine Hand und zog sie unter ihr T-Shirt. Ihre Brustwarzen waren hart, sie atmete schnell. Wenn du mich so anfasst, möchte ich nicht mehr sterben. Oder erst recht, sagte sie. Dann stieß sie mich weg. Was ist los?, fragte ich. Solange ich mir eine Berührung nur denke, ist sie angenehm. Ich kann mir dann sogar vorstellen, dass ich weitergehen könnte. Aber wenn ich die fremde Hand zu lange auf der Haut spüre, ekle ich mich. Das ist schon immer so gewesen. Sie redete so leise, als hörte jemand mit. Ich sagte, das sei nicht normal. Ich war egoistisch, Lisa. Bei ihr sei irgendetwas falsch gelaufen, sagte ich, möglicherweise sei sie falsch verdrahtet, sagte ich. Sie nickte. Ich könne mir nicht vorstellen, ohne Sex zu leben. Das Erwachsenenleben bestehe zu neunzig Prozent aus Sex. Ich würde oft daran denken, sagte ich, obwohl ich eigentlich nur ein fleißiger Masturbierer war. Sie wisse auch nicht, wie sie diesen Ekel loswerden könne, sagte sie. Mittlerweile kriege sie schon Panik, wenn sie nur daran denke. Sie könne sich kaum vorstellen, wie sie die Matura schaffen soll, ohne es hinter sich gebracht zu haben. Dabei würde sie am liebsten ein Leben lang keusch bleiben. Mein Gott, Lisa, wenn ich dir das heute erzähle, finde ich alles so peinlich. Aber so war es tatsächlich. Ich lenkte das Floß ans Ufer, wir stiegen aus, und ich zog sie ins Wäldchen. Sie ging hinter mir her, ich suchte eine geeignete Stelle, bei der wir keine Spaziergänger befürchten mussten. Ich kam auf eine Lichtung mit hohem Gras, das Wort »Schamgras« kam mir in den Sinn. Ich zog mein Hemd aus und hängte es an einen Ast. Viel Unpassendes ging mir durch den Kopf, und dabei durfte ich nie die Übersicht verlieren. Mücken stachen uns, ich war im Stress. Meine Selbstsicherheit durfte auch nicht übertrieben wirken. Ich ebnete die Stelle und säuberte sie von herumliegenden Wurzeln und Ästen. Dann versuchte ich sie zu küssen, aber sie wehrte sich. Wir redeten über ihre Angst. Wir sprachen sehr lange, weißt du, bis uns beiden klar war, dass wir nach Hause gehen mussten. Zwischen uns herrschte totale Übereinstimmung. Wir hatten die schwierigen Dinge beim Namen genannt. Und dennoch merkte ich, dass wir nicht einfach nach Hause gehen konnten, ohne es gemacht zu haben. Heute ist mir klar, dass ich hätte aufhören müssen. Ich glaube, danach habe ich sie vergewaltigt. Nein, eigentlich war's keine richtige Vergewaltigung, aber sie hat es so empfunden.

Ich verstehe dich nicht, sagte Lisa.

Ich wollte sie ausziehen, aber sie stand einfach da und wartete. Da verlor ich den Mut. Ich sehnte mich danach, die Sache hinter mich zu bringen. Ich zerrte an ihren Shorts, aber sie presste die Knie zusammen. Sie fragte, ob ich sie liebe, fragte mich immer wieder, aber es klang nicht wie eine Frage, sondern wie eine Feststellung. Ich antwortete ihr, aber meine Stimme klang, als würde ich mit meinem Vater reden. Ich schwor ihr, ich würde sie lieben, mehr als mein Leben, sagte ich und sie lächelte. Mein Leben, dein Leben, sagte ich und warf sie auf den Boden. Und da begann sie zu weinen, das sah ich ganz deutlich, ich liebte sie wirklich und es tat mir leid. Ich presste sie auf den Boden, die Sache musste getan werden, sie war schließlich mit mir in die Solitude gegangen. Ich wusste nicht, wie weh ich ihr tat. Ich war überzeugt, sie habe mich für diese Sache ausgewählt, weil es alle anderen auch machten, weil Prinz diese Filmchen zeigte auf dem Pausenplatz, weil diese Filmchen in meinem Kopf waren, weil wir alle diese Filmchen im Kopf hatten, auf denen zu sehen ist, wie man so etwas macht. Ich drang in sie ein. Sie hatte auf einmal einen Stein in der Hand, den ich ihr wegschlug.

Lisa schaute durch den Rauch ihrer Zigarette.

Nie habe ich jemanden so geliebt wie dich, Nadia, sagte ich nachher. Sie musste erbrechen. Sie bat mich, sie zu schlagen. Aber ich sah den Mond durch die Bäume kriechen, es war so verdammt ruhig um uns.

Am nächsten Morgen, es war noch einmal fast sommerlich, muss sie losgezogen sein. Bis zu der schmalen Brücke, die über das Gleis führt. Es war der Sechsuhrfünfundzwanzig, eine Stunde vor dem Zug, der die Schüler pünktlich zum Bahnhof bringt. Der Zug aber wurde an dem Tag umgeleitet.

Deniz stand da, erschüttert von dem, was er erzählt hatte. Lisa ging zu ihm und legte ihm die Hand auf den Kopf. Einige Tage später erhielt er ein Briefkuvert, darin ihr Bild von Nadia als Ulrike Meinhof, in Dutzende von Schnipseln zerrissen.

***

Vor den Sommerferien feierte Fabian seinen Geburtstag. Er und Deniz entschlossen sich, in der Wohnung ein Klassenfest zu geben. Im Lauf des Abends erschien, in aufgekratzter Festlaune Handtäschchen schwingend, das Trio Cecilia, Flurina und Stephanie, Falco kam in Schale mit großer dunkler Sonnenbrille, Babs stolperte in einem pinkfarbenen Röcklein herein und flirtete mit den Wellensittichen. Wie nicht anders zu erwarten, erschien Mira als Prinzessin aus den fünfziger Jahren, Prinz im Kostüm des Grafen Dracula, Veronika trug ein Kleid, das, so Prinz' Kommentar, zu nichts anderem nütze war, als die unermessliche Länge ihrer Beine zu zeigen. Ein somnambules Lächeln im Gesicht, verteilte sie Schalen mit Chips in der Wohnung, legte da ein Kissen auf den Boden und rückte dort zwei Stühle zusammen. Fabian stichelte gegen Deniz, es fehle in ihrem Haushalt einfach eine weibliche Hand. Später gesellten sich Schüler aus den Parallelklassen dazu. Einige standen in der Küche und studierten die Fotos von Özel.

Fabian gab den Pizzabäcker, Deniz bereitete Couscous mit Merguez vor, Veronika brachte Feta und Oliven und Salate, in der Küche warteten Bier, Wodka und

Tequila. Man hatte das Bedürfnis, zusammen zu sein und sich zu erinnern, auch wenn sich die Gespräche um Belangloses drehten.

Während ein Riesenjoint herumging, redete man über die Lehrer, die Prüfungen bei Meyer-Abegglen, über Ruth Gimmels Vergesslichkeit, über Rudi Freyermuths Rhetorik und natürlich über die kommenden Sommerferien. Prinz wollte vier Wochen in der Wohnung eines befreundeten Rappers in New York verbringen. In Brooklyn, der angesagtesten Gegend, herrsche im Sommer eine Hitze wie in Vietnam, sagte er und blies seinen Rauch in den Vogelkäfig. Babs protestierte, aber Prinz schaute nur auf seine wippenden Schuhspitzen. Falco würde mit seiner Mutter in einer Blockhütte in den norwegischen Fjords sein, um zu fischen. Mira und Rahel wollten ihre Verwandten in Florida oder Baltimore besuchen und schwärmten für Obama. Flurina wollte es noch einmal wissen und hatte sich in einem Kloster in Obwalden angemeldet, um in der Einsamkeit ihre Frömmigkeit zu prüfen. Stephanie und Cecilia gedachten genau das zu tun, was sonst keinem in den Sinn kam, nämlich per Autostopp ins Tessin zu fahren, um dort an der Maggia zu campen. *Totally Fifties*, sagte Babs und verriet niemandem, dass sie sich für zwei Wochen in einer Diätklinik am Bodensee angemeldet hatte. Und Fabian ging auf den Bau malochen, Mauern hochziehen, Wände verputzen, Häusle bauen.

Und Deniz?

Deniz musste zu seinen Verwandten in die Türkei. Dass daraus mehr als nur ein Verwandtenbesuch würde, sagte er niemandem.

Kurz vor Mitternacht versammelten sich die Mädchen in der Küche, ließen sich auf dem Boden nieder und zündeten Kerzen an. Stumm saßen sie um die flackernden Kerzen, jede in sich versunken. Deniz kam hinzu und schaute auf den leeren Stuhl neben dem Kühlschrank, auf dem Nadia immer gesessen hatte.

Danach drehte irgendeiner die Musik voll auf. Flaschen wurden im Eiltempo geleert, Deniz sah, wie Stephanie als Erste im Bad kotzte. Andere standen grölend auf dem Balkon. Im Morgengrauen, als alle stockbetrunken waren, wurde getanzt und geknutscht. Babs holte Falco aus dem Sessel, der so in ihre weichen Formen tauchte, als würde er nach einem langen Ritt durch die Wüste endlich ein Schaumbad nehmen. Prinz hatte sich Mira auf den Schoß gesetzt und züngelte mit seiner Dracula-Zunge ihren weißen Hals hinauf. Seine nervösen Hände fingerten unter ihrem Seidenkleid. Fabian tanzte mit Cecilia und dann noch mit Flurina. Danach philosophierte er nur mit den Wellensittichen.

Veronika presste beim Tanzen ihre Hüften gegen Deniz. Sie war genauso groß wie er, es war das erste Mal seit Nadia, dass ihm ein Mädchen so nahe kam. Er hielt sie vorsichtig bei den Handgelenken, damit sie sich nicht an ihm wehtat, er achtete auf seine breiten Füße, er fuhr ihr wie ein chinesischer Stoffhändler mit dem Daumen über den Rücken. Da sie so wenig Widerstand leistete, sank er allmählich tiefer in ihre Arme. Er roch ihre Haut. Veronika, eine schweigsame, eine gute Schülerin, war eine Frau in tiefem Moll oder, wenn er ihr eine Farbe hätte geben müssen, in geheimnisvollem Anthrazit. Nadia war immer Tiefblau gewesen. Veronikas Lippen glitten langsam von seinem Ohr in Richtung Mund, und auf einmal umschlossen sie seine Lippen. Veronika küsste ihn! Und das war doch ein Kunststück, denn sein

Mund war nicht etwa klein, seine Lippen nicht harmlos, seine Zähne nicht ungefährlich. Aber sie schaffte es, ihre Zunge in seinem Mund kreisen zu lassen. Und zwar immer in die eine Richtung, als würde sie, wenn sie die Richtung änderte, alles wieder auslöschen. Dabei reichte ihr Eifer für viel mehr. Deniz erlag ihrer Ausdauer und fragte sich, ob ihr Lächeln, das ihm so oft aufgefallen war, nicht schon immer etwas ganz anderes bedeutet hatte. Es war einfach ärgerlich, dass er sich mit Frauen nicht besser auskannte.

Sie tanzten immerzu weiter. Die Zeiger der türkischen Wanduhr zeigten halb fünf. Es dämmerte, und die meisten hatten sich in irgendwelche Ecken zurückgezogen. Sie aber küssten sich weiter, wobei die Behauptung, dass der Eifer nur von Veronika ausging, immer mehr zur Schutzbehauptung von Deniz wurde, der ein schlechtes Gewissen hatte. Irgendwann kurvten sie in sein Schlafzimmer und fielen, ohne den Kuss zu unterbrechen, aufs Bett. Erst jetzt erwachten Veronikas Hände. Sie knöpfte ihm das Hemd auf, er rutschte begierig unter ihr Kleid, sie zogen sich aus, bis sie merkten, dass sie einander nicht mehr küssten, sondern nur noch heftig ins Gesicht atmeten. Da löste sich Deniz aus der Umarmung, nein, fiel wieder zurück und küsste sie erneut mit spitzen Lippen auf die Augen, küsste sie auf die Stirn, kühl und glatt, und küsste sie erneut, aber nicht mehr auf den Mund.

Ich kann nicht, flüsterte er, um den Zauber nicht zu zerreißen. Ich kann wirklich nicht, nicht heute, Veronika.

Sie erhob sich und schien zu begreifen. Sie nahm seinen Kopf zwischen die Hände, wie Nadia es immer getan hatte, wie Lisa es zu tun pflegte, und drückte ihn an ihre Scham. Danach zog sie sich in Windeseile an, schlüpfte aus dem Zimmer und hinterließ nur ihren Anthrazitschatten.

***

Das Atelier in Paris, in dem Lisa über den Sommer wohnen konnte, lag auf dem Montmartre, nur einen Steinwurf entfernt von jener Meile, wo die Touristen in Scharen vorbeizogen, um sich an den in Reih und Glied stehenden Portrait- und Kitschmalern zu erfreuen. Ihr Atelier bestand aus einem hohen, lichterfüllten Raum zum Malen und einer bedrückend engen Schlafetage im oberen Stock. Das Bett war fünfundachtzig Zentimeter breit, zu eng für zwei Personen, aber geräumig genug, wenn man allein war. Als sie die knarrende Tür zu dem winzigen Bad öffnete, stolperte sie über eine tote, halbverweste Taube. Sie schob das grässliche Tier auf eine Handschaufel und warf den Kadaver in hohem Bogen ins Gras. Es war ihr ein Rätsel, wie die Taube hereingekommen war, denn das Bad besaß kein Fenster.

Von Anfang an war ihr das Atelier unheimlich, da es nicht die ihr vertrauten Längen- und Höhenmaße besaß. Drinnen war es absolut still. Schaute sie aus dem Fenster, hätte sie glauben können, irgendwo im Burgund oder in der Bretagne zu sein; dem Wind und den Schatten ausgesetzt, die nachts über die weißen Wände zogen, alleingelassen mit ihren Gefühlen.

Lisa wollte ihre Serie von Straßenporträts vorantreiben. Zuerst richtete sie sich ein, kaufte Grundnahrungsmittel und stellte sie zu denen ihres Vorgängers. Dann telefonierte sie kurz mit Claire und teilte ihr mit, dass alles in Ordnung sei. Arbeite gut, sagte Claire. Als gäbe es nur die Arbeit, als wäre die Umgebung egal, als gäbe es keinen Körper, der sich anpassen musste, und keinen Kopf, den alles Mögliche beschäftigte.

Statt sich weiter einzurichten, machte sie sich nach dem Telefonat gleich auf in die Stadt. Kaum hatte sie das einsame Häuschen verlassen und war wieder unter Menschen, fühlte sie sich besser. Sie nahm die Métro und fuhr bis Les Halles, mischte sich dort unter die Leute und begann zu fotografieren. Sie brauchte nicht lange, bis sie merkte, dass es hier jene Gesichter gab, die sie suchte. Gesichter, die von der Gefährdung des Lebens erzählten. Sie fotografierte am liebsten Menschen in der Gruppe. Danach ließ sie sich von den besten Bildern Abzüge machen. Als diese dann an den Wänden hingen, schwächte sich das Gefühl der Einsamkeit etwas ab.

Bis zum Wochenende gewöhnte sie sich besser ein. Sie zog meist am Morgen los, um mittags auf einem Markt etwas einzukaufen. Danach arbeitete sie im Atelierhäuschen bei laufendem Radio bis zum Eindunkeln, bis sie noch einmal hinausging, um in einer Bar in der Nähe ein Glas Wein zu trinken.

An den Wochenenden nahm sie sich frei und setzte sich mit einem Buch in den Jardin du Luxembourg. Aber sie konnte sich nie auf die Lektüre konzentrieren, denn kaum hatte sie einige Seiten gelesen, fiel ihr wieder ein Gesicht auf, das sie fotografieren musste. Mit der Zeit zwang sie sich, am Wochenende die Kamera zu Hause zu lassen. Sie verbrachte ganze Sonntagnachmittage im Park und schaute dem fremden Leben zu. Sie war davon befreit, irgendetwas tun zu müssen. Sie schaute dem Leben der anderen zu, das beruhigte sie.

Es war Mitte August, und die Hitze ließ kaum nach. Später am Nachmittag schlief sie im Liegestuhl ein, und Bilder von den letzten Sommerferien in der Bretagne tauchten in ihr auf. Der Abend mit dem bösen Mond, an dem sie viel getrunken und danach heftigen Sex gehabt hatten. Sie erinnerte sich an ihre maisgelbe Seidenjacke. Sie hatte sie wieder eingepackt, aber nun wusste sie, dass sie sie hier nie anziehen würde.

Was war an ihrer Geschichte schon besonders? Lucs Liebe? Wie viele ältere Männer verliebten sich in junge Frauen? Er hatte den Retter spielen wollen, hatte seine Literatur als Heilmittel gegen den Tod eingesetzt. Als ob lesen heute noch irgendjemanden retten würde! Er hatte auch sie retten wollen. Er liebte nur die, die er retten konnte. Er behauptete, er habe sie am Anfang der Ehe aus ihrem Beziehungschaos geholt. Danach wollte er sie von ihrer Sprachlosigkeit befreien.

Die Sonne ging unter, und sie verließ den Park. Ging durch die Stadt voller fremder Menschen. Schaute in die Gesichter, ein unablässiger Strom von Passanten. Sie musste eine neue Serie beginnen, die bisherigen Versuche gefielen ihr nicht. Dabei war es einfach, in Paris zu fotografieren. Überall waren Leute mit Kameras unterwegs. Sie musste nur so tun, als sei auch sie eine Touristin.

Sie überquerte den Boulevard Saint-Michel hinter einer jungen Frau mit langen schwarzen Haaren, die unentwegt in ihr Handy redete. Sie war irritiert, als die Frau vor ihr in dieselbe Nebenstraße abbog wie sie. Schließlich nahm sich Lisa zusammen und überholte sie. Als sie sich nach ihr umdrehte, erschrak sie. Für einen kurzen Moment war an der Stelle, wo das Gesicht der Frau hätte sein müssen, nur eine weiße Fläche.

Lisa senkte den Blick und trat in einen Hauseingang, um sich zu erholen.

***

In der Nacht von Sonntag auf Montag hatte sie zum ersten Mal Alpträume. Beim Einschlafen hörte sie Geräusche unter dem Fenster und stand mehrmals auf, um die Verriegelung der Tür zu kontrollieren. Die nächtlichen Geräusche waren ihr unvertraut, es klang so, als kämen sie aus dem Atelierraum selber. Dann schlief sie ein und träumte. Am Morgen erinnerte sie sich, auf einem Friedhof gewesen zu sein. Alle Grabsteine standen schief. Plötzlich waren hinter der Friedhofsmauer Pferde aufgetaucht. Sie hatte Angst, dass die Pferde über die Mauer springen und sie niedertrampeln könnten. Dann stieß sie jemand in den Rücken, und sie fiel direkt vor ein Pferd. Sie erwachte.

Den Nachmittag verbrachte sie im Kino. Abends telefonierte sie lange mit Katrin, die sie besuchen wollte. Dabei klickte sie sich auf dem Laptop durch die neuen Fotos und entdeckte überall gravierende Mängel. Einige der Bilder waren schlicht unbrauchbar. Auf anderen stimmte die Perspektive nicht, oder es war etwas auf dem Bild, das sie störte. Während Katrin redete, fragte sie sich, welche Idee eigentlich hinter diesen Fotos steckte. Wie man plötzlich einen Namen vergisst, hatte sie den Zweck ihrer Kunst vergessen. Sie musste vielleicht wieder mit einem Modell arbeiten. Sie bat Katrin, noch nicht zu kommen.

Eine lange Mail von Luc erreichte sie. Er war aus Kanada zurück. Als sie die Tür hinter sich schloss, um sich in einer Bar ein Glas Wein zu gönnen, schwirrten ihr seine Sätze durch den Kopf. Er schrieb noch immer von seiner Schuld. Ihm sei jetzt klar, dass sich Nadia umgebracht hatte, um sich zurückzugewinnen.

Sie blieb stehen, um die Sätze auf ihrem Handy nochmals zu lesen. Tatsächlich: um »sich zurückzugewinnen«. Was bedeutete das, wenn sich jemand umbringt?

Sie marschierte weiter. Das Klackern ihrer Absätze rannte hinter ihr her. Grelle Lichtstreifen am Pigalle, lärmende Stimmen trommelten an ihr Ohr. Jemand schrie aus einem Fenster im dritten Stock. Ein Gefühl der Panik überkam sie, gleich würden die Menschen aufeinander losgehen.

»Ich schrieb Nadia, dass sie in all den Sätzen, die die Literatur für die Liebe erfunden hat, immer lebendig sei.« Sie in eine andere Klasse zu versetzen, offenbar hatte er das erwogen, aber dann doch nicht geschafft, der Versager. Sie setzte sich an einen Bistrotisch draußen und begann zu rauchen. »Ich habe mein Leben auf falschen Prämissen aufgebaut.«

***

Am nächsten Tag streifte sie durch die nördlichen Viertel, durch das Goutte d'Or. Sie sah Menschen, denen die Wirtschaftskrise jede Hoffnung ausgetrieben hatte. Eine junge Frau saß im Métro-Schacht neben einem Pappkarton, auf dem »J'ai faim« zu lesen war. Auf einmal hatte Lisa das Gefühl zu wissen, was sie mit ihren Bildern sollte. Sie durfte nicht mehr zu ihrer eigenen Befriedigung Fotos machen, sie musste sich einer Aufgabe stellen, sie musste diesen Menschen ein Gesicht geben.

Sie fotografierte eine junge Frau mit einem Kleinkind im Métro-Schacht von Barbès-Rochechouart. Die Frau war Mitte zwanzig, hatte ein hübsches Gesicht, vielleicht war sie einmal Studentin gewesen. Jetzt hatte sie ein Kind und keine Arbeit. Später fotografierte sie einen Clochard in seiner Kartonburg. Er lag bewegungslos auf dem Rücken, zuerst hatte sie gar nicht gemerkt, dass er noch atmete. Das stoppelbärtige Gesicht hätte das eines Toten sein können. Beim Schlafen hatte er die Lider einen Spalt geöffnet. Sie erinnerte sich an den Erfolg, den die schlafenden Gesichter in der Ausstellung gehabt hatten. Am liebsten wäre sie ins Leichenschauhaus gegangen, um weitere Bilder zu machen.

Das Gefühl, das sich durch ihre neue Zeugenschaft einstellte, beflügelte sie. Sie begriff, dass sie sich langsam aus den Zwängen eines Systems lösen musste, das die Menschen aussonderte. Sie wollte Zeugin dieses Ausscheidungsprozesses werden. Sie wollte zeigen, wie Menschen aussahen, die in etwas Überflüssiges verwandelt worden waren. Sie dachte ohne Unterlass über ihre neue Idee nach.

Nach stundenlangem Gehen setzte sie sich in ein kleines Café im Belleville, und plötzlich hörten ihre Gedanken auf. Was sie sich ausgedacht hatte, war abgerissen, weg. Sie konnte ihren Lippenstift nicht finden und weinte. Im Hintergrund standen zwei junge Araber verlegen am Flipperautomaten. Der dicke Wirt legte ihr ein Papiertaschentuch hin. Sie hatte ihre Handtasche auf dem Tisch ausgeleert, Zigaretten, Feuerzeug, Kajal, Fußpflaster, Tampons, Portemonnaie, Métro-Tickets, Pariscope, aber kein Lippenstift. Das Weinen ging weiter, es weinte aus ihr heraus. Wo war nur dieser Lippenstift hingekommen?

Sie ging vor das Lokal, um zu rauchen, aber kaum war die Zigarette geraucht, flossen die Tränen erneut. Der Wirt brachte einen Cognac auf Kosten des Hauses. Est-ce que je peux vous aider, Madame?

Sie schüttelte den Kopf. Er dachte sicher, dass ihr der Mann davongelaufen war. Das war nicht einmal falsch.

Aber es ging um die Kunst, ihre neue, große Aufgabe. Wie sollte sie es schaffen, das Gesehene in Bilder zu verwandeln?

Das Kleidergeschäft vor ihr hatte günstige Angebote, vor allem Jupes und Jacken. Sie betrat das Geschäft, in dem eine ältere Araberin aus einer dunklen Ecke grüßte. Lisa wollte sich verführen lassen. Der dünne, rote Rock glitt durch ihre Finger. Sollte sie das Stück nicht anprobieren? In einer zur Kabine umfunktionierten Abstellkammer zog sie sich hastig um, inmitten von Plastiktüten und Kartonschachteln. Lachend brachte die Araberin einen Spiegel: Lisa fand sich entzückend, sie sah jünger aus, als sie war. Sie erstand das Schnäppchen, und beim Hinausgehen fielen ihr Schaufensterpuppen mit Perücken auf. Einer reichten die langen, pferdeschwanzdichten schwarze Haare bis auf die Hüften. Lisas Finger verloren sich darin wie in fließendem Wasser. Lauernd bot ihr die Verkäuferin die Perücke für zwanzig Euro an, und als sie sie aufsetzte, verschwanden Lisas braunblonde Haare und verwandelten sie in eine andere Person. Sie behielt den Haarschopf gleich an, zog auch den neuen Jupe über.

Sie fuhr ein Stück mit dem Bus und stieg am Fuß des Montmartre aus, um den Rest zu gehen. Sie musste sich zwingen, nicht allzu lange stehenzubleiben und zu schauen, denn sie wollte ihre Arbeit nicht vernachlässigen. Als sie eine stark befahrene Kreuzung an der Place Clichy überquerte, klingelte das Handy. Beinahe wäre sie von einem heranfahrenden Auto gestreift worden. Es war Katrin, die an diesem Wochenende kommen wollte. Sie sei neugierig, wie es mit ihrer Arbeit vorangehe. Sie habe über das Serielle nachgedacht, sagte Katrin, als säßen sie sich gegenüber. Heute gebe es alles nur noch in Serie, dabei sei das Unikat das große Geheimnis. Und warum?

Lisa sah sich im spiegelnden Schaufenster beim Telefonieren zu. Die langen Haare verliehen ihr etwas Schwungvolles. Sie fühlte sich beschwingt. Zwei junge Kerle musterten sie aufdringlich.

Katrin fragte, ob Lisa noch dran sei. Klar, sagte Lisa, aber sie hatte nicht aufgepasst. Das Unikat ist das Geheimnis, sagte Katrin noch einmal. Du musst ein Unikat machen, Lisa, das ist mir letzte Nacht eingefallen.

Lisa begriff nicht, was Katrin meinte.

Ich nehme den nächsten Zug und bin heute Abend bei dir. Ich werde es dir erklären. Einverstanden?

Nein, nein, sagte Lisa in Panik. Ich bin heute Abend eingeladen, und die nächsten Tage auch schon. Ich melde mich, Katrin, à bientôt, sagte sie und beendete das Gespräch.

Ein Gewitter lag in der Luft, und die Perücke juckte auf der Kopfhaut. Sie schlenderte durch die schmalen Straßen den Montmartre hinauf. An einer Brandmauer stand der Satz: »Aimer c'est du désordre. Alors aimons!« Lieben, ja, sie wollte lieben. Auch das Hässliche, das Verabscheuungswürdige, das Niedere konnte man lieben. Désordre … Sie nahm den Satz mit in eine unruhige, regnerische Nacht. Kaum war sie eingeschlafen, weckte sie das Handy. Wieder war es eine SMS von Luc. »Das eigene Leben planen, perfekt, wie eine Schulstunde, das ist meine elende Katastrophe.« »Ich bin nie etwas anderes als ein bei solitärer Lektüre zusammengeschrumpfter Lebensängstlicher gewesen.« Er hörte nicht auf, sie mit seinen Sätzen zu bombardieren. Wollte er, dass sie zurückkehrte? Wenigstens waren es keine Zitate mehr, wenigstens fand er zu eigenen Sätzen. »Mein Scheitern an Nadia war exemplarisch.«

Lisa konnte nicht mehr einschlafen, draußen vor dem Fenster kratzte das verrückte Tier. Was es wohl war? Im Atelier gab es keine Vorhänge, und sie fühlte sich ausgestellt, wenn sie Licht machte. Das Scharren hörte auch nicht auf, als sie mit dem Lichtkegel der Taschenlampe den Fenstersims entlangfuhr. In Paris wimmelte es von Tieren, selbst Hirsche und Wildschweine sollen hier nachts durch die Straßen ziehen, hatte ihr jemand erzählt. Schon mehrmals war sie im Morgengrauen aufgewacht und hatte dann nicht mehr schlafen können. Die Angst, dass ein Tier ins Atelier einbrechen könnte, grub sich immer tiefer in sie ein.

»Dein neuer Egoismus«, hatte Luc geschrieben. Kam sie denn gut mit der Arbeit voran? War sie rücksichtslos genug gegen sich? Machte sie Fortschritte? Was sollte sie Katrin sagen?

Sie zog sich die Decke über den Kopf, ohne dass das Kratzen aufhörte. Sie hätte nun doch gerne mit Katrin telefoniert. Nein, sie machte keine Fortschritte, die Arbeit ging nicht voran. Die Idee der Zeugenschaft hatte sich wieder in Luft aufgelöst.

»Ich sitze am Küchentisch«, stand in einer neuen Mail, »und ich wünschte, du würdest hereinkommen. Ich würde dein Lieblingsessen kochen, Spaghetti Vongole. Eine gute Flasche Wein. Wir würden uns den Tag erzählen. Deine Fotos, meine Klassen. Ich könnte dir über die Haare streichen, dich küssen. Nichts vermisse ich so wie den Geruch deiner Haare, wenn noch der Wind in ihnen steckt.«

***

Am nächsten Tag war sie früh auf den Beinen und ging schon am Morgen auf den Markt, um Einkäufe zu machen. Artischocken zur Vorspeise, ein Tournedos und dazu eine gute Flasche Wein. Am Fischstand starrten die toten Tiere sie mit glasigen Augen an. In einem Plastikeimer glitten lebendige Aale übereinander, und unter ihrer Sandale bewegte sich etwas Glitschiges: Sie war auf den abgetrennten Arm eines Tintenfischs getreten.

Zuhause aß sie bei offenen Fenstern. Am Himmel zogen Wolken auf, ein kühler Wind strich durch die langen Grashalme. Sie hatte alle Bilder von den Wänden genommen, und das Atelier sah aus, als hätte sie es nie bewohnt.

Sie dachte über Deniz nach, und ihr fiel auf, dass sie sich kaum noch an sein Aussehen erinnern konnte. Sie vergaß Dinge, die sie früher nie vergessen hätte. Nun gut, vielleicht lag es auch daran, dass sie den Sprung in ein neues Leben gewagt hatte. Sie hatte viele Dinge aus ihrem früheren Leben verdrängt. Wohl gerade deswegen hatte sie zweimal das Gefühl, Deniz' Gesicht in der Menschenmenge entdeckt zu haben.

Sie brach ins Musee d'Art Naturelle auf, wo sie an den Giraffen, Nashörnern und sibirischen Tigern vorbeischlenderte. In einem Saal waren Dutzende von Tierskeletten aufgestellt. Von der Balustrade aus konnte man sie vorbeirennen sehen. Lisa gelang es, die Tiere so aufzunehmen, dass sie auf den Fotos lebendig wurden. Sogar der Dinosaurier sah aus, als würde er im nächsten Augenblick mit einem mächtigen Schlag seines Schwanzes die Mauern zertrümmern und in die Freiheit flüchten.

Am Abend ging sie die Reihe der toten Tiere an der Wand entlang. Luchse, Elstern, Wildschweine, Mammuts sowie Rehböcke, Füchse und Wölfe verfolgten sie mit lebendigem Blick.

Der nächste Tag war trübe, und sie verspürte keine Lust zu arbeiten. Sie löste ein Ticket in die Banlieue, der Zug fuhr durch triste Vorortsiedlungen, im Fenster spiegelte sich ihr Gesicht. Einzelne Partien blieben im Dunkeln, sodass sie schwarze Löcher in den Wangen hatte. Sie fühlte sich unwohl, empfand Panik, die immer wieder in ihr Bewusstsein drängte, als hätte sie etwas Schreckliches getan. In einer Illustrierten hatte sie Gesichter von Raucherinnen und Nichtraucherinnen gesehen. Die Gesichter der einen waren deutlich zerfallener als die der anderen. Sie hatte den Eindruck, dass auch in ihrem Gesicht die einzelnen Teile kein Ganzes mehr ergaben. Das Kinn kam ihr jünger vor als die Augenpartie, viel zu jung. Sie stieg aus und ging durch die Straßen. Es regnete. Misstrauische Blicke verfolgten sie. Zuweilen kehrte die Panik wieder, dann hatte sie das Gefühl, sie könne nicht mehr atmen.

Im Atelier löschte sie alle Bilder der Ausstellung, die sich auf ihrem PC unter dem Namen »My Name is your Name« befanden. Sie verschob die Dossiers in den elektronischen Papierkorb und genoss das Zischen, als sie ihn leerte. Luc schrieb weiter E-Mails. Er beschrieb ihr die Abenddämmerung, die Stimmungen im Haus, die Leere in den Zimmern. Seine Mitteilungen waren voller Sehnsucht, vorwurfsvoll und selbstmitleidig, er mochte ihr neues Leben nicht.

In der Stadt schweifte sie ziellos umher. Am Abend geriet sie zufällig an den Schauplatz eines Unfalls. Eine junge Frau lag tot auf der Straße, sie war auf einem Fahrrad von einem Kleintransporter überfahren worden. Die Leiche der Frau lag unter einem dünnen Tuch, ihre Umrisse waren deutlich zu sehen. Lisa zückte den Fotoapparat. Sie gehorchte einem inneren Zwang und fühlte eine unerklärliche Befriedigung, als sie sich ihr näherte. Eine Frauenstimme wurde hinter ihr laut. Lisa wollte das Tuch von der Leiche wegziehen, als eine Hand sie an der Schulter fasste und grob wegriss. Es war die Hand eines Polizisten.

***

Als Katrin das Atelier betrat, saß Lisa auf dem Bett. Sie trug die Perücke und den roten Jupe, als würde sie ausgehen wollen. Sie wehrte sich nicht gegen Katrins Vorschlag, ihre Zelte in Paris abzubrechen und mit ihr zurückzufahren. Es schien ihr einerlei, ob sie hier oder dort ihr Leben fortsetzen sollte. Es schien ihr einerlei, ob sie eine Künstlerin war oder eine verrückte Frau. Und es schien ihr auch einerlei, ob Luc noch auf sie wartete.

Im Haus war in allen Zimmern Licht. Sie ging in die Küche, aber Luc war nicht da. Sie ging von Zimmer zu Zimmer und sah, dass nichts verändert worden war. Sie hängte ihre Jacke an die Garderobe und bemerkte, dass Lucs Schuhe, an denen immer ein wenig Lehm klebte, fehlten. Nun wusste sie, dass er im Wald war. Sie setzte sich an den Küchentisch und freute sich auf sein Gesicht.